시한부
엑스트라의 시간

시한부
엑스트라의시간 I

자은향 장편소설

초판 1쇄 찍은 날 | 2021년 12월 23일
초판 1쇄 펴낸 날 | 2021년 12월 30일

지은이 | 자은향
발행인 | 이진수
펴낸이 | 황현수

기획 | 정수민
편집 | 윤수진

펴낸곳 | 주식회사 카카오엔터테인먼트
등록번호 | 제2015-000037호
등록일자 | 2010년 8월 16일
주소 | 경기도 성남시 분당구 판교역로 221 6(일부)층

제작·감수 | KW북스
E-mail | cl_production@kwbooks.co.kr

ⓒ 자은향, 2019

ISBN 979-11-385-0224-5 04810
        979-11-385-0223-8 (set)

1

시한부
엑스트라의 시간

자은향 장편소설

CONTENTS

Prologue ·············· 7

Chapter 1 ············· 17

Chapter 2 ············· 81

Chapter 3 ············· 137

Chapter 4 ············· 209

Chapter 5 ············· 283

Prologue

"각하, 약혼녀이신 레오폴드 영애께서 찾아오셨습니다."

"……뭐? 무슨 날인가? 결혼식을 올릴 날짜는 아직 1년이나 남았을 텐데."

"네, 그런데…… 확실히 카리나 레오폴드 영애십니다."

한창 서류를 처리하느라 바쁘던 사내가 날카롭게 눈을 치켜뜨며 고개를 들었다.

그는 혀를 차고 자리에서 일어났다. 남부에서 북부까지 대체 소리 소문도 없이 무슨 일이란 말인가. 일을 방해받은 그의 붉은 눈동자가 매섭게 번뜩였다.

"그녀는 대체 생각이 있는 건가? 아무리 약혼을 한 사이라지만 어떻게 편지 한 통 보내지 않고 멋대로 방문할 수가 있는 거지?"

최근 북부에 급격히 증가한 마수 때문에 예민함이 한계에 달한 사내, 밀라이언 페스텔리오 공작의 언사가 날카로웠다.

그 뒤를 곧장 따르는 집사, 팽의 얼굴이 낭패감으로 물들었다.

"쯧, 도대체 아버지는 무슨 생각으로 이런 말도 안 되는 정략혼을 맺고 돌아가신 건지. 무덤에서 다시 꺼내 변명이라도 들어 보고 싶군."

불손한 말이었으나 팽은 아무런 말도 할 수 없었다.

솔직히, 밀라이언은 마수와의 전쟁과 일에 파묻혀 여자를 상대할 시간도 없었다. 심지어 지금은 다가올 겨울을 대비해 한창 영지를 바쁘게 운영해야 하는 때였다. 그런데 뜬금없이 약혼녀의 방문 소식이라니. 약식으로 치러진 약혼식에서 얼굴을 본 것 빼고는, 장담하건대 단 한 번도 본 적이 없었다.

약혼식에서 본 그녀는 밀라이언에게 관심이 없는 듯했고 밀라이언 역시 당연히 그녀에게 관심이 없었다.

"이제 와 파혼은 어렵겠지?"

"……."

늘 또박또박 대답하던 팽이 대답을 하지 않았다.

'가지각색으로 사람을 짜증 나게 하는군.'

예민하기로는 닷새 굶은 사람보다 더 심각한 밀라이언이 눈을 부라리고 고개를 돌리는 순간 팽의 시선이 현관 쪽에 고정된 것이 보였다. 팽의 시선 끝에는 그의 약혼녀가 있었다.

'쯧, 다 들었나 보군.'

그가 속으로 혀를 찼다. 그녀는 예전에 봤을 때보다 한층 더 창백해진 것 같은 표정으로 이쪽을 바라보고 있었다.

일단 설명을 하자고 생각한 밀라이언이 입을 열었다.

"방금 한 말은……."

"파혼, 좋네요."

"……뭐라고?"

"각하와 제 결혼식은 대략 1년 뒤에 예정되어 있죠?"

밀라이언은 팔짱을 낀 채 그녀, 카리나가 무슨 소리를 하는지 비딱한 자세로 들었다.

밀라이언은 조금 고까운 기분으로 그녀의 말을 경청했다. 3일 철야라는 기록을 세우고 있는 서류 앞에서 그는 무척 예민했다. 실제로 그의 눈 밑에는 눈 그늘이 짙었다.

"단도직입적으로 말하자면, 나는 반년에서 10개월 정도 여기서 지내고 싶어요."

"……미쳤나, 영애?"

밀라이언이 진심으로 물었다. 보통의 귀족이라면 쓰지 않는 속된 말이었으나 쓸 수밖에 없었다.

카리나의 투박한 갈색 머리카락이 허리께에서 흔들렸다. 짙푸른 눈동자가 밀라이언을 직시한다.

"대신 내가 여기에서 떠날 때 파혼해 드릴게요."

"……그 나이에 설마 가출이라도 했다고 말하진 않겠지?"

"이 나이면 당연히 출가죠. 1년도 되지 않는 시간이잖아요. 짧으면 반년이고 길어도 10개월이에요. 구석에 별채도 있는 것 같던데, 굳이 이 저택이 아니고 거기라도 괜찮아요. 보시다시피 아무것도 가지고 온 게 없어서요. 아, 파혼 서류는 가져왔어요."

그녀는 장갑을 끼지 않아 발갛게 물든 새하얀 손으로 허름한 천 가방에서 종이 한 장을 꺼내 보였다.

밀라이언의 얼굴이 일그러졌다. 저 당장에라도 쓰레기통에 들어갈 것 같은 천 가방은 대체 어디서 주워 온 것인가.

"……백작가의 사정이 어려운가?"

"네?"

카리나가 반문했다.

그의 시선이 손에 든 천 가방에 향한 것을 깨달은 그녀가 고개를 저었다. 이건 누가 버리려는 걸 적당히 싼 값에 산 것뿐이다.

"괜히 비싼 가방 들고 다니면 이 먼 길을 오는 동안 험한 일 당했을걸요."

"도대체 이 먼 거리를 어떻게 온 건가?"

"돈을 주고 마차를 타다가 적당한 곳에서 내려서 걷고, 또 마차나 상단에 얹혀 오고 그랬죠."

레오폴드 백작령은 남부 끝에 있다. 웬만해선 수도에 잘 나오지 않는 백작 일가니 그녀는 백작령에서부터 그가 있는 북쪽 끝 공작령까지 왔다는 말이 됐다. 개인 마차가 있어도 쉬지 않고 족히 한 달은 걸리는 거리다.

밀라이언은 얼굴을 구겼다.

"대체 언제 출발했지?"

"두 달 전에 출발했어요."

"아니, 그사이 연락 한 번…… 아니지, 그 전에 도대체 세상 물정도 모르는 귀족 영애가 뭘 안다고 혼자서 그 험한 길을 와?"

"……아마도 이게 내 첫 여행이자 마지막 여행일 테니까요."

카리나는 의미심장한 말을 뱉었다.

활짝 열린 저택의 현관을 타고 쌀쌀한 바람이 들어왔다. 그녀가 말없이 울긋불긋한 낙엽들을 바라보며 입을 열었다.

"한 번쯤 내 힘으로, 내가 내딛는 걸음으로 뭔가 해 보고 싶었어요."

여행은 첫 번째 일이었다. 그녀가 스스로 한 첫 번째 일.

앞으로 얼마 남지 않은 시간, 그녀는 원하는 것을 하면서 보낼 예정이다.

'마지막 여행?'

밀라이언의 표정이 묘해졌다. 하긴, 귀족 영애가 이런 무모한 여행을 두 번 할 수 있을 리가 없지. 그가 고개를 절레절레 저었다. 별일이 없었으니 망정이지 아니었으면 정말 험한 꼴을 당했을 거다.

"안 되나요?"

"안 된다고 하면?"

"차선책으로 생각해 둔 것도 있죠. 적당히 상단의 말단으로 들어가서 잡일꾼이라도 하며 돌아다닐까……."

생각은 했지만 사실 몸 상태가 안 좋았다. 바람이 찬 북부에 들어서서 그런지 종종 정신을 툭툭 놓는 일도 있었다.

여기에 조용히 머무르면서 그림을 그리고 멀지 않은 곳으로 짧은 여행을 다니기도 하며 마지막을 준비할 예정이다.

"허!"

밀라이언은 기가 막혔다. 당돌한 말은 물론이거니와 예전에 봤던 때와 같은 사람인지조차 의심스러울 정도로 카리나는 다른 분위기를 풍겼다.

그의 반응을 본 카리나가 어깨를 으쓱였다.

"사실 각하께서 거절할 거라곤 생각하지 않아서 차선책은 말 그대로 정말 상상만 해 본 거예요."

"어째서?"

"각하는 저를 싫어하시잖아요. 약혼식에서 처음 만났을 때부터 줄곧 마음에 차지 않는 걸 보는 눈이었으니까요."

밀라이언이 황당한 눈을 하자 그녀가 자랑스럽다는 듯 냉큼 말을 덧붙였다.

"그런 건 잘 알아봐요. 그러니까 이번 기회를 놓칠 것 같지 않았어요."

카리나가 그의 앞에 종이를 다시 흔들어 보였다.

발갛게 달아오른 그녀의 손끝을 노려본 밀라이언이 카리나의 얼굴을 힐끗 쳐다봤다. 어쨌든 찾아온 손님을 계속 현관에 세워 둘 수도 없는 노릇이었다.

"일단 들어와라."

"네, 고마워요. 있는 듯 없는 듯 살게요. 그러다 어느 날 내가 없어지면 돌아갔다고 생각해 줘요. 그냥 귀찮은 혹이 떨어졌구나 생각하면 돼요."

카리나의 말에 밀라이언이 한숨을 내쉬었다. 창백한 피부를 보니 괜한 죄책감이 솟았다. 죄책감이 솟을 이유는 전혀 없는데도 말이다.

그는 조금 억울한 기분이 들어 다시 한번 카리나를 노려봤다. 티는 내지 않았지만 그녀의 몸은 제법 추운 듯 오들오들 떨고 있었다.

밀라이언은 내뱉으려던 말을 목 뒤로 밀어 넣었다.

"팽, 당장 쓸 만한 빈방을 그녀에게 내줘. 그리고 시중을 들 시녀에게 욕조에 물을 받아 놓으라고 하고."

"알겠습니다."

"영애는 일단 씻고 나서 말하지."

흘겨보는 밀라이언을 뒤로한 카리나는 단정한 연미복을 차려입은 팽의 뒤를 쫓았다.

밀라이언이 그녀의 뒷모습을 힐끗 바라보곤 곧장 집무실로 향했다. 처리하지 못하고 나온 일거리가 산더미였다.

Chapter 1

“리아, 오늘은 혈색이 밝아 보이는구나. 다행이다.”

“히히, 매일 좋은 약재를 가져다주시는 엄마랑 아빠 덕분이에요.”

“윽, 나는 네가 먹는 거 너무 써 보이던데.”

“펠, 리아는 몸이 약하잖니. 써도 다 먹어야 한단다.”

아버지, 레오폴드 백작이 물꼬를 튼 대화는 쌍둥이 막냇동생들을 넘어 어머니의 타박으로 끝이 났다.

레오폴드 백작의 바로 옆자리엔 백작가의 후계자이자 첫째인 인 프릭이 앉아 일련의 상황을 보며 옅게 웃고 있었다.

첫째인 인프릭 레오폴드는 문무가 출중한 실력자다. 세간에서는 당장 백작가의 주인이 되어도 충분하다는 평이 돌았다.

쌍둥이로 태어난 두 명의 동생, 아벨리아 레오폴드와 페르딘 레오 폴드는 어찌나 사랑스러운지 모든 사람을 미소 짓게 했다.

카리나 역시 그들을 사랑했다. 카리나가 그리 살가운 언니나 누 나가 아니었음에도 맑게 웃어 주는 아이들이었다. 하지만 동시에 질 투하지 않을 수 없었다. 아이러니한 감정이었다.

레오폴드 백작가는 선남선녀가 모인 집안이다. 카리나는 화사한 금발과 아름다운 적발, 푸른 눈동자가 공존하는 식탁을 보며 그렇게 생각했다.

'……옛날엔 왜 나만 머리카락이 칙칙한 갈색인지도 의아해했었지.'

나중에서야 조부모님 중 한 분의 머리카락 색을 물려받았다는 것을 알게 됐지만 그것을 서럽게 생각했던 때도 있었다.

카리나는 샐러드를 몇 점 집어 먹다 말고 포크를 내렸다. 속이 더부룩해서 더 들어갈 것 같지 않았다. 그녀는 잔에 담긴 물로 입을 헹구곤 자리에서 일어났다.

"저는 식사를 끝냈으니 먼저 들어가 볼게요."

"그러려무나."

어머니의 대답이 들려왔다.

다들 대화를 나누느라 카리나에게 제대로 집중하지 않았다. 어머니 역시 곧 아벨리아와 페르던에게 시선을 돌리고 말았다.

그 낮은 존재감 속에서 카리나는 익숙하게 고개를 숙이고 자연스럽게 물러났다.

더부룩한 가슴께를 손바닥으로 문지르며 복도를 거니는 도중 무언가가 속에서 울컥울컥 치고 올라오는 느낌이 들었다. 그녀는 숨을 한껏 들이켠 채 좌우를 살피곤 최대한 아무렇지도 않은 표정으로 어깨를 쫙 펴고 걸었다. 그녀는 아무도 지나다니지 않는 복도를 익숙하게 걸어 바로 2층으로 향했다.

그러나 그것도 잠시였다. 계단을 채 다 오르기도 전에 토기가 치밀었다. 입을 가린 카리나가 결국 제 방 욕실로 달려 들어갔다.

그녀는 얼굴을 박고 우웩, 웩, 소리를 내며 얼마 먹지도 않은 음식을 전부 게워 냈다. 다 씹지 못하고 꾸역꾸역 넘겼던 잔해에 그녀는 황급히 물을 내리고 터덜터덜 침대에 걸터앉았다.

진이 다 빠진 기분이었다.

'이런 식으로 급격하게 나빠진단 얘긴 없었잖아.'

카리나가 불만스럽게 생각했다.

며칠 전, 그녀는 저택을 몰래 빠져나가 용하다는 의원에게 간 적이 있었다.

"이런 말을 하긴 조금 미안하지만. 어떻게 장기가 제 기능의 반이나 발휘하고 있는지 의문일 정도야."

"······심각한가요?"

"그래, 솔직히 걸어 다니는 게 신기하군. 원래는 건강했는데 갑자기 그런 거라면 '예술병'을 의심해 볼 수 있겠어."

"예술병이라니······."

"'기적'을 일으키는 뛰어난 예술가의 재능을 타고난 사람이 있잖나. 그중에서도 그 예술의 재능을 발휘하기 위한 조건이 생명력인 경우가 있지."

아무리 눈에 띄지 않는 삶을 살아가는 조연이라고 하지만, 이런 식으로 갑작스럽게 죽음이라는 단어를 던져 주는 것이 어디에 있는지.

그녀는 세상이 불합리하다고 생각했다. 그러나 그녀가 어떻게 할 수 있는 것도 아니었다.

"자네도 기적을 일으키지?"

"……네."

"능력을 쓸 때마다 몸 상태가 안 좋아졌을 텐데. 건강 검진은 받지 않았나? 보통 기적을 일으키는 종류의 축복을 가진 사람은 정기적으로 검진을 받게 되어 있는데."

"……."

"미리 알기만 했어도 이 정도까진 아니었을 거야."

"그런가요."

정곡을 찌르는 말에 카리나는 그저 멍하니 고개를 끄덕였다. 자신이 일으키는 기적이 제 생명력을 갉아먹고 있었으리라곤 생각지도 못했다.

그녀는 조용히 이마를 짚었다.

단순한 오기였다, 능력에 대해 알리지 않은 것은.

처음 말을 하려고 했을 때 제대로 들어 주지 않은 이들에 대한 괜한 자존심과 오기.

그리고 이후에는 걱정이 됐을 뿐이다. 이 능력을 밝히면 분명 가족들은 자신을 바라보겠지. 그러나 그것이 과연 진짜 자신을 바라보는 것인지, 능력을 바라보는 것인지 확신할 수 없을 것 같았다. 그래서 숨겼다.

그게 이런 식으로 돌아올 줄은 예상치도 못했다.

"빈혈도 있고, 각혈도 한다고 했던가? 먹은 음식을 제대로 소화하지 못하고 게워 내는 일도 많다고?"

"네."

"심각하네. 이런 말 하기는 뭣하네만…… 자네, 이 몸 상태로는 길어야 1년일세. 음식물도 제대로 섭취 못 해서야 몸은 점점 약해질 테니 솔직히 1년도 길게 잡은 거야."

하얀 가운을 입은 늙은 의원은 허름한 진료소에서 얼마 되지도 않는 값을 받으며 사람들을 치료해 주었다. 하지만 그의 진단이 의심스럽진 않았다. 의원의 눈은 총명했고 또렷했다.

"알겠습니다."
"뭐야, 살 방법은 안 물어봐? 당연히 물어볼 줄 알았더니."
"살 방법이 있나요?"
"아니, 내가 알기론 아직 없다네."

의원의 말에 카리나는 그저 고개를 끄덕이곤 금화 두 개를 내려놓고 몸을 돌렸다.

의원은 그녀가 준 금화를 물끄러미 바라보다가 한숨을 내쉬었다. 나가려는 카리나의 뒷모습을 보며 그는 의미심장한 말을 한마디 던졌다.

"그래도 살 시간을 좀 더 늘릴 수 있을지 모르니까. 마음이 있으면 다시 와."

카리나는 그의 말을 듣는 둥 마는 둥하고는 허름한 의원을 벗어났다.

청천벽력 같은 말이었다. 최근 몸이 급격히 안 좋아지는 것 같아서 혹시나 해 백작저의 주치의가 아닌 의원에게 진찰을 온 것이었는데.

'아니야, 내가 백작저 주치의한테 가지 못한 건……'

가족들이 걱정할까 생각했다기보다는 그를 신뢰하지 못했기 때문이다.

백작가의 건강을 담당하고 있는 건 실력 있고 명망 높은 무척 젊은 의원이었다. 그러나 지금껏 지켜봐 온 그는 종종 필요에 따라 거짓을 말하는 것도 서슴지 않았다. 그리고 그는 아벨리아를 친동생처럼 아꼈다.

'괜한 생각일지도 모르지만 내가 아픈 것에 아벨리아가 충격을 받을지도 모른다고 하면……'

그것이 아벨리아에게 해가 된다고 판단한다면 그는 거짓말을 할 것 같았다.

한바탕 게워 내니 속이 조금 진정됐다. 가슴을 손으로 쓸며 카리나는 창가에 걸터앉았다.

태양 빛 아래에 서자 피부가 한층 더 투명해 보였다. 하늘을 날아다니는 새가 눈에 들어왔다. 포르르 날아 저 나무에 턱 몸을 붙이고 앉는다.

"나도 날개나 있었으면."

죽을 때 죽더라도 하늘을 실컷 원하는 만큼 날아 보고 죽고 싶었다. 하고 싶은 것을 하고 죽고 싶었다. 그녀는 들끓는 욕망에 전율했다.

솔직히 말해 카리나가 사랑을 받지 못한 것은 아니었다. 부모님은 언제나 공평하려고 노력했다. 하지만 누군가는 아팠고, 누군가는 나이가 어려 도움이 필요했다. 어쩔 수 없이 공평해지지 못하는 부분이 있었다.

그런 면에서 둘째는 참 어중간했다. 레오폴드 가문의 쌍둥이 중 하나는 잔병치레가 잦았다. 다른 한 명은 천방지축이라 여기저기 잘 다쳐 오곤 했다. 거기에 자신은 첫째 오라버니처럼 후계자도 아니었다. 그러다 보니 알아서 잘 처신하는 둘째에게 주어지는 관심의 크기는 모래알만큼이나 작았다.

그 모든 것들을 직접 겪어 본 결과 카리나는 그것을 '없느니만 못한 관심'이라고 표현했다.

세상은 모두 백작가를 중심으로 돌아가는 듯했다. 그들이 가는 길에는 누가 흘린 돈이 떨어져 있었다. 하지만 카리나의 길에 있는 것은 수없이 많은 돌부리뿐이었다.

그녀 역시 쌍둥이와 오라버니를 사랑하지만 질투가 나는 것도 사실이다. 같은 배를 타고 나와 같은 집안에서 자랐는데, 어떻게 이토록 그들을 조금도 닮지 않았는지.

그렇게 누군가를 계속 질투하고 미워하다 보니 자기 자신이 무척 못나 보였다. 그것이 같은 형제라는 사실도 카리나는 못내 힘겨웠다.

"……내가 죽는다는 건가."

사실 피를 토할 때부터 아주 조금 예상하긴 했다.

"그냥 떠날까?"

저택에 있으면 카리나는 언제나 억지로 웃어야 했다. 그녀는 혼자서 뭐든 다 해내는 의연한 사람이어야 했고 무엇이든 양보할 수 있는 너른 마음의 소유자여야 했다.

그러나 코앞에 다가온 죽음 앞에서까지 그러고 싶지 않았다.

가족들이 무슨 표정을 할지도 상상되지 않았다. 혹시라도 처치 곤란한 문젯거리라는 눈빛으로 자신을 바라본다면 다시는 일어날 수 없을 것 같았다. 카리나는 가족에게 제 상황을 얘기할 마음이 조금도 들지 않았다.

살고 싶다고 소리칠 힘도 없었다. 오래전부터 그녀의 방엔 아무도 오지 않는다. 그녀가 알아서 할 수 있다고 했으니까. 그러니까 아무도 카리나에겐 관심을 두지 않았다.

'나간다면 어디로, 뭘 하러……?'

창틀에 걸터앉아 창문에 이마를 기댄 카리나가 고민했다.

기껏해야 1년이다. 지금껏 살아온 20년의 세월에 비하면 무척이나 짧고 훌쩍 지날 시간이다.

그녀는 늘 뭐든지 잘하는 오라비의 그늘과 귀여움을 듬뿍 받는 애교 많은 쌍둥이 사이에 끼어 제 존재를 내비친 적이 없었다.

그녀는 온전히 자신을 봐 줄 사람이 필요했다. 싫어하든 좋아하든, 그저 온전히 자신을 봐 줄 사람.

"영애는 무슨 오징어인가? 하라는 대로 이리 흐느적 저리 흐느적. 의욕이 없으면 나오질 말았어야지. 그대가 거절했으면 이 일도 무마되었을 것 아닌가."

문득 떠오른 것은 약혼자와의 첫 만남이었다.

신이 아름다움을 남용했다고 생각할 정도로 남자의 얼굴은 선이 유려하고 완벽했다. 남자는 그 인간의 것이 아닌 듯한 얼굴로 미간에 주름을 새긴 채 그녀에게 신랄하게 쏘아붙였다.

‘따지고 보면 그쪽도 거절을 안 했으면서.’

그때는 다다다 쏘아붙이는 그의 말에 한마디도 내뱉지 못했지만 생각해 보면 그런 것 아닌가.

가늘어진 푸른 눈동자가 창문에 비쳤다. 피부는 그녀가 보기에도 예전보다 창백했다. 빈혈기가 심해졌다. 다행히 많이 움직일 일이 없어서 여태 평범하게 생활할 수 있었다.

“북부로 가 볼까.”

아무것도 없이, 자신의 발로. 스스로 움직여서.

고집스럽게 꾹 다물렸던 입매가 이윽고 천천히 벌어졌다.

“가자.”

고민도 짧고 결정의 시간도 짧았다.

그녀는 단신으로 북부행을 결정했다.

다음 날 아침, 카리나는 처음으로 가족 식사에 불참했다.

자신에게 남은 시간이 1년밖에 없다고 생각하니, 가장 먼저 하기 싫은 것이 머릿속에 떠올랐다. 어차피 다 게워 내기밖에 하지 않는 불편한 아침 식사가 싫었다.

‘아무도 안 와 보네.’

정오가 되도록 누구 하나 오지 않은 방문은 여전히 굳게 닫혀 있었다.

새삼 서운했다. 아프다고 한 것은 아니었다. 그냥 속이 더부룩해서 오늘은 식사하고 싶지 않다고 한 것뿐이었다. 그렇다고 이렇게 조용할 줄이야.

여태까지 애써 외면했던 것들이 이제 와 하나둘 밀물처럼 밀려들었다.

아침 식사를 거른 카리나는 시녀에게 부탁해 받은 사과를 입에 물고 책상에 앉았다. 한번 떠나기로 마음을 결정하고 나니 계획이 착착 세워졌다. 단 한 번도 여행 준비를 해 본 적이 없었지만, 적당히 돈만 있으면 어디든 갈 수 있지 않겠나 싶은 가벼운 생각도 있었다.

가장 중요한 것은 들키지 않고 준비해서 몰래 여행길에 나서는 것이다.

카리나는 일주일을 준비 기간으로 잡았다. 그사이 마차 편을 알아보고 여행에 필요한 물품을 준비할 생각이다.

펜을 쥔 카리나가 종이에 글자를 적어 내려갔다.

'금화는 잔돈으로 좀 바꿔 두고…….'

간단히 갈아입을 옷이랑 육포랑 물 그리고…….

"아! 파혼 서류도 챙겨야지."

그녀의 예상대로라면, 아마 그 남자가 데굴데굴 굴러 들어온 파혼 서류를 거부할 리는 없었다.

[파혼 서류.]

종이에 떡하니 적힌 글씨를 그녀가 물끄러미 내려다봤다.

어릴 때야 약혼이나 결혼을 가문과 부모가 결정했으니 어쩔 수 없

었다. 하지만 성인이 된 지금은 결혼과 파혼에 관해서는 본인들에게
의사 결정권이 있다.

[약.]

의원을 다시 한번 찾아가야겠네.

그녀가 작은 목소리로 중얼거렸다. 그녀에게 제일 급한 건 일단 긴
여행을 버텨 줄 약이었다.

카리나는 노트에 필요한 걸 차분히 적어 내려갔다. 열 가지를 적
고 나니 더는 떠오르는 게 없었다.

그녀는 한참을 멈춰 있다가 이윽고 펜을 내려놨다. 후후 바람을
불어 종이를 말리곤 노트를 찢어 이윽고 그것을 소맷자락에 넣었다.

'준비 기간이 일주일밖에 없으니까 약은 미리 준비해야겠지.'

가장 먼저 가야 할 곳을 정한 그녀는 자리에서 일어났다.

곰 얼굴 모양의 낡은 지갑에 모아 온 용돈을 빵빵하게 채워 넣은
그녀는 외출복으로 갈아입었다. 시녀를 부를까 잠시 고민했지만 결
국 부르지 않았다. 혼자 해내는 일이 더 많았기 때문일진 몰라도 그
녀는 이제 시녀가 조금 불편했다.

그녀는 잠시 거울 앞에 서서 제 모습을 찬찬히 훑었다. 창백한 피
부는 생기가 없어 보였고 건조한 입술은 핏기 없이 바싹 말라붙어
있다. 인상이 옅어 보이는 흐릿한 머리 색과 아무리 빗어도 정돈되
지 않는 머릿결 때문인지 더욱 아파 보였다.

그나마 레오폴드 가문의 핏줄을 이은 게 맞는다는 것을 증명해
주는 짙푸른 눈동자는 봐 줄만 했다. 그녀는 눈동자만큼은 제 못난

부위 중에서도 가장 예쁘다고 생각했다. 그러나 그녀의 몸에서 유일하게 예쁜 것일 뿐, 다른 가족에 비하면 이것 또한 눈에 띄는 아름다움은 아니었다.

아름다운 부모님. 어렸을 때부터 수많은 영애의 고백 편지를 받은 인프릭 오라버니. 활발해서 친구들이 무척 많은 남동생 페르던과 아픈 몸임에도 불구하고 늘 사교계의 중심에서 사람들을 몰고 다니는 아벨리아까지.

그들은 언제나 모든 중심에 있었다. 그에 비해 카리나는 눈에 띄지 않는 외모에 말수도 적었다. 그저 그런 평범한 영애.

사실 그녀가 여느 집에서 태어났으면 제법 괜찮은 삶을 살고 친구를 사귀고 행복했을지도 모른다. 그러나 카리나의 주변에 있는 이들은 너무나 밝았다. 스스로 빛을 낼 줄 아는 사람들이 그녀의 주변을 둘러싸고 있으니 그 존재감은 더 희미해졌다.

카리나는 조용히 방을 빠져나왔다. 2층 안쪽에 존재하는 그녀의 방은 조용하고 시녀들의 발길이 뜸한 곳이었다.

중앙 계단 앞에 서는 순간, 2층으로 올라오는 사람이 보였다. 새하얀 가운을 입은 녹색 머리카락의 남자, 녹턴이었다. 계단을 내려가지 않고 위에서 기다리고 있으니 그도 시선을 느낀 듯 고개를 들었다.

"카리나 아가씨군요."

"응. 오랜만이네, 녹턴. 여긴 어쩐 일이야?"

"아, 리아의, 아니……."

그가 카리나의 눈치를 보며 제 입술을 매만졌다. 카리나가 아무런 반응도 하지 않자 녹턴이 냉큼 다시 입을 연다.

"아벨리아 아가씨의 건강 검진을 하는 날이라서요."

둥글게 휘어지는 눈동자가 서글서글했다. 성격도 좋고 말솜씨도 좋은 남자다. 다정하고 타인의 호감을 호감으로 돌려줄 줄 아는 사람이었다. 그녀는 등허리가 뻣뻣해지는 느낌을 털어 내며 애써 고개를 끄덕였다.

"그래, 들어가 봐."

그와는 그다지 길게 말을 섞고 싶지 않았다. 우습게도 그는 카리나가 아주 잠깐 달콤한 꿈을 꿨을 때 마음에 담았던 사람이었다. 그의 시선이 언제나 아벨리아에게만 향한다는 걸 알고 봉오리를 맺었던 마음을 스스로 짓밟았지만.

그에겐 어릴 적에 일찍 죽은 여동생이 있다고 들었다. 여동생과 아벨리아가 제법 닮은 구석이 있는 모양인지 그는 아벨리아에게 무척 호의적이었다.

짧은 생각을 끝낸 카리나는 그를 스쳐지나 계단을 내려가려고 했다.

"안색이 좋아 보이지 않으신데 괜찮으세요?"

가늘게 뜬 그의 진녹색 눈동자를 마주 본 카리나가 고개를 끄덕였다.

'새삼 언제부터 관심을 가졌다고.'

"잠을 좀 못 자서 그래."

"아벨리아 아가씨랑 같이 검진을 받으셔도 되는데."

"괜찮아."

카리나가 아벨리아의 언니기 때문인지 녹턴은 그녀에게 종종 적정한 호의를 보이곤 했지만 딱 그뿐이었다. 한 번 권유하고 거절하면 거기서 끝나는 얕은 호의.

"외출하시나 보네요."

"잠깐 볼일이 있어서."

"녹…… 아! 언니!"

언제 나왔는지, 빼꼼 고개를 내민 앳된 소녀가 냉큼 달려와 카리나를 끌어안았다.

계단 끝에서 위험하게 매달린지라 카리나가 다급히 난간을 잡고 녹턴이 급히 그녀의 허리를 붙잡았다.

허리를 감싼 녹턴의 팔에 카리나의 눈이 크게 뜨였다. 그녀가 당황한 표정으로 바라보자 녹턴이 빠르게 손을 떼었다.

"여기서 매달리시면 위험해요."

"미안, 녹턴. 언니가 반가워서."

녹턴의 걱정스러운 목소리에 장난스럽게 웃은 아벨리아가 고개를 끄덕였다.

"언니, 오늘 아침에는 왜 안 왔어요?"

아벨리아가 까르르 웃으며 카리나에게 물었다.

카리나는 덥석 매달려 그녀의 목덜미에 얼굴을 파묻은 아벨리아를 내려다보며 굳어지는 얼굴에 애써 미소를 띠었다. 그러고는 언제나처럼 다정하게 그녀의 등을 쓸어내렸다.

아벨리아는 분명히 사랑스럽다. 그런데 우습게도 동시에 그녀가 싫었다.

그리고 가장 싫고 화가 나는 것은 그런 생각을 하는 카리나, 스스로였다.

"언니, 어디 가려고요?"

"응, 잠깐 가 볼 곳이 있어서. 그나저나 아벨리아, 계단에선 조심해야지."

"헤헤, 언니가 잡아 줄 걸 믿고 있었어요."

지금은 많이 자라서 살갑게 웃는 아벨리아도, 예전에는 혼나고 싶지 않아 일부러 제 잘못을 말하지 않은 적이 있다. 물론 그로 인해 잘못을 뒤집어쓰고 피해를 본 것은 카리나였다.

카리나는 때때로 그때가 생각나서 굳으려는 얼굴을 몇 번이고 매만지며 제 표정을 가다듬어야 했다.

"……믿지 마."

카리나가 낮은 목소리로 중얼거렸다.

"네?"

그녀의 반문에 그제야 흠칫 몸이 떨렸다. 황급히 고개를 들자 제대로 듣지 못했는지 여전히 천사 같은 얼굴로 웃고 있는 아벨리아와 그 뒤에서 기묘한 표정을 짓고 있는 녹턴이 보였다.

"아냐, 녹턴 의원이 네 건강 검진을 왔다고 들었어. 가서 건강 검진을 해야지. 그래야 얼른 나을 거야."

"녹턴은 잔소리쟁이란 말이에요. 그리고 몸도 아주 괜찮아졌어요! 그러니까 언니랑 같이 놀러 가고 싶은데."

툴툴거리는 아벨리아의 금발이 손끝에서 찰랑거렸다. 아름답게 웨이브진 머릿결도 사랑스러운 성격도 카리나는 물려받지 못한 거다.

"안 돼. 녹턴이 괜한 발걸음을 한 게 되잖니."

"하지마안……."

넌 살 수 있잖아.

목까지 차오른 말을 억누르며 카리나가 고개를 돌렸다.

아벨리아는 열넷의 어린 나이다. 한창 어리광을 피울 나이긴 했다. 그러나 그 나이의 카리나는 늘 아픈 아벨리아와 바깥에서 매일매일 다쳐 오는 페르던에게 모든 관심을 빼앗겼다.

아벨리아의 맑은 웃음에 추한 질투심과 원망이 피어올랐다. 그래서는 결코 안 될 일인데.

"언니이, 진짜 안 돼요? 네?"

녹턴이 그런 그녀를 바라보다가 아벨리아의 어깨를 붙잡고 카리나에게서 그녀를 떼어 냈다.

"리아, 그렇게 말씀하시면 저는 속상하군요. 오늘 건강 검진을 하라는 백작님의 명령을 받고 온 것인데요."

"하지만……."

아벨리아가 미련이 뚝뚝 떨어지는 눈으로 카리나를 바라봤다.

카리나는 입을 다물었다. 지금 같은 기분으로는 무슨 말을 해도 실수를 할 것 같았다.

"게다가 카리나 아가씨는 중요하고 급한 일이 있다고 들었어요. 리아가 떼를 쓰면 곤란할 거예요."

"……아, 그래?"

아벨리아의 아쉬움 넘치는 시선이 카리나에게 향했다. 그녀는 입을 여는 것보단 억지로 미소를 지으며 아벨리아를 안심시키려 노력했다.

"언니는 맨날 밖으로 나가서 좋겠다……."

툴툴거리며 투정을 부리는 아벨리아가 실망한 듯 고개를 푹 숙였다.

울컥, 속에서 무언가 치고 올라왔다.

아벨리아는 카리나에게 집착했고 그녀는 언제나 아픈 아벨리아의 곁에 있어야 했다. 그리고 그 때문에 카리나는 변변한 친구 한 명도 사귈 수 없었다. 다과회를 연 것도 한 손에 꼽을 정도였고 참석한 것도 손에 꼽았다.

꽉 쥔 주먹이 잘게 떨렸다.

그녀 역시 친구와 놀러 가고 싶을 때가 있었다. 동생을 원망하지 않으려고 다른 데 관심을 두려고 했던 날도 있었다.

"그 대신 시장에서 파는 맛있는 거 사다 주세요! 왜 꼬치나 주스 같은 거요! 먹어 보고 싶었단 말이에요!"

아벨리아가 곧 장난기 짙은 표정으로 눈을 반짝이며 고개를 든다.

"알겠어."

자리를 빨리 뜨고 싶었던 카리나가 미간을 좁힌 채 성마르게 대답했다. 기묘한 눈으로 자신을 보고 있는 녹턴에게 감사의 의미로 살짝 고개를 숙이곤 그녀가 몸을 돌렸다.

'토할 것 같아.'

계단을 내려가는 그녀의 눈이 어둡게 가라앉았다.

아벨리아에 대한 미안함과 동시에 느껴지는 질투. 자신이 혐오스럽고 역겨웠다.

그녀의 걸음이 당장에라도 쓰러질 듯 위태로웠다.

"카리나. 미안하다. 인프릭이 낙마를 했다고 해서 급히 아카데미로 가 봐야겠구나. 우리 딸은 착하니까 괜찮지?"

"하지만 오늘은 카리나의 생일인걸요……."

"오빠가 다쳤을지도 모르잖니."

"아버지는요……?"

"아버지는 먼저 아카데미로 갔단다. 생일 선물은 집사에게 말해 두렴. 파티는 다음에 하자꾸나. 괜찮지?"

어둠 속에서 스포트라이트를 받는 연극배우처럼 덩그러니 떠오른 레오폴드 백작 부인과 어린 카리나가 이야기를 나눴다.

그녀의 네 살 생일 때의 이야기였다. 결국, 그날 백작 부인은 카리나의 대답을 듣기도 전에 급히 몸을 돌려 저택을 나섰다. 어린 카리나는 그저 그 뒷모습을 멍하니 바라봤다.

순식간에 장면이 뒤바뀌었다.

"와아, 작아요! 제 동생이에요?"

"그래, 카리나의 동생이란다. 이제 카리나는 언니고 누나니까 동생들을 잘 돌봐야 한다. 알았지?"

"네!"

쌍둥이 동생이 태어나던 날 카리나는 무척 행복했다. 귀엽고 사랑스러운 아기들이 꼬물거리는 것을 난생처음 목격했기 때문이다.

그녀는 행복했다. 귀여운 아이들이 제 뒤를 뽀작뽀작 쫓아다닐 것을 생각하니 웃음이 났다.

그러나 쌍둥이가 태어나는 것과 동시에 모든 관심은 갓 태어난 아이에게 돌아갔다. 아벨리아가 무척 약한 몸으로 태어났기 때문이었다.

"안 돼! 이건 내 거야! 어머니께서 만들어 주신 거라고……!"

이제 막 바닥을 기어 다니는 작은 아이의 손가락 힘이 어찌나 세던지, 소중한 곰돌이 모양의 지갑을 **빼앗긴** 카리나는 발을 동동 굴렀다. 아이의 꽉 쥔 손아귀에서 제 물건을 찾으려다가 동생이 넘어져 엉엉 울음을 터뜨린 것도 작은 소녀가 원하던 일은 아니었다.

"세상에, 카리나! 대체 뭐 하는 거니? 누나가 되어서는!"
"하지만…… 제 물건을 페르던이 가져가서……."
"네가 양보해야지, 누나잖니! 누나는 어른스러워야 해. 그래야 동생들이 보고 배우지. 일단 페르던에게 주렴. 착하지, 카리나?"
"……."
"좀! 말 좀 잘 들으렴. 떼쓰지 말고. 대체 나이가 몇인데…… 말을 듣지 않으면 아버지께 말씀드려서 크게 혼을 낼 거야."
"이건 싫은……."
"애처럼 굴지 말고."

기어코 백작 부인은 카리나의 손에서 지갑을 **빼앗아** 갔다. 그것을 손에 쥔 페르던이 좋다며 까르르 웃었다. 그 지갑은 혼자 보냈던 네 살 생일 이후, 카리나가 어머니를 졸라 어머니가 직접 만들어 준 소중한 선물이었다. 눈이 잔뜩 붉어진 카리나는 페르던에게 억지로 지갑을 빌려줘야 했다. 오랜 시간이 흐른 뒤, 그것은 너덜너덜해져서 카리나의 품으로 되돌아왔다.

또다시 장면이 뒤바뀐다.

"……어머니, 저 머리가 어지러워요."

"뭐? 이런, 열이 나는구나. 지금 아벨리아도 열이 올라서 의원이 살피고 있단다. 그 뒤에 널 봐 달라고 하자. 일단 방으로 가자꾸나. 엄마가 데려다 줄게."

"네."

오랜만에 어머니의 품에 안긴 카리나가 조용히 어깨에 얼굴을 묻었다. 드물게 제 눈을 마주 보고 안쓰럽게 끌어안아 준 어머니의 품은 무척 따뜻했으나 그 행복이 그리 오래 가진 않았다.

"마님. 진찰 오신 의원께서 아벨리아 아가씨의 상태에 대해 설명해 드릴 게 있다고 잠시 와 달라고 하십니다."

"뭔가 문제가 있다니? 일단, 알았다. 금방 간다고 전하렴"

레오폴드 백작 부인은 미안한 표정으로 카리나를 내려놨다.

"카리나, 미안하다. 시녀를 부를 테니 그녀를 따라 방에 가서 쉬고 있으렴. 일이 끝나면 의원과 함께 찾아가마. 카리나는 언니니까 혼자 가 있을 수 있지?"

"……어머니가 데려다주시면 안 돼요?"

"넌 건강하잖니."

카리나의 투정에 백작 부인이 한숨처럼 말했다.

"동생이 더 아프니까 언니인 네가 조금 양보해 주렴, 카리나."

모든 것은 카리나의 위주가 아니었다.

"우리 딸, 착하구나."

칭찬은 오로지 그녀가 원하는 것을 참았을 때 주어졌다.

몸이 아픈 동생을 둔 언니여서, 사고뭉치 동생을 둔 누나여서, 타지에 떨어져 사는 오빠의 동생이라서.

다정함은 그녀의 것이 아니었다.

열 살이 됐을 때, 그녀는 더 이상 누군가를 찾지 않았다. 대신 그녀는 조금 다른 취미를 들였다. 그녀는 혼자 있을 때마다 그림을 그렸다. 선을 긋고 색을 입히면 생동감 있는 그림이 완성됐다. 그제야 충족감이 속에서부터 들끓었다.

장담하건대 카리나는 그 능력이 '기적'이라는 것도 알지 못했다. 그런 종류의 힘이 제 생명력을 깎아 먹을 수 있다는 것은 더욱 몰랐다.

레오폴드 백작가는 대대로 무인을 배출한 집안이었다. 예술이라고 불릴 만한 계통에서 유명한 사람은 없었다. 자연히 예술병은 익숙하지 않은 병이었다.

그녀가 만약 아틸렌 가문이나 칼로스 가문 같은, 뛰어난 예술가를 많이 배출한 가문에서 태어났다면 자연스럽게 그런 종류의 검진을 받을 수 있었을 것이다. 그러나 그녀는 그러지 못했다.

그녀는 온 힘을 다해 그린 나비 한 마리가 생명을 얻어 도화지 밖으로 나와 날아가는 것을 보며 무척 놀랐다. 나비는 포르르 방 안을 돌아다니다가 이윽고 사라져 버렸다. 어린 카리나는 곧장 부모님께 향했다.

"어머니! 아버지! 저, 그림을 그렸는데요……!"

"카리나! 들어 보렴, 인프릭이 아카데미에서 열린 검술 대회에서 일등을 했다는구나. 조기 졸업을 할 것 같다고 한다."

"그…… 역시 오라버니예요! 그런데 어머니, 저도 그림을 그렸는데……."

그림에서 나비가 날아올랐다고, 무척 신기했다고, 한 번만 봐 달라고, 그렇게 얘기할 생각이었다.

"그림? 아, 잘 그렸구나."

도화지에 닿은 시선은 몇 초 머무르지 않고 떠나갔다. 오라버니가 보낸 편지를 몇 번이고 곱씹어 읽는 두 사람에게 그녀가 그린 그림은 닿지 않았다.

"그나저나 이번 주말에 인프릭이 돌아온다고 하니 작은 연회를 열까 한단다. 요즘 아벨리아의 몸 상태도 꽤 좋고 기쁘네."

"……."

어린 카리나의 혀끝에서 맴돌던 말은 결국 바스러져 사라졌다. 소녀는 몸을 돌렸다.

시간이 지날수록 아무도 그녀에게 관심을 주지 않는다는 것을 몸소 깨우치며 카리나는 더욱 그림에 몰두했다.

"카리나! 저 위에 있던 물건. 네가 가져갔니?!"

"네? 아뇨?"

"그럼 그 물건을 왜 아벨리아가 들고 있어! 위험한 물건이라고 말했잖니!"

"제가 안 했으⋯⋯."

"언니가 돼서 도대체 왜 그렇게 말을 안 들어! 왜 그렇게 속을 썩이니!"

하지 않았다고 말할 수 없었다.

새하얗게 질린 아벨리아가 제 눈치를 보며 어머니의 뒤에 숨어 울먹이는 꼴이 보여서, 그걸 가져온 건 제가 아니라고 할 수 없었다.

아무리 하지 않았다고 말해도 어차피 제 목소리는 어머니에게 닿지 않을 거라는 걸 깨달아 버렸으니까.

심장이 아팠다.

어둠 속에서 빠져나가고 싶어서 허공에 손을 휘젓는데, 또다시 장면이 뒤바뀌었다.

"내일은 인프릭의 졸업식이라 네 생일 파티는 며칠 뒤에 할까 하는데 괜찮으냐? 카리나?"

"네, 괜찮아요. 아버지."

"카리나, 미안하다. 네가 주최하는 다과회가 급한 게 아니라면 조금 미뤄도 되겠니? 아벨리아가 몸이 좋지 않아서."

"네, 어머니."

뒤바뀐 장면에는 더 이상 상처받지 않는, 언제나 같은 표정의 자신이 무심하게 앉아 있었다. 어느새 괜찮다는 말은 카리나의 당연한 대답이 되어 있었다.

그녀는 서운해하지 않기 위해 노력했다. 서운해하면 못된 아이가 되는 듯했다. 동생이 아프니까, 오라버니가 다쳤으니까.

자신이 그저 외로워서 같이 있어 달라고 하는 것은 배부른 소리가 아닌가?

'모든 사람이 칭찬하는 오라버니의 대단함에 비하면 내가 그리는 그림 따위는.'

'나보단 어머니랑 아버지를 기쁘게 하는 오라버니가 더 대단해.'

'동생이 아프니까 내가 양보해야 해.'

'며칠 지나서 생일을 축하한다고 음식의 가짓수가 줄어드는 것도 선물이 줄어드는 것도 아니야.'

'나는 튼튼하니까 괜찮아.'

'나는…… 괜찮아.'

카리나가 그리는 그림의 수는 점점 늘어 갔다.

그러면서 그녀는 몇 가지 사실을 더 깨달았다. 그림은 온 힘을 다해 정성스레 그려야만 생명을 얻었으며, 짧게는 한 시간에서 길게는 하루까지 있다가 사라졌다.

그녀가 일으키는 기적의 개수도 늘어났다. 수많은 그림이 생명을 얻었다가 이윽고 사라졌다.

　카리나는 아무리 불러도 돌아봐 주지 않는 가족 대신, 부르면 곧
장 돌아봐 주는 그림 속 생명에게 시선을 빼앗겼다.

　그것은 때때로 외로운 그녀의 이야기를 들어 주는 친구가 되었
고 그녀를 위로해 주는 애완동물이 되기도 했으며 슬퍼하는 부모
님을 위해 종종 쌍둥이와 인프릭의 상처를 치유하는 의사가 되어
주었다.

　외로움의 크기만큼, 소녀의 생명력은 본인도 모르는 사이 점점 깎
여 나갔다.

　이윽고 되돌아올 수 없는 곳까지.

　"도착했습니다."

　흔들리는 마차 안에서 깜빡 잠이 들었던 카리나가 들리는 목소리
에 눈을 번쩍 떴다.

　그 짧은 사이 꾼 꿈 때문인지 식은땀이 등을 축축하게 적셨다.

　벌렁거리는 심장을 손바닥으로 꾹 누른 카리나가 표정을 갈무리
한 채 마차에서 내렸다. 돌아갈 땐 마차 정류소를 이용하면 되니 마
부는 돌려보냈다. 마차에 앉아 오는 내내 눈을 감고 속을 다스리려
노력했는데 그새 잠이 들어 그런 꿈을 꿀 줄이야.

　"그냥 좀 편하게 생각하면 되는 일을."

　하루 이틀도 아닌데.

　그녀가 자조적으로 중얼거렸다.

사실 이러한 생각 끝에 내리는 결론은 언제나 같았다. 아벨리아와 페르던은 어리고 동생이니까. 이해해야 하는 것은 언제나 카리나였다.

'의원에나 가야지.'

괜히 혼자 우울해져 봐야 소용없었다. 어차피 울어도 아무도 달래 주지 않는다. 카리나는 채 열 살도 되지 않아 그 사실을 자각했다.

"뭐야, 하루 만에 살고 싶어진 거야?"

카리나가 의원에 들어가자마자 그녀를 금세 알아본 퉁명스러운 목소리가 들렸다. 그럼에도 그녀는 그다지 불편한 기색이 없었다. 도리어 카리나는 상냥한 가족보다 험악한 말투의 의원이 훨씬 편했다.

마음을 정한 그녀가 한결 밝아진 표정으로 낮게 웃음을 터뜨렸다.

백발이 성성한 의원은 새하얀 머리카락과는 다르게 무척 건강하게 보였다.

"아뇨, 약이 필요해서요."

"약? 무슨 약?"

"떠나려고요."

그녀의 간결하고 뜬금없는 대답에 의원은 헛웃음을 터뜨리려다가 홀가분해 보이는 카리나의 눈을 보곤 입을 다물었다.

"난 한 번도 내가 내 삶의 주인이었던 적이 없는 것 같아서요. 늘 내가 아닌 무언가가 삶의 주인이었는데…… 이제, 그러고 싶지 않아졌어요."

"그래서 떠나겠다?"

"네."

죽을상이었던 어제보다야 낫지만 아무리 그래도 그 몸으로 여행을 가겠다니. 의원은 진심으로 추천하고 싶지 않았다. 그러나 그녀의 눈은 결연했고 흔들림이 없다.

"얼마나 여행을 가는데?"

"음…… 북부 끝에 있는 젠타르라고 아세요?"

의원의 눈매가 대번에 둥글게 뜨였다. 순간 녹턴이 떠올라 카리나는 고개를 저었다. 저 노인의 얼굴에서 왜 갑자기 그 젊디젊은 남자가 떠오른단 말인가.

"차라리 죽으러 간다고 말하게. 그럼 단숨에 죽는 약이라도 지어 줄 테니."

의원은 웃는 얼굴로 아무렇지도 않게 비수를 꽂았다.

카리나의 얼굴이 어색하게 굳었다. 좋은 말을 듣지 못할 걸 예상했지만 이 정도로 신랄하고 직설적일 거라곤 생각지 못했다.

말주변 없는 그녀가 마땅한 답을 찾지 못하고 눈을 도르르 굴렸다.

"뭐! 죽여 달라고 온 거면 잘못 찾아왔어. 훠이, 나가!"

"아니, 그게 아니라……."

벼 이삭을 뜯어 먹는 새를 쫓아내는 것처럼 손을 휘휘 젓는 의원에 카리나는 당황했다.

"혹시 죽지 않고 무사히 도착하는 방법은 없을까요? 두 달 정도 넉넉히 여행 기간을 잡을게요. 그리고 일주일에 한 번 정도 한 이틀씩 여관에서 푹 쉰다고 해도 어려울까요?"

"왜 굳이 북부야? 쉬고 싶으면 차라리 배를 타. 그편이 낫겠군."

"음…… 의탁할 곳이 북부에 있어서요."

"아서라 아서, 거기가 얼마나 추운지 아느냐. 두 달 뒤면 곧 겨울이 다가올 시기다."

"으음, 겨울이 문제가 되나요? 어차피 방에만 있을 거라서……."

의원의 시선이 불만스럽게 카리나를 향했다.

세상 물정 모르는 꼬맹이라도 보는 듯한 시선에 그녀의 표정이 미묘해졌다.

"정확히 뭘 원하는 거야?"

"길 가다 쓰러져서 객사하지만 않으면 될 것 같아요."

"언제 갈 건데?"

"일주일 뒤에요."

"……쯧, 시간도 빡빡하구먼. 알겠네. 예술병으로 갉아먹은 생명력은 근본적으로 어떻게 해 줄 수 없지만 잠시 진행을 늦춰 줄 순 있지."

카리나의 눈이 크게 뜨였다.

"약을 끊으면 약을 먹는 기간 동안 악화되지 않은 만큼 더 악화될 거야. 난 약을 두 달분밖에 지어 주지 않을 거고."

"그거면 충분해요."

카리나가 순순히 고개를 끄덕였다. 원하는 답을 얻은 그녀가 금화를 넉넉하게 올려 뒀다.

"무슨 돈을 이렇게 자꾸 줘?"

"두 달치 약이잖아요."

"아무리 그래도 이렇겐 필요 없네!"

"그럼 감사함의 의미로 제가 드리는 걸로 할게요. 어차피 쓸데도 없어서요. 그럼 6일 뒤에 들를게요."

카리나가 웃어 보이곤 가볍게 고개를 숙였다.

대답도 듣지 않고 금화 열댓 개를 아무렇지도 않게 놓고 가는 카리나를 보며 의원이 혀를 끌끌 찼다.

"어린 게 포기가 빨라."

그러나 그는 의원이었다. 살고자 하는 사람은 살리지만, 죽고자 하는 인간의 삶을 일부러 살리기 위해 노력하지는 않는다.

의원이 홀가분한 표정으로 나가는 그녀의 뒷모습을 바라봤다.

"무슨 삶을 살았기에 죽고자 마음먹으니 저리 홀가분한 표정을 짓는 것인지……."

의원은 금화를 대충 서랍에 쓸어 넣고는 고개를 내저었다. 그는 창문 밖으로 멀어져 가는 카리나를 보며 턱을 괴었다.

카리나는 집으로 돌아가기 전에 아벨리아에게 줄 꼬치구이를 몇 개 포장했다.

입이 까다로운 부모님이나 오라비는 평민들이나 먹는 이런 음식을 먹진 않겠지만, 호기심 많은 쌍둥이는 분명 즐거이 먹을 것이다.

"……꼬치나 주스 같은 거요! 먹어 보고 싶었단 말이에요!"

선하게 웃어 보이던 아벨리아가 떠올랐다.

"언니는 맨날 밖으로 나가서 좋겠다……."

동시에 그녀의 속을 뒤집어 놨던 말도 떠올랐다.

아벨리아에게 큰 악의가 없다는 건 안다. 이유를 모르지만 자신을 좋아한다는 것도. 그러나 어느 날부턴가 진심으로 웃어 줄 수가 없었다.

문득 든 미안함에 카리나는 아벨리아가 먹고 싶다고 했던 과일주스도 두 잔 샀다.

그녀는 정류소로 가서 마차 한 대를 빌렸다. 처음에는 건성이었던 마차 정류소의 마부도 목적지를 말하자 황급히 고개를 조아렸다.

카리나는 허름한 마차에 올라탔다. 마차는 낡고 오래된 데다가 안에서 퀴퀴한 냄새도 났다. 덜컹거림은 어찌나 심한지 오래 앉아 있지도 않았는데 엉덩이와 허리가 아팠다. 백작령 내의 큰 시장이 저택과 그다지 멀지 않다는 것이 위안이라면 위안이었다.

"저녁 식사 전 간식으로 적당하겠네."

카리나가 한숨처럼 생각했다.

저택으로 돌아간 그녀를 맞이한 것은 2층으로 올라가려던 남동생 페르던이었다. 반짝거리는 금빛 머리카락에 푸른 눈동자. 머리카락만 기르면 아벨리아와 구별하기 어려울 정도로 아름다운 얼굴이다.

"누나! 어디 갔다 왔어?"

"페르던."

계단을 올라가려던 소년이 냉큼 계단을 뛰어내렸다.

"우와, 맛있는 냄새."

짐승처럼 예민한 후각을 가진 녀석답게 코를 킁킁거리며 다가온 페르던이 냉큼 손에 들고 있는 것을 낚아챘다.

"누님, 무겁지? 내가 들어 줄게."

"이럴 때만 누님이지. 가서 아벨리아랑 먹어. 아벨리아가 돌아오면서 사다 달라고 했거든."

"야호! 고마워, 누나!"

볼에 쪽, 입을 맞춘 페르던이 손에 들고 있던 종이봉투를 냉큼 가지고 계단을 올랐다.

카리나가 말없이 꼬치 냄새가 밴 제 옷의 냄새를 맡고는 천천히 2층으로 올랐다.

'옷이나 갈아입자.'

오랜만에 움직였다고 기력이 상당히 닳았다. 그녀가 무겁게 내려앉는 눈꺼풀에 애써 힘을 주며 방으로 향했다. 피곤함이 극에 달했다.

방에 도착하는 것과 동시에 문을 잠근 카리나가 무너져 내렸다.

"……리나!"

눈부셔……. 그리고 시끄럽다.

"카리나 레오폴드!"

수면 밑에 깊이 가라앉아 있던 카리나의 의식이 굉음처럼 들려오는 제 이름에 반사적으로 눈을 번쩍 떴다. 비몽사몽간 정신을 추스르며 그녀가 고개를 들자 익숙한 실루엣이 보였다.

“······아버지?”

카리나가 잠이 덜 깬 의아한 표정으로 침대에 누워 있던 몸을 바로 세웠다. 창밖을 보니 아직 아침이 아니어 보였다.

‘이제 저녁이 조금 넘은 건가?’

창밖으로 대강의 시간을 파악한 카리나가 속으로 짧은 한숨을 내쉬며 고개를 들었다.

“어쩐 일이세요?”

단순히 식사를 권유하러 왔다고 보기엔 무척 화가 난 표정이다. 불안한 느낌이 그녀의 등줄기를 스쳤다. 그녀의 아버지, 레오폴드 백작의 뒤로 안절부절못하는 페르던이 보였다.

카리나의 입이 꾹 닫혔다.

“카리나, 네가 아벨리아에게 길거리에서 파는 음식을 사다 줬느냐?”

“네, 잠시 볼일이 있어서 나갔다가 들어오는 김에요.”

“하아······ 카리나!”

레오폴드 백작이 언성을 높였다.

카리나의 몸이 반사적으로 움찔 떨렸다. 그녀가 애써 떨리는 어깨에 힘을 줬다.

“아벨리아의 몸이 안 좋은 걸 알지 않느냐. 함부로 음식을 먹여선 안 되는 걸 몰랐다고 하진 않겠지!”

“······.”

머리가 아픈 듯 관자놀이를 짚으며 레오폴드 백작이 엄하게 말했다.

그 말을 들은 카리나의 얼굴이 굳었다. 오랜만에 제 방까지 찾아와서 무슨 말인가 했더니 이보다 더 실망스러울 순 없었다.

카리나가 지끈거리는 머리를 힘겹게 굴렸다. 아마도 아벨리아에게 무슨 문제가 생긴 듯했다. 가장 먼저 죄송하다는 말이나 아벨리아는 괜찮으냐는 말을 해야 한다는 것은 알지만, 머릿속이 차갑게 식었다.

'……사다 달라고 해서 사다 준 것뿐인데.'

"……아벨리아에게 무슨 일 있어요?"

"음식이 잘못되어 체했는지 먹은 걸 전부 게워 내고 탈수 증상까지 왔다. 너는 대체 언니가 돼서 어떻게 그렇게 생각이 없어!"

노성이 머리를 댕댕 울렸다.

피곤한 몸과 잠이 덜 깬 정신, 지친 체력까지 포함해 머리가 어지러웠다. 속이 울렁거리는 건 그녀도 마찬가지였다.

"아버지 말이 맞다. 이제 어른이 됐잖니, 대체 왜 그렇게 생각이 없니."

"그건 리아가……."

저를 탓하는 목소리에 속이 울렁거렸다. 억지로 깨워 울리는 머리는 또 어떤가. 이마를 부여잡으며 그녀가 설명하기 위해 입술을 열었다.

"변명하지 말거라!"

언제나와 다르지 않은 상황에 카리나는 설명하길 포기했다. 그녀가 조용히 침묵을 지켰다.

"아버지, 어머니! 누님께서는 그냥……."

"……그래서요?"

카리나가 눈에 힘을 주고 고개를 들어 페르던의 말을 끊어 냈다.

참아야 한다는 건 안다. 언제나처럼 그저 죄송하다고 말하며 끝내야 한다는 것도 알았다. 그저 자주 앓는 아벨리아가 걱정돼서 그런다는 것도 카리나는 알았다. 탓할 사람이 자신밖에 없다는 것도 알았다.

하지만 왜? 왜 탓할 사람이 자신이 되어야 하는 것인가.

"······뭐?"

카리나의 반문에 레오폴드 백작이 놀라 눈을 크게 뜨며 그녀를 바라봤다. 머릿속으론 안다, 알고 있다. 수십 수백 번 다짐했다, 이 해하자고.

'하지만 내가 언제까지 참아야 돼?'

1년 뒤에 죽을 때까지? 그녀가 스스로에게 반문했다.

그렇게 죽고 나면 그 마음을 누가 알아주는 걸까? 아무도 알아주지 않겠지. 평생 카리나 레오폴드는 미련하게 착하고 답답하면서 철이 없던 사람으로 남을 것이다.

거기까지 생각하니 속이 뜨거워지고 머리가 차갑게 식었다.

"너 지금 뭐라고 했느냐."

"그래서 어떡할까요, 하고 여쭸어요."

"지금 예의 없게······!"

"전 아벨리아가 밖에서 꼬치랑 주스를 사다 달라고 해서 사다 준 것뿐이에요."

카리나는 웃음기 하나 없는 싸늘한 표정으로 건조하게 말했다.

"그리고 그런 건 아벨리아한테 당부하셔야죠. 몸에 안 좋을 수도 있으니 이런 음식은 먹으면 안 된다고."

"도대체 동생한테 얼마나 관심이 없으면 그런 것도 모를 수 있느냐."

"저는 아벨리아가 사다 달라고 해서 괜찮은 줄 알았어요."

말을 할수록 억울했다. 아벨리아의 상태에 대해 매번 보고를 받는 것도 아니다. 뭘 먹을 수 있는지 없는지에 대해 알 리가 없었다.

죽음이라는 단어가 이렇게 사람에게 용기를 주는 것이었던가? 카리나는 늘 눌러 담았던 말이 입 밖으로 술술 새어 나가는 것을 느끼며 속으로 조소했다.

레오폴드 백작은 물론 뒤따라 왔던 페르던과 백작 부인의 얼굴이 놀라움으로 물들었다. 카리나 레오폴드가 어떤 사람이던가. 어떤 일이든 선하게 웃는 배려가 많은 아이였다. 잘못한 일이 있으면 순순히 사과하고 그저 잘못을 인정하는 아이. 그런 카리나가 저렇게 차가운 얼굴을 하는 것은 처음 있는 일이었다.

'머리 아파.'

사실 아픈 건 그녀도 마찬가지다. 머리가 아팠고 속도 울렁거렸다. 당장 변기통에 얼굴을 처박고 싶은 심정이었다.

"카리나, 대체 갑자기 이게 무슨 말버릇이냐."

레오폴드 백작이 짐짓 엄한 말투로 말했다.

"말버릇이라니요. 제 의견을 말씀드린 것에 예법상 잘못한 부분은 없는 것 같습니다."

"그런 음식을 가져다줄 때는 주치의의 허락을 받았어야지."

그런 음식이 무슨 음식이란 말인가. 다들 멀쩡히 먹고 있는 음식이었고 심지어 그녀도 장사꾼이 한 입 권하기에 먹었다.

"저도 먹어 보고 사 온 거라서 괜찮은 줄 알았어요. 다음부턴 주의할게요, 아버지."

"……정말이냐?"

"네."

"……그래, 알겠다. 제발 주의하거라."

레오폴드 백작이 카리나의 행동에 의문을 가지면서도 그녀의 순순한 대답에 고개를 끄덕였다.

용건이 끝나 몸을 돌리려던 레오폴드 백작이 걸음을 멈칫하며 카리나를 물끄러미 바라봤다. 그가 잠시 머뭇거리다 입술을 뗐다.

"……네 동생은 태어날 때부터 몸이 좋지 않았잖니. 알고 있지, 카리나?"

"네."

"그리고 너는 건강하잖으냐. 그러니 이해해 주렴."

그놈의 건강. 자신만 건강하게 태어났던가. 인프릭과 페르던 역시 건강에는 전혀 문제가 없었다.

그런데 왜 항상 건강하게 태어난 것이 죄라도 되는 것처럼, 그들은, 항상, 자신에게만, 희생을 강요하는가.

카리나는 손등이 새하얗게 질릴 정도로 이불을 꽉 쥐었다가 고개를 툭 떨구며 손에서 힘을 뺐다.

"네, 알고 있어요."

울컥 솟는 감정을 익숙하게 짓밟아 죽이며 그녀는 시선을 피한 채 무심히 대답했다.

백작 부인이 앞으로 나와 레오폴드 백작을 두둔했다.

"네 아버지도 리아가 쓰러져서 너무 흥분해서 그랬을 거란다."

"네."

"건강하게 태어난 게 얼마나 축복이니. 카리나, 혹 마음이 상한 건 아니지?"

비웃음이 튀어나올 것 같아 카리나는 입술에 힘을 줬다. 기대한 것이 없었는데 굳이 상할 마음이 어디 있겠는가. 카리나는 뒤에서 전전긍긍하는 페르던과 시선이 마주쳤다.

하지만 그것을 무시했다. 그 대신 몸을 돌리려는 레오폴드 백작과 백작 부인을 보며 카리나가 입을 열었다.

"할 말은 그것뿐이세요?"

"뭐?"

"할 말은 그것뿐이신가 해서요."

"……그렇다만?"

의아한 레오폴드 백작의 반문에 카리나의 입가에 조소가 맺혔다가 바스라졌다.

"제 방은 알고 계셨네요, 어머니 아버지."

"당연히 알고 있지 않겠느냐."

백작이 미간을 좁힌 채 뭘 그런 것을 묻느냐는 듯 대답했다.

"지난 몇 년 한 번도 찾아오질 않으시기에 잊으신 줄 알았지요."

카리나의 말에 레오폴드 백작의 얼굴이 딱딱하게 굳었다. 매서운 눈매가 굳기까지 하니 한층 더 무섭게 보였다. 백작 부인은 이러지도 저러지도 못하는 눈으로 카리나를 바라봤다.

"아벨리아에겐 괜한 짓을 해서 미안하다고 전해 주세요. 저도 피곤하니 저녁 식사는 거르고 쉬려고요."

축객령이 분명한 카리나의 말에 망설이던 백작 부부와 페르던은 결국 그녀가 원하는 대로 방을 나갔다.

굳은 표정이던 카리나가 방문이 닫히자마자 표정을 무너뜨리곤 그대로 베개에 얼굴을 파묻었다.

'난 나쁘지 않아…….'

꾹꾹 참아 왔던 말을 드디어 내뱉은 것뿐이다. 단지 그뿐인데 심장이 벌렁거렸다.

'······아벨리아는 괜찮겠지.'

아벨리아가 걱정스럽긴 하지만 음식을 게워 내거나 탈수 증상이 오는 건 카리나도 최근 자주 겪고 있는 증상이었다. 겪어 봤으니 알 수 있다. 큰 문제는 없을 터였다. 애써 자기 자신을 위로하며 손등에 핏기가 가시도록 시트를 꽉 쥐었다.

그녀는 그런 표정을 한 레오폴드 백작을 처음 봤다. 그런 표정을 한 레오폴드 백작에게 그런 대답을 해 본 것도 처음이었다.

카리나가 베개에 머리를 퍽퍽 박았다. 그럼에도 쉽게 잠이 들지 못한 그녀는 오랜 시간 침대 위에서 말없이 생각에 잠겨 있다 벌떡 일어났다.

결국 그녀는 성마른 손길로 종이와 연필, 물감을 꺼내 창문 밑 달빛이 가장 환하게 비추는 공간에 도구를 늘어놓고 주저앉았다.

도화지를 바닥에 펼친 카리나가 익숙하게 연필을 쥐고 새하얀 도화지 위에 선을 그었다. 그녀의 손길을 따라 흔적을 남기듯 흑색의 선이 길을 만든다.

카리나는 제 답답함을 오로지 도화지 위에 풀어냈다.

그녀는 오랜 시간 하고 싶은 말을 속에 눌러 담고 그것을 도화지 위에 쏟아 내는 것을 배워 왔다.

흑색의 선은 순식간에 그녀가 바라보는 창문이 되었다. 밤하늘에 떠오른 수많은 별이 도화지 속 창문 위에 뿌려지고 그 사이에 고개를 빼꼼 내민 달이 자리 잡았다.

코끝에 닿는 밤바람의 차가운 공기. 밤에만 느낄 수 있는 특유의 풀 냄새. 하늘을 메운 쪽빛 사이로 듬성듬성 흐릿하게 보이는 구름까지 그녀는 도화지에 담아냈다. 연필 한 자루로 그렸다기엔 믿기지 않을 정도로 섬세하고 다채로웠다. 그저 흑색의 선이 나열해 있는 것뿐인데도 불구하고.

꿇어앉은 다리가 저린 것도 모르고 땀까지 흘려 가며 카리나는 필사적으로 그림을 그렸다.

한참 만에 긴 숨을 내뱉으며 연필을 내려놨다. 도화지에는 아래에 앉아 올려다보는 창문과 그 너머로 보이는 풍경이 고스란히 그려져 있었다. 다만 현실과 다른 것은 창틀에 앉아 있는 작은 요정 한 마리였다. 나비를 닮은 날개를 가진 새침해 보이는 요정이 눈을 뜬 채 창틀에 걸터앉아 창문 아래에 있는, 보이지 않는 누군가를 다정하게 바라보고 있었다.

카리나는 물감 몇 개를 팔레트에 짜 가볍게 색을 칠했다. 정적으로 보였던 흑백의 세계에 순식간에 반짝이는 별과 밤하늘이 스며들었다. 쏟아져 내리는 달빛과 그 뒤를 빛내듯 반짝이는 별 사이에 있는 요정은 아름다웠다.

붓과 팔레트를 내려놓은 카리나가 지친 듯 긴 숨을 뱉었다.

고개를 떨군 그녀의 짙푸른 눈동자가 서서히 금색으로 물들어 갔다. 동시에 종이가 옅은 금빛을 뿜으며 요정이 도화지 속에서 한 차례 눈을 깜빡였다.

이윽고 요정이 생긋 웃으며 천천히 손을 들었다. 카리나는 자신을 향해 뻗어 오는 작은 손을 향해 천천히 고개를 숙였다. 따뜻한 온기가 볼에 닿았다. 옅은 쪽빛의 요정이 종이 밖으로 나와 눈을 반달로 접어 웃으며 남은 한쪽 손도 카리나의 반대쪽 볼에 댔다.

"……안녕, 요정님."

눈동자 가득 황금빛 눈으로 흐리게 웃으며 카리나가 인사를 건넸다. 요정은 말을 하진 못했지만 소리 없이 환하게 웃었다.

그녀의 염원을 담아, 오로지 그녀를 위해 만들어진 요정은 그런 카리나의 볼을 몇 번이고 몇 번이고 방긋 웃는 얼굴로 쓰다듬었다.

카리나는 요정에게 매달리듯 요정을 손에 꼭 쥔 채 하염없이 그 쓰다듬을 받았다.

제 몸을 이렇게 만든 것이 이 능력이라는 것을 알면서도, 속이 답답하고 죽을 것 같아서 그림을 그리지 않고는 버틸 수가 없었다.

그림은 그녀의 삶이었다. 동시에 그녀의 유일한 숨구멍이었다.

카리나에게 그림은 마치 마약과도 같았다. 제 몸을 망가뜨리는 원인이니 끊어야 하는 것을 알지만, 감정을 털어 낼 곳이 없어서 결국 다시 손을 대게 되는 마약과도 같은 것. 손에서 놓을 수 있을 리가 없다. 설령 이것이 제 삶을 갉아먹는다고 하더라도.

도화지에는 요정이 남아 있지 않았다. 그저 밤하늘을 담은 풍경만이 가득했다.

카리나는 한참이나 요정을 품에 끌어안은 채 바닥에 주저앉아 있었다.

이윽고 힘을 잃은 요정이 금색의 빛무리에 휩싸여 다시 모습을 감출 때까지.

저녁임에도 불구하고 달려와 준 녹틴 덕에 아벨리아는 금세 건강을 되찾았다.

뒤늦게 소식을 들은 아벨리아가 페르던과 함께 카리나를 찾아와 사과를 건넸다. 두 아이의 잘못은 아니었기에 카리나는 그 사과를 순순히 받아 줬다.

사실 조금 더 진심을 섞자면, 더 말을 나누고 싶지 않았다.

'드디어 내일이야.'

그리고 일주일 동안 그녀가 계획한 준비는 착착 실행이 돼 결전의 날이 되었다.

카리나는 침대 밑에 숨겨 둔 허름한 천 가방을 끄집어냈다. 안에는 갈아입을 옷 한 벌과 필요한 것들로 가득했다. 오늘 아침 일찍 의원에게 다녀왔더니 의원은 잔소리와 함께 주먹만 한 통 두 개를 그녀에게 건넸다.

"한 통에 한 달씩. 24시간에 한 알씩 꼭 먹어야 해, 알겠어? 하루에 다섯 시간 이상 절대 걷지 말고 빈속에 먹는 것도 피해. 체온이 떨어지지 않도록 단단히 입고 가고."

"네, 알겠어요. 감사합니다."

"그러고 보니 자네의 예술병을 만든 그 예술은 뭔가?"

"……그림이요. 뭔가를 보고 그리는 걸 좋아해요. 비록 아무도 모르지만요."

카리나는 약을 가방 가장 깊숙한 곳에 넣었다. 몇 가지 주의 사항을 적은 메모도 받았다. 까먹지 말라며 세심하게 써 준 의원의 글씨는 상당히 악필이었다.

오늘은 이 레오폴드 백작저에서 보내는 마지막 날이다. 내일, 그녀는 난생처음 그녀가 원하는 곳으로, 스스로의 결정에 따라, 오로지 그녀 자신만을 위해 발을 내디딘다. 그 때문에 이래저래 핑계를 대며 미루던 저녁 만찬에는 참석하기로 했다.

그녀는 다시 한번 침대 밑에 가방을 밀어 넣고 곧장 아래층으로 향했다.

"어머, 아가씨! 오늘은 식당에서 식사하시는 건가요?"

"응."

"다행이에요."

맑게 웃은 시녀가 종종걸음으로 식당 문을 열어젖혔다. 안에는 막 식사를 시작하려고 하는 가족들이 앉아 있었다. 저녁 식사에는 웬만하면 참석하는 인프릭도 있었다.

그녀는 지정석인 인프릭의 옆자리에 앉았다.

"오늘은 왔구나. 기분은 좀 풀린 거냐?"

"네."

카리나가 대답하고 자리에 앉는 것과 동시에 식사가 시작됐다.

기름진 음식을 먹을 수 없는 카리나는 대각선 방향의 아벨리아 앞에 놓인 소화가 편한 종류의 음식들을 물끄러미 바라봤다. 자신의 앞에는 먹기 편한 음식이라고 해 봐야 고작 샐러드 정도였다.

"그러고 보니, 이틀 뒤가 카리나, 네 생일이구나."

"……네, 그러게요."

그러고 보니 그랬다. 카리나가 눈을 깜빡였다.

그녀조차 잘 기억하지 못하고 있던 생일이었다. 그녀는 생일을 온

전하게 보낸 적이 별로 없었다. 아벨리아가 아플 때도 있었고 인프릭의 졸업식이나 입단식이 있을 때도 있었다. 겹쳐도 하필이면 어떻게 그렇게 겹치는지. 심지어 카리나의 생일 전날 페르던의 팔이 부러진 적도 있었다.

제 날짜에 제대로 생일을 축하받은 적이 손에 꼽을 정도다. 그래서 카리나도 제 생일에 무심해졌다. 기대하고 실망하지 않기 위해 그녀는 오랜 시간 노력했다.

"가족 다 같이 피크닉을 갈까 하는데, 인프릭이 그때 휴가를 낼 수 있다고 해서 말이다. 네 생일 파티는 하루 이틀 정도 미뤄도 되겠느냐?"

"……"

그리고 오늘도 그건 다르지 않았다.

어차피 참석도 하지 못할 생일 파티지만 그렇다고 카리나가 제 생일을 싫어하는 것은 아니었다.

"……마음대로 하세요."

"너도 함께 가서 즐겁게 놀자꾸나. 네 생일 겸 피크닉이라고 생각해 주렴. 파티는 잘 준비해 주마."

"피크닉에 전 참석 못할 것 같아요. 일이 있거든요."

안 그래도 깨작거리던 카리나가 포크를 내려놨다.

"가족 행사에 참석하지 못할 정도로 급한 것이냐?"

"네, 죄송해요. 저 빼고 즐기고 오세요."

그녀가 자리에서 일어났다.

"식사를 마쳤으니 이만 올라가 보겠습니다."

인프릭이 몸을 돌리는 카리나를 보며 함께 자리에서 일어났다.

"저도 오늘은 이만 들어가 보겠습니다."

"그래, 둘 다 쉬거라."

레오폴드 백작이 의아한 표정을 지으면서도 순순히 고개를 끄덕였다. 카리나가 가족 행사에 참석하지 않은 것은 종종 있는 일이었기에 그는 굳이 이유를 묻지 않았다.

어쩐지 뒤가 꺼림칙한 기분에 레오폴드 백작이 미간을 좁혔지만 두 아이는 벌써 식당을 나선 후였다.

식당을 나온 카리나가 곧장 계단을 향해 발을 움직였다.

"카리나."

뒤따라 나온 인프릭이 낮은 목소리로 그녀를 불러 세웠다.

장담하건대 그녀는 정말 누군가와 대화를 나누고 싶은 기분이 아니었다. 마음 같아선 무시하고 그냥 몸을 돌려 버리고 싶었다. 그러나 인프릭은 그녀의 마음을 그나마 이해해 주는 사람 중의 하나였다. 비록 그것이 마음에 차지 않더라도.

"왜? 피곤해서 쉬고 싶은데."

"이번에 일이 있어서 아버지께 한 소리 들었다고 들었는데, 괜찮니?"

"응, 그 건은 사과했어."

"아벨리아가 자주 아파서 근심이 많으신가 봐. 네가 이해하렴."

인프릭의 말에 카리나가 얼굴을 찌푸렸다. 이해했다. 이해했으니 지금까지 참고 사과하고 고개를 숙이지 않았던가.

"알고 있어."

"기분이 안 좋아 보여서 그래. 사실, 뭐든 이해하라고 하면 화가 나긴 하지. 생일도 서운하면 서운하다고 말해도 돼."

"말하면 뭐 해, 그래 봐야……."

아무도 들어 주지 않을 것이다. 아무리 말해도 아직도 철이 덜 들었냐는 타박만 돌아올 테지. 지금껏 그랬던 것처럼.

물론 오늘 그런 말을 실제로 들은 것은 아니지만 카리나는 돌아올 말을 떠올리는 것 자체만으로도 두려웠다. 그것이 제 상상과 크게 다르지 않을 것 같아서.

"아버지도 어머니도 너를 사랑한다는 걸 잊지 마."

"아버지와 어머니가 사랑하는 건 오라버니와 동생들이야. 건강하고 특출한 재능이라곤 아무것도 없는 내가 아니라."

"카리나."

인프릭의 타박하는 듯한 부름에 카리나가 이마를 짚었다.

마지막 식사 자리였다. 좋은 기억 하나라도 남기고 가자고 생각했었다. 그래도 가족이니까 역시 한마디 말 정도는 하고 가야 하는 건 아닌지 고민했었다. 그러나 그 생각은 전부 산산조각이 났다.

"오라버니, 나 머리 아파. 다음에 얘기하자."

"피크닉 같이 가자."

"싫어. 안 가."

인프릭의 제안에 카리나가 손을 내저었다.

그녀가 고개를 들어 그를 바라봤다. 벌꿀이 흘러내리는 듯한 금발과 푸른 눈동자. 동화 속 왕자님을 꼭 빼닮은 그는 언제나 부드럽고 단정한 사람이었다. 여러모로 뛰어난 재능을 가지고 있어서 언제나 사교계의 중심에 있기도 했다.

"두 분은 너도 사랑해."

"나도 두 분의 자식인데, 당연히 마음 한구석 어딘가에선 사랑하고 있겠지. 그 사실을 굳이 어린애처럼 부정하진 않아."

카리나가 순순히 고개를 끄덕이며 말했다. 형형한 시선이 그녀답지 않게 매섭다.

부릅뜬 카리나의 눈을 바라보며 인프릭의 미간이 미미하게 찌푸려졌다.

"하지만 깨물었을 때 더 아픈 손가락은 아벨리아고 페르던이고 오라버니지. 내가 아니야."

"그렇지 않아."

"아니, 그래. 제발 날 그냥 둬. 혼자 있게 해 줘."

인프릭의 말이 위로됐던 때도 있다. 그러나 지금은 아니었다. 카리나는 자신이 벼랑 끝에 있다는 걸 깨달았다.

"……카리나."

"제발!"

카리나가 소리쳤다. 소리를 내지른 목이 아팠다. 그녀가 목을 매만지며 얼굴을 일그러뜨렸다.

"내가 제발이라고 말하잖아."

"……알겠다. 다음에 얘기하자."

"그래."

그녀가 인프릭을 뒤로하곤 곧장 2층으로 향했다. 망설이고 있던 그녀의 뒤통수를 누군가 후려친 듯했다. 멍청한 생각을 한 자신을 벌주는 듯했다.

'서러울 건 없다고 생각했는데.'

어쩌면 마지막이 될지도 모르는 자신의 생일인데. 왜 미안하다는 한마디가 없는 거야?

당연히 허락할 것이라고 믿는 태도가 서글펐다.

'도대체 왜 마지막 기억이 이렇게 최악인 거야?'

방으로 들어가 문을 걸어 잠근 그녀는 신발을 내던지듯 벗고 이불 속으로 얼굴을 푹 파묻었다.

'차라리 그림으로 유명해졌다면 외롭지 않았을까?'

친구를 사귀었으면 가족에게 이렇게 집착하거나 서운함을 느끼지 않아도 됐을까?

카리나가 허탈하게 웃었다.

하긴, 아벨리아를 돌보느라 또래 친구의 다과회에도 제대로 참석해 보지 못한 자신에게 무슨 친구가 생길 수 있었을까.

아무도 돌아봐 주지 않는 외로운 흐느낌이 밤새도록 이어졌다.

제대로 잠도 자지 못한 사이, 저택에서 맞이하는 마지막 새벽이 밝았다.

그녀는 짧은 고민 끝에 여행을 떠나겠다는 한 줄의 편지만 남기기로 했다. 괜히 납치라는 이야기가 오가게 하고 싶지도 않았고 사병을 풀기를 바라지도 않았다. 그렇다고 구구절절 사정을 쓰고 싶지도 않았다. 그런 마음이 합쳐져 결국 적고 온 것은 한 줄뿐이었다.

카리나는 미리 사 둔 로브를 뒤집어쓰고 경비병들의 교대 시간에 맞춰 저택을 빠져나왔다. 미리 시간을 계산해 둔 덕에 그녀는 탱탱 부어 벌겋게 짓무른 눈을 누군가에게 들키지 않고 나올 수 있었다.

미리 이야기해 둔 단체 마차에 올랐다. 마차는 제국 수도, 아이오스행이었다. 거기서 마차를 갈아타고 허브 역할을 하는 린로크 마을에 간다. 거기서부턴 상단이나 작은 개인 마차를 빌려 북부로 가야 했다.

그녀가 떨리는 듯 긴 한숨을 뱉었다. 긴 여행의 시작이었다.

　의원의 약은 긴 여행에 무척 도움이 됐다. 그의 말대로 오랜 시간 찬바람을 쐬며 불편한 마차 여행을 하자 카리나의 몸은 시시각각 나빠졌다. 그나마 약을 먹고 나면 밤에 잠이 잘 와서 통증을 느끼는 시간이 줄어들었다. 때문에, 어느샌가부터 카리나는 거의 중독된 것처럼 약을 찾아 먹었다.

　하지만 약을 먹는다고 음식을 입에 잘 넣을 수 있는 것은 아니었다. 그녀가 먹을 수 있는 것은 대개 잘 끓인 묽은 죽이나 혹은 삶은 채소 정도라 여행이 계속될수록 말라 가는 것은 당연한 순서였다.

　그럼에도 카리나는 즐거웠다. 평생 다시는 없을, 어쩌면 마지막 여행일지도 모른다는 생각을 하니 풍경 하나하나가 색다르게 보였다. 여행객과 함께 식사를 준비하거나 상단의 잡일을 하며 얹혀 와야 했지만 그래도 그녀는 존중받았다.

　모두가 그녀를 아무렇지도 않게 대했다. 존재감 없는 아가씨도 아니고 음침한 여자도 아니고 재미없는 사람도 아니었다.

　그녀는 그냥 카리나였다. 모두가 그렇게 대해 줬다.

　카리나는 긴 여행의 끝을 향해 제 발로 갔다.

　그녀는 공작저에 도착했다.

"팽, 당장 쓸 만한 빈방을 그녀에게 내줘. 그리고 시중을 들 시녀에게 욕조에 물을 받아 놓으라고 하고."

"알겠습니다."

"영애는 일단 씻고 나서 말하지."

난감한 표정으로 축객령을 내뱉는 밀라이언의 목소리에 카리나는 순순히 고개를 끄덕였다.

여행을 하는 두 달간 조금 달라진 것이 있다면 그녀의 성격이었다. 본래는 말이 없고 참는 경우가 많은 카리나였으나 오랜 시간 여행을 하며 조금은 하고 싶은 말을 내뱉을 수 있게 되었다.

별다른 훈련이 있었던 것은 아니었다. 상단과 마차는 무척 바쁘고 타인에게 관심이 없어서 필요하거나 불편한 것을 제대로 소리 내어 말하지 않으면 누구 하나 제대로 들어 주지 않는다. 그러나 소리를 내어 말하면 그들은 반드시 그녀에게 눈을 돌리고 그녀의 이야기를 들어 줬다.

카리나는 그렇게 대화의 중요성을 조금 깨달았다.

"당장 사용하실 수 있을 정도로 정돈이 된 방은 공작 각하의 옆방인데 괜찮으시겠습니까, 레오폴드 영애?"

"카리나로 충분해요. 방은 어디든 괜찮지만 기왕이면 여기랑 떨어져 있는 별택이 좋을 것 같아요. 갑자기 찾아뵀으니 아무래도 각하께서도 심기가 불편하실 테니까요."

그녀가 그의 깐깐한 성격만큼이나 깔끔한 저택을 둘러보며 말했다.

"일단 몸을 녹이신 후에 별택 건은 주인님께 부탁해 보시는 걸 권해 드리겠습니다."

"알겠어요."

그녀가 가볍게 수긍했다.

방 안은 무척 깔끔했다. 바깥이 온통 대리석인 것과는 다르게 그녀가 안내받은 방은 목조로 되어 있었다. 코끝에 나무 향이 맴돌았다.

"……특이하네요."

"이곳은 가끔 주인님께서 심신을 다스리고 싶으실 때 사용하는 방입니다. 그래서 언제나 불편함이 없도록 만반의 준비가 되어 있습니다."

"아아."

확실히 방 안 가득 스며든 나무 향을 맡으니 마음이 차분해지는 것도 같다. 카리나가 고개를 끄덕였다.

"목욕 시중을 들 시녀를 금방 올려 보내겠습니다."

"아니, 괜찮아요. 몸을 녹이고 나갈 테니 한 시간쯤 뒤에 다시 와 줄래요?"

"……시중 없이도 괜찮으시겠습니까?"

팽의 의아한 목소리에 눈동자를 도르르 굴린 카리나가 고개를 끄덕였다. 괜한 도움은 필요 없고 뭣보다 남은 약을 살펴야 했기에 괜히 타인이 짐을 만지게 하고 싶지 않았다.

"알겠습니다. 혹시 필요하시다면 설렁줄을 당겨 주십시오."

"알겠어요."

그녀가 고개를 끄덕이자 팽이 잠시 망설이다 방을 나섰다.

팽이 나가고 문을 잠근 카리나가 한숨을 폭 내쉬며 로브를 벗어 던졌다. 두 달을 함께한 로브는 솔직히 먼지 구덩이 그 자체라고 봐도 무방했다.

뜨거운 물을 욕조에 받으며 그녀가 천 가방에서 가벼운 원피스를 꺼내 침대에 던졌다. 하나뿐인 속옷도 던지고 남은 돈을 셈했다. 금화는 아예 챙기질 않았으니 은화와 동화 십 수 개가 전부였다.

17실버 8페니.

옷가게의 시세를 알아본 적이 없어서 감이 잘 잡히지 않았다.

'으음, 옷 두어 벌 정돈 살 수 있으려나?'

어차피 이곳에서 딱히 연회나 다과회에 참석할 것도 아니니 타인의 눈치를 볼 필요는 없었다. 요컨대, 비싼 드레스가 필요하진 않을 거라는 얘기다. 그녀는 외출용으로 입을 가벼운 원피스와 새 로브, 그리고 속옷 몇 개가 필요할 뿐이다.

"일단 씻자."

카리나는 더러운 옷을 로브에 둘둘 감싸 멀리 던져 놓고 욕조에 들어갔다. 따뜻한 물에 온몸이 노곤했다. 대체 제대로 된 목욕이 얼마 만인지.

'……약이 세 알 남았지.'

약이 다 떨어진 뒤 몸이 어떤 변화를 보일지 그녀는 두려웠다.

카리나가 이제는 달달 외울 정도로 본 노의원의 주의 사항을 떠올렸다.

[일단 약은 넉넉히 넣었네. 약이 세 알 남았다면 먹는 것을 관두도록 해. 먹지 않고 3일이 지나면 큰 열병을 앓을게야. 억지로 막아 뒀던 둑이 터지듯, 몸 상태가 확연히 나빠질 테지.]

악필로 작게 적힌 글씨는 무척 **빽빽**했다. 오랜 시간 고민하며 하고 싶은 말을 전부 욱여넣은 것이 눈에 선히 보일 정도였다.

[열이 심하게 오르면 세 알 남은 알약을 이틀에 한 번, 한 개씩 먹도록 해. 열병은 대략 일주일이면 가라앉을 테고, 이틀에 한 번 약을 먹으면 고통을 조금 덜어 줄 걸세.]

카리나는 그의 말대로 약을 세 알 남겼다.

남은 것은 기다리는 것뿐이다. 일부러 약을 밤에 먹었으니 약 효과가 풀리는 시기도 밤일 확률이 높았다. 당장 오늘 밤부터 먹을 약이 없으니 몸 상태가 나빠지는 시기도 오늘 밤부터라고 보는 것이 옳았다.

[추신. 쏟아지는 잠을 거부하지 마! 미련하게 꼭 안 자려고 용을 쓰는 놈들이 있더군. 잠은 몸이 원래 상태로 되돌아가기 위해 기를 쓰고 있다는 증거야.

그러니 잠은 푹 잘수록 좋아. 물론 최대 열 시간을 넘기면 그건 독이야. 그럴 땐 힘들더라도 적당히 움직이거나 바람을 쐬도록 해.]

조부가 있었다면 혹시 이런 느낌이었을까, 싶은 생각에 조금 울적하거나 외로워질 때마다 꺼내서 읽곤 했다. 오죽하면 여행객들이 연인이 써 준 편지냐고 물어봐 왔을 정도였다.

"으음, 결국 다 외워 버렸어."

카리나가 풀어진 얼굴로 배시시 웃었다.

카리나는 짧은 목욕을 끝냈다. 여행은 몸이 고되긴 했지만 무척 즐거웠다. 채색까진 무리였지만 작은 메모지에 스케치한 것도 여러 장이다.

'하고 싶은 걸 하자.'

수건으로 몸을 닦은 그녀가 빙그레 웃었다. 원하는 대로 살 수 있는 것은 겨우 1년뿐이라고 하지만 그럼에도 소중한 삶이다. 혼자서 옷을 마저 갈아입은 그녀가 천천히 밖으로 나갔다.

문을 열자 팽이 그녀를 기다리고 있었다.

"아, 각하께 안내해 주세요."

그녀는 집사의 안내에 따라 밀라이언의 집무실로 들어갔다.

집무실은 온통 종이와 잉크 냄새로 가득했다. 게다가 필요한 가구를 제외하곤 그 흔한 화병이나 장식품도 걸려 있지 않았다.

그러니까 한마디로 삭막했다. 오죽 삭막했으면 꾸미는 것에 흥미가 없는 카리나조차 들어가자마자 탄식을 흘렸을 정도였다.

집무실은 온통 칙칙한 회색으로 칠해져 있었고 여기서 일을 하다 보면 우울증이 걸릴 것 같은 착각마저 들었다.

'착각이 아닐지도……'

실제로 그의 까칠함이 이런 우중충함에서 비롯된 것이라는 말을 들으면 그녀는 일말의 의심 없이 고개를 끄덕일 수 있을 것 같았다.

카리나가 집무실에 발을 들이자 예민한 밀라이언의 고개가 단숨에 들렸다. 아까는 몰랐지만 카리나는 그의 피곤함을 눈치챌 수 있었다. 눈에 핏줄이 서 있는 것이 그를 까칠해 보이게 만들었다.

"차를 준비할까요?"

"그래."

밀라이언이 펜을 놓고 집무실 중앙에 놓인 소파에 앉았다.

"도대체 여기까지 뭐 하러 왔는지나 듣지. 출가는 왜 했나?"

"……꼭 설명해야 하나요?"

눈치를 본 카리나가 조심스럽게 물었다.

"남의 집에 얹혀 살 생각을 했으면 당연히 설득할 생각도 해야 하지 않나?"

"……."

또 그렇게 말하니 할 말이 없다.

카리나가 딱 달라붙은 입술을 열려고 열심히 머리를 굴렸지만 정곡을 찌른 말에 반박할 말은 떠오르지 않았다.

"가족과 싸우기라도 했나?"

"비슷하지만 달라요."

"그럼?"

"……."

"영애가 공작령까지 두 달이나 걸려 왔을 정도로 의지가 확고한 건 알겠어. 그렇게 큰 싸움이었나?"

밀라이언의 머릿속엔 그녀가 싸움을 벌이고 왔다는 가설이 기정사실처럼 쫙 펼쳐진 듯했다.

그러나 그 말은 맞으면서 틀렸다.

그녀는 마지막을 준비하기 위해 조용히 있을 곳이 필요했고 가족들과 멀리 떨어질 곳이 필요했을 뿐이다. 아주 솔직하게 말하자면, 언젠가 자신이 죽으면 후회하길 바라는 괘씸한 마음도 있었다. 그래서 더욱 고집스럽게 말을 하지 않은 것이다.

'……치졸하네.'

유치하고 치졸하다. 스스로의 감정을 객관적으로 바라본다면 그러한 대답을 내놓을 수 있었다.

그러나 유치하면 어떻고 치졸하면 좀 어떤가. 그것이 카리나 자신이었다. 카리나는 제 감정에 조금이나마 솔직해지기로 했다.

"사람에겐 누구나 머리를 식힐 시간이 필요하잖아요."

"시기가 나빠. 겨울은 내 영지가 가장 바쁜 때야. 영애에게 신경 써 줄 틈이 없어."

"그거 좋네요."

생각지도 못하게 원하던 답을 들은 카리나가 눈을 빛냈다.

팔짱을 끼고 있던 밀라이언이 헛웃음을 삼켰다. 이 작달막한 여인이 대체 뭐라고 중얼거리는 건가. 그가 지끈거리는 두통을 느끼며 버릇처럼 관자놀이를 엄지로 꾹꾹 눌렀다.

"뭐라고?"

"좋아요. 그런 의미에서 별택을 사용하고 있지 않다면 내주시면 안 될까요? 각하의 옆방을 받았는데 아무래도 서로 마주치면 불편할 것 같아서요."

"별택을? 거긴 사용되지 않은 지 조금 돼서 정리가 필요해."

밀라이언도 카리나의 권유가 나쁘지 않은 제안이라고 생각했는지 아까보단 순순히 대답했다.

"정리가 안 됐다는 게…… 먼지가 쌓여 있나요?"

"아니, 그 정도는 관리하고 있다. 다만 사용인 배정도 해야 하고 필요한 짐도 들여놔야 해. 오래된 곳이라 비어 있는 비품도 많을 테고 재정비가 필요할 거다."

밀라이언의 말에 카리나가 짧은 고민을 했다. 그녀는 일단 누구의 눈에도 띄고 싶지 않았다. 뭣보다 일주일간 앓을 것이 뻔한데 굳이 귀찮은 짐 덩어리 취급을 받고 싶지 않았다.

"딱 좋아요. 어차피 반년 정도 있는 건데 굳이 꾸미지 않아도 되고 당장 불 있고 따뜻한 물 나오면 됐죠. 시녀도 괜찮아요. 원래부터 혼자서 잘하는 편이라서."

원하는 걸 얻을 수 있겠다고 생각한 카리나가 약간 흥분한 목소리로 말했다. 그녀는 귀찮은 시선을 숨기지 않는 밀라이언이 그리 불편하지 않았다.

"그동안 본 모습 중에 제일 의욕적이군."

"첫 만남 때 오징어라는 폭언을 한 각하에게 그런 칭찬을 듣다니 놀랍네요."

"……그걸 아직도 기억하고 있었나?"

속도 좁군. 밀라이언의 시선에서 그런 감정이 고스란히 느껴졌다.

카리나가 눈을 끔뻑였다. 무슨 남자가 이렇게 까칠한지. 피곤해서 그런 건 알겠지만 그녀의 심기도 조금 비틀렸다.

"언어 선택이 너무 고급스러워서 머릿속에 콱 박혀 있었거든요."

할 수 있는 한 방긋 웃어 보인 카리나가 대답했다.

밀라이언이 입을 닫았다. 눈앞에서 재잘거리는 여자가 자신이 알던 여인이 맞나 싶은 의문이 들 정도다. 분위기가 달랐다.

'그때는 의지라곤 아무것도 없어 보였지.'

그린 듯한 웃음을 짓고 틀에 정해진 말만 내뱉는 것이 퍽 고까웠다. 물론 그렇다고 지금 모습이 마음에 드는 것은 아니다. 그래도 그때보단 낫다고 생각했다.

밀라이언이 팔짱을 낀 채 고개를 끄덕였다.

"그대가 괜찮다면 그렇게 하도록 해. 사용은 바로 가능하니 팽에게 말해 두도록 하지. 원할 때 언제든지 가도 좋아."

"감사합니다."

"그리고 허락 없이 절대 공작령 밖으로 나갈 생각은 하지 마. 공작령은 내가 지키니 언제나 안전할 거다."

"네."

그녀가 긴 한숨을 내쉬며 소파에 몸을 기댔다. 한층 긴장이 풀린 모습을 보며 밀라이언이 반쯤 식은 차를 입에 가져다 댔다.

"어떻게 이 시기에 공작령까지 올 생각을 했는지. 미련하기 짝이 없군."

대화가 끝나자 신랄한 비판이 시작됐다. 그녀의 얼굴이 슬며시 일그러졌다.

"겨울이 왜 그렇게 큰 문제예요?"

"……설마 모른다고 하진 않겠지?"

밀라이언의 한심스러운 시선이 카리나에게 닿았다. 멍청함을 탓하기라도 하는 시선이었다.

그 적나라한 시선에 그녀는 조금 아연해졌다. 아니, 드넓은 영지를 총괄하는 공작 각하가 감정을 저렇게 숨기지 못해도 되는가? 물론 북부는 다른 지역보다 신분 체계가 약하다곤 들었지만.

카리나의 기분이 조금 상했다.

"몰라요. 그게 큰 문제가 되나요?"

"……."

밀라이언이 퉁명스러운 목소리를 낸 카리나를 한 번 흘기곤 입을 열었다.

"그대는 거의 아슬아슬하게 문을 닫고 들어온 거야. 겨울의 공작령에는 웬만해선 아무도 오지 않는다. 상단과의 거래도 뚝 끊기는 시기지. 그래서 공작령은 지금 겨울 동안의 비축을 쌓아 둬야 해."

한심하다는 눈을 하면서도 밀라이언은 꽤 상세히 설명했다. 카리나의 경청하는 태도가 그리 나쁘지 않았기에 그는 기분이 조금 괜찮아졌다.

"그리고 한겨울이 되면 본격적인 마수 토벌에 나서지. 내 영지의 사람들은 대부분이 사냥꾼의 기질을 타고났다. 어중이떠중이 맹수 사냥 정도는 영지민 서넛이 힘을 합치면 충분히 가능하지."

"와아……."

카리나는 순수하게 감탄했다.

그녀가 있는 남부의 영지는 평화가 가장 장점인 곳이었다. 전쟁과는 가장 동떨어졌다. 아름다운 자연 광경이 주변에 널려 있고 가을이 되면 곳곳에 과실이 탐스럽게 열렸다.

카리나의 감탄사에 밀라이언의 어깨에 조금 힘이 들어갔다. 척박하고 아무것도 없던 영지를 이 정도로 일궈 놓은 것은 모두 전대 공작인 아버지와 그의 능력이었다.

그 때문에 밀라이언은 물론이고 북부령의 영지민은 영지에 대한 애착이 강했다. 오죽하면 매년 시행되는 마수 사냥에 지원하는 영지민의 수가 남녀를 가리지 않고 전체 영지민 수의 3분의 1에 달할 정도였다.

"어쨌든 그대는 거의 마지막 문을 닫았어. 조금만 더 늦었어도 들어오지 못했을 거다. 마수와의 싸움은 힘겹다. 그러니 영지 밖으론 절대, 결코 나가지 말도록 해."

"나갈 일도 없어요."

카리나가 순순히 대답했다.

밀라이언이 못 미더운 눈으로 그녀를 한 번 쳐다보곤 이내 고개를 끄덕였다.

'……조금 어지럽네.'

그녀가 이마를 부여잡으며 자리에서 일어났다. 몸이 으슬으슬 추운 것 같기도 했다. 피로 때문인지, 아니면 벌써 노의원이 말한 문제가 생긴 것인지는 감이 잡히지 않았다.

"이만 들어가서 쉬고 싶은데, 별택으로 바로 가도 될까요?"

"그게 편하다면 그러도록 해."

"갑작스럽게 찾아왔는데 흔쾌히 허락해 주셔서 감사합니다."

"흔쾌히 허락한 적 없다. 쫓아내려야 쫓아낼 수 없는 게 문제지."

밀라이언이 굳이 꼬투리를 잡아냈다.

지금 돌아간다면 겨울과 맞닥뜨릴 거다. 마수의 기세가 사나워지는 시기였다. 어차피 밀라이언은 그녀가 여기에 온 시점부터 적어도 눈이 다 녹아내리고 추위가 가시는 늦봄이 될 때까지는 카리나를 쫓아낼 수가 없었다.

"어쨌든요."

카리나가 가볍게 대답하곤 자리에서 일어났다. 한 모금도 입에 대지 않은 찻잔을 보며 그가 옅게 웃었다.

"팽, 안내해 줘라."

"알겠습니다."

카리나가 밀라이언과의 짧은 만남을 뒤로했다.

"미안해요, 멋대로 굴어서."

나가기 전 카리나가 한마디를 덧붙였다.

이제 그가 별택을 찾아오지 않는 이상 두 사람이 다시 만날 일은 없을 거다. 별택과 본 저택의 거리는 멀지는 않았지만 생활 반경이 겹칠 정도로 좁지도 않았으니까.

갑작스러운 사과에 놀란 눈을 한 밀라이언을 뒤로하고 그녀가 순순히 팽의 뒤를 쫓아 나갔다.

"별택은 급히 준비하더라도 한 시간 정도 필요합니다. 따로 필요하신 건 없으십니까?"

"시녀도 필요 없고 시종도 필요 없고 식사도 혼자 할 수 있으니 식재료만 창고에 채워 주세요."

"하지만……."

"각하께서 직접 공작령 내는 안전하다고 하셨잖아요. 그럼 공작저는 한층 더 안전하겠죠. 뭣보다……."

팽의 뒤를 쫓아가던 카리나의 목소리가 한층 낮아졌다. 여기에 들어오면서부터 입가에 띠고 있던 미소가 천천히 사라졌다.

"혼자 생각할 시간이 필요해서 온 거라서요."

"……그래도 없는 것은 불편할 겁니다."

"정 안 될 것 같으면 각하께 말씀드릴게요."

카리나가 강경하게 나오니 팽으로선 더 할 말이 없었다. 그가 결국 수긍했다.

그녀를 방으로 안내해 준 팽이 별택이 준비되면 다시 오겠다며 사라졌다. 카리나는 침대에 털썩 걸터앉았다.

"열이 좀 나나?"

제 스스로 능숙하게 이마를 짚은 그녀가 창밖을 돌아봤다. 백작저에서 추격자는 없었다. 무언가 바랐던 것은 아니지만…….

"레오폴드 백작령은 아무 일도 없대요? 뭐. 군사를 움직였다거나."

"글쎄요. 거긴 늘 평화로운 곳이니까. 군사를 움직일 일이 뭐가 있겠어요."

"아! 풍년이라는 얘긴 들었는데. 올겨울도 거긴 식량 걱정이 전혀 없을 거래요. 근데 백작령은 왜요?"

"······그냥, 궁금했어요."

그녀의 말에 실없다며 웃던 사람들을 떠올리며 카리나가 침대에 가로로 드러누웠다. 그럼에도 즐거운 여행이었다. 평생 이보다 더 즐거운 일은 기억해 내지 못할 정도로.

"이제 추억 하나가 쌓인 건가."

그녀가 중얼거렸다.

'죽기 전까지 몇 개나 더 쌓을 수 있을까.'

앞으로 1년밖에 살 수 없다면, 모든 시간이 의미가 있길 카리나는 바랐다.

"편지를 보고 뭐라고 생각했을까?"

문득 떠오른 생각에 카리나가 고개를 돌렸다. 어쩌면 별것 아니라고 생각했을지도 모른다.

픽, 바람 빠진 웃음을 흘린 그녀가 눈을 감았다.

조금 더운 것이, 역시 열이 오른 듯했다.

Chapter 2

두 달 전.

"세상에, 주인님! 아가씨가…… 카리나 아가씨가 없습니다!"

아침 식사가 막 끝나려는 때에 들린 목소리에 상석에 앉아 있던 백작의 미간에 주름이 잡혔다.

헐레벌떡 뛰어온 시녀는 손에 무언가를 꼭 쥔 채 숨을 몰아쉬었다.

"아, 노, 노크도 없이 들어와 죄송합니다."

뛰어 들어온 시녀가 백작의 좁힌 미간을 어떻게 생각했는지 황급히 사죄했다. 고개 숙인 시녀를 바라보며 백작이 식기를 내려놨다.

"그 아이는 종종 말없이 바깥에 일을 보러 가지 않느냐. 새삼스럽게 뭐가 그렇게 급해서 뛰어온 거지?"

뭘 그런 것으로 소란을 피우냐는 타박 어린 목소리에 시녀가 조금 민망하다는 듯 고개를 숙였다.

그녀가 더듬더듬 입을 열었다.

"그게…… 아무래도 그냥 외출을 가신 것 같지 않아 보입니다."

"무슨 문제라도 생겼나?"

"오늘 아가씨의 방을 청소하러 갔는데 책상 위에서 이런 쪽지를 발견했습니다.”

시녀가 허리를 숙이며 손에 쥐고 있던 작은 쪽지를 쭉 내밀었다.

백작이 편지를 받아 들며 반으로 접힌 쪽지를 펼쳤다. 그의 시선이 쪽지에 잠시 닿았다가 떨어졌다. 오래 볼 것도 없었던 것은 내용이 딱 한 줄이었기 때문이다.

[여행을 떠납니다.]

짧은 한 줄의 메모에는 떠난 이유조차 적혀 있지 않았다.

레오폴드 백작이 아무런 말도 없자 백작 부인이 손을 뻗어 그 쪽지를 가져왔다. 그녀도 한 줄짜리 메모를 읽곤 표정을 굳혔다.

“이게 무슨 말이지? 갑자기 말도 없이 어디로 여행을 간단 말이냐?”

“자, 잘 모르겠습니다. 저도 오늘 아침 발견한 것이어서…….”

“카리나를 언제 마지막으로 봤지?”

목을 잔뜩 움츠린 시녀를 바라보던 레오폴드 백작이 덧붙여 물었다.

시녀가 굳은 몸으로 머리를 굴렸다. 마지막으로 언제 봤더라……?

“아! 이, 이틀 전에…… 외출하시는 모습을 마지막으로 봤던 것 같습니다.”

“어제는?”

“어제는…….”

눈동자를 도르르 굴린 시녀가 주먹을 쥐었다 펴며 필사적으로 머리를 굴렸다. 그러나 아무리 머리를 굴려도 어제 그녀는 카리나를 본 기억이 없었다. 시녀가 침묵 끝에 고개를 저었다.

"본 기억이 없습니다."

"다른 이들은?"

"……잘 모르겠습니다."

대답하는 시녀들의 표정이 낭패감에 젖었다. 카리나는 워낙 존재감이 없는 주인이었다.

"너희도 어제 카리나를 보지 못했느냐?"

백작의 시선이 아벨리아와 페르던에게 향했다.

어제 인프릭은 일 때문에 집에 늦은 새벽에 들어왔으니 카리나의 행방을 알 턱이 없었다. 아벨리아와 페르던이 서로 시선을 마주하더니 이윽고 똑같이 고개를 저었다.

"어제는 누님을 보지 못했어요."

"저도요. 방에도 안 계시기에 또 시장에 놀러 가신 줄 알았는데……."

레오폴드 백작이 시선을 내려 다시 쪽지를 읽었다. 어디로 간다는 말도, 언제 돌아온다는 말도, 뭘 하고 온다는 말도 적혀 있지 않았다.

백작이 한숨을 푹 내쉬었다.

"카리나의 생일인데 피크닉이 겹쳐서 기분이 상했을 수도 있습니다. 제가 날짜를 다른 날로 잡을 걸 그랬나 봅니다."

인프릭이 미간을 좁힌 채 곤란한 목소리를 냈다. 이틀 전에 그가 이해해 달라고 말했지만 카리나는 아무래도 시원스럽게 이해하는 기색이 아니었다. 이럴 줄 알았으면 조금 더 대화를 나눠 볼 것을.

'상태가 조금 이상하긴 했어.'

화를 잘 내지도 않는 아이가 화를 냈으면 응당 뭔가 이유가 있었을 터인데.

인프릭이 제 이마를 손등으로 문지르며 이틀 전 밤에 카리나와 있었던 일을 떠올렸다.

"괜찮다곤 해도 분명 마음이 좋지 않았을 겁니다."

"애도 아니고 도대체……."

레오폴드 백작이 혀를 찼다. 그가 철없는 아이의 행동을 보듯 쪽지를 한 번 훑곤 식탁 위에 종이를 올려 뒀다.

"아무리 그래도 걱정할 걸 뻔히 알면서 쪽지 한 장만 놔두고 가는 법이 어딨니……."

백작 부인이 한숨을 삼켰다. 여행을 다녀오겠다 했으면 어련히 보내 줬을까. 누가 봐도 괜한 화풀이처럼 보였다.

"뒤늦게 사춘기가 온 것도 아니고. 다 큰 귀족 영애가 대체 이게 무슨 창피한 짓이야?"

"누님께서 혼자 여행을 가셨어요?"

페르던이 눈을 반짝였다. 페르던은 언젠가 혼자서 검을 들고 여행과 모험을 해 보는 것이 꿈이었다.

'역시 누님은 대단해.'

혼자서 여행을 가다니.

페르던이 떼를 쓰고 싶은 것을 꾹 참았다. 여행은 성년이 되어서 가야 한다고 형님께 들은 참이었으니까.

페르던의 엉덩이가 들썩였다. 마음 같아선 당장 뛰쳐나가서 누님과 둘이 여행을 하고 싶었다.

"일단 사람을 몇 명 풀어서 조용히 어디로 갔는지 알아보도록 해라. 어차피 멀리 가지도 못했을 거다. 남부령은 도적도 적은 편이니 위험하진 않겠지."

"그렇게 싫었으면 말을 했으면 될 텐데……."

레오폴드 백작의 말에 백작 부인이 걱정스러운 표정으로 말을 덧붙였다.

카리나가 봤으면 분명 얼굴을 일그러뜨렸을 테지만 이 상황을 맞닥뜨린 백작 부인으로선 진심이었다. 물론 실제로 카리나가 그런 말을 했다면 같은 반응을 했을지는 의문이었지만.

"돈은 얼마나 없어졌더냐?"

"그, 비는 돈을 확인해 보도록 하겠습니다."

시녀가 고개를 푹 숙이곤 황급히 식당을 빠져나갔다. 레오폴드 백작이 다시금 혀를 찼다. 이게 대체 무슨 날벼락인지.

"언니는 언제 온대요, 어머니 아버지?"

"모른다."

아벨리아의 물음에 쪽지로 눈을 흘긴 레오폴드 백작이 한숨처럼 말했다. 일부러 속이나 썩어 보라는 것이 분명해서 괘씸하기 그지없었다. 어떻게 자식이 되어 부모의 애정을 이런 식으로 이용할 수가 있는지. 레오폴드 백작이 들끓는 속을 진정시키려 애썼다.

"……그래도 걱정이네요. 남부의 겨울은 춥지 않다고 하지만 여행 같은 건 해 본 적도 없는 아이잖아요."

"지금이라면 멀리 가지 못했을 테니 제가 뒤쫓아 보겠습니다, 아버지."

백작 부인의 걱정스러운 목소리에 인프릭이 당장에라도 일어날 기세로 말했다.

기사 훈련을 받아 작위까지 있는 그가 쉬지 않고 말을 탄다면 카리나가 무엇을 타고 움직였든 따라잡기에 어렵지 않을 일이었다.

레오폴드 백작이 손을 저었다.

"사람을 몇 명 풀 거니 충분할 것이다. 남부령은 그다지 위험하지 않다는 것을 너도 알지 않으냐. 이제 막 작위를 받아 입단했으면서 눈 밖에 날 일은 삼가거라."

"하지만……."

"애초에 생일 파티 때문에 집을 나간다는 게 도대체 말이나 되는 일이냐? 해 주지 않는다고 한 것도 아니고. 세상에 이렇게 철이 없을 줄이야."

카리나가 들었다면 제자리에서 팔짝 뛰면서, 답답하고 억울함에 제 가슴을 퍽퍽 두드렸을 일이다. 그러나 열 번 선행을 베풀어도 한 번 악행을 하면 그 악행이 더 두드러져 지금까지 쌓아 온 것들이 와르르 무너진다고 누가 그랬던가.

그녀가 딱 그 꼴이었다. 그녀가 참아 온 인내의 시간에도 불구하고 돌아온 것은 철이 없다는 한마디뿐이다.

식당 문이 다시 열렸다. 이번에 온 것은 시녀에게서 사정을 들은 총괄 집사였다. 그도 다급하게 뛰어온 듯 옷차림이 약간 흐트러져 있었다.

"집사, 알아보라고 한 건 알아봤느냐?"

"네, 카리나 아가씨의 개인 돈에서 어제오늘 합산해 사라진 돈은 2골드가 조금 못 됩니다."

"봐라, 멀리 가지도 않았을 거다."

레오폴드 백작이 그것 보라며 턱을 치켜 올렸다. 그가 그제야 힘을 줬던 눈에 힘을 풀었다. 예상한 것과 크게 틀어지지 않는 말을 들은 백작은 조금 안도한 표정으로 한숨을 푹 내쉬었다.

"기껏해야 1, 2주 정도 버티고 돌아오지 않겠느냐. 돌아오면 크게 혼을 내야지, 쯧. 어디 어미, 아비의 가슴에 못을 박는 짓을 하는지."

"그래도 사람은 풀어요, 여보."

백작 부인의 말에 레오폴드 백작이 고개를 끄덕였다.

그도 그렇게까지 매정한 아비가 되고 싶진 않았다. 괘씸하긴 해도 어쨌든 모른 척할 수 있는 것도 아니었다.

"믿을 만한 자를 고용해서 카리나가 어디로 갔는지 알아보라고 해라. 제 발로 돌아올 때까지 일절 도움을 주지 말라고 전해."

"찾았으면 데리고 와야지, 무슨 소리예요."

"이참에 집을 나가면 얼마나 고생하는지, 자기가 얼마나 혜택을 받고 있었는지 겪어 봐야지."

"……."

"어차피 멀리 가지도 않았을 테고 개인 마차를 빌리거나 했을 테니 쉽게 찾을 수 있을 거야."

레오폴드 백작이 단호하게 고개를 저었다. 이참에 제대로 겪어 보면 조금 더 철이 들지 않을까 싶었다. 물론 그의 생각에 카리나는 1, 2주 정도면 스스로 굽히고 들어올 게 분명했다. 길어야 한 달이라고 생각했다.

물론 카리나의 소식이 남부 지역 밖으로 나가며 중간에 뚝 끊기리라는 것도, 두 달이 되어도 그녀가 돌아오지 않으리라는 것도 그들의 예상엔 전혀 없는 일이었다.

카리나가 사라진 첫 일주일은 조용히 지나갔다. 레오폴드 백작은 아무렇지 않음을 과시하기라도 하려는 듯 예정했던 피크닉도 갔다 왔다. 애초부터 카리나는 말수가 적은 아이였으니 빈자리가 크게 느껴지진 않았다.

이따금 백작 부인이 걱정스럽게 빈자리를 쳐다보고 아벨리아와 페르던이 문득문득 이야기를 꺼내는 것을 제외하곤 별다른 일이 없었다.

카리나에 대한 첫 소식이 백작가에 들려온 것은 2주가 막 차려고 할 때였다.

"드디어 카리나의 위치를 파악했다고?"

"네⋯⋯. 일단 그렇긴 합니다만."

"그럴 줄 알았지. 어차피 멀리 가지도 못할 아이였다. 뭣도 모르는 귀족 영애가 혼자 집을 나가서 뭘 할 수 있겠느냐. 아무리 총명한 아이더라도."

레오폴드 백작이 고개를 좌우로 내저었다. 그렇게 말하는 백작의 눈에 옅은 안도감이 서렸다. 아무리 그래도 2주나 소식이 없으니 조금 불안한 것도 사실이었다.

레오폴드 백작의 말과 다르게 집사는 안절부절못한 기색으로 그의 말이 멎기를 기다리고 있었다.

"왜 그런 표정이지? 카리나에게 문제라도 생겼나?"

"아뇨, 그것이⋯⋯."

집사가 한숨과도 같은 목소리로 말했다. 망설인 끝에 그가 주먹을 꽉 쥐고 고개를 들었다.

"추적을 하라고 붙인 사람들이 더는 추적이 어렵다는 말을 전해

왔습니다."

"……그게 무슨 말이지?"

"그것이, 카리나 아가씨께서 남부령을 벗어나신 듯합니다."

레오폴드 백작의 얼굴이 확 일그러졌다.

집사가 허리를 굽혀 편지로 된 보고서를 두 손으로 내밀었다. 백작이 그것을 빼앗듯 손에 쥐었다. 레오폴드 백작이 편지를 열어 눈으로 훑었다.

[대상이 수도행 마차에 올라 남부령을 벗어났습니다. 남부령 밖으로 나가는 것은 계약 외의 이행이기 때문에 추적을 멈춥니다. 이후 행적의 추적을 원하면 최소 첫 계약금의 3배 이상으로 진행되는 점 참고 부탁드립니다.]

금화 수십 개를 쏟아 부은 것치고는 무척이나 간단한 보고서였다.

"……카리나 레오폴드!"

레오폴드 백작의 노성에 집사가 숨소리조차 죽였다.

"다 큰 녀석이 도대체 어떻게 이렇게 생각이 없을 수 있어!"

레오폴드 백작이 편지를 구기며 소리쳤다.

남부령 바깥이 얼마나 위험한지 모르니까 나간 것이 분명했다. 남부령은 그의 관할이기 때문에 얼마든지 추적할 수 있었지만 일단 그곳에서 벗어났다면 찾는 것은 무척이나 어려웠다.

"아무리 속이 상했다고 해도 어찌 이래! 대체 생각이 있는 거야, 없는 거야!"

레오폴드 백작이 소리쳤다.

시끄러운 소리를 들었는지 백작 부인이 그의 집무실에 조심스럽게 발을 들였다.

"여보, 무슨 일이 있어요?"

"카리나가 남부령을 나갔다는군."

레오폴드 백작이 표정을 구긴 채 말했다.

"세상에…… 아니, 그, 그래서요. 카리나는 어떻게 됐는데요?"

"추적이 끊겼다는군. 수도행 마차를 탔다고 했으니 그쪽으로 갔겠지."

레오폴드 백작이 좁아진 미간을 엄지로 문질렀다.

일주일간 곰곰이 생각해 보니 카리나의 기분이 안 좋았을 수도 있을 것 같았다. 그래서 돌아오면 호되게 혼내되 생일 파티를 해주려고 했는데…….

"어린애도 이렇게 철딱서니 없이 굴지는 않아. 제가 어디 일반 평민인가. 대체 무슨 문제가 생길 줄 알고 남부령 바깥으로 나가!"

괘씸하기 짝이 없었다. 일부러 골 좀 썩어 보라고 하는 행동이 분명하다는 걸 알기에 더욱 그랬다.

생각하면 할수록 화가 난 레오폴드 백작이 씩씩거렸다.

"부모를 어찌 이렇게 우습고 가볍게 알아!"

"진정 좀 해요. 일단 애를 찾아야 할 것 아니에요. 혼을 내든 뭘 하든 데리고 와서 생각해요."

"뭘 데리고 와. 됐어, 그렇게 집이 싫으면 알아서 하라고 해. 제 발로 나갔으니 고개 숙이며 제대로 사과하고 들어올 때까진 저택에 발도 들이지 못할 거야."

"여보!"

레오폴드 백작이 단단히 굳은 얼굴로 말했다. 백작 부인이 걱정스러운 표정으로 그를 불렀다.

"……카시스."

"이럴 때 버릇을 고치지 않으면 대체 언제 고치겠어."

레오폴드 백작이 팔짱을 꼈다.

"추적하던 이들에게 돈을 더 줘서 계속 추적하라고 해. 보고를 꾸준히 해 준다면 적힌 금액의 두 배를 더 불러도 상관없다."

"알겠습니다."

집사가 허리를 굽히곤 다급하게 집무실에서 빠져나갔다.

자리에서 일어났던 레오폴드 백작이 가죽으로 된 의자에 주저앉으며 머리를 짚었다.

"이번에 카리나가 생각 없이 행동했다는 건 알지만 그래도 제 나름대로 서운했으니 그랬겠지요."

"서운했으면 말을 해야지. 집을 나가는 게 말인가? 당신도 카리나를 감싸는 건 관둬. 그 애는 분명히 잘못을 했어. 어디 할 짓이 없어서 가출을……."

레오폴드 백작이 생각만으로도 황당한지 헛웃음을 뱉으며 말끝을 흐렸다. 그가 한층 진정된 눈으로 고개를 돌렸다.

"이게 괜히 소문이라도 나면 얼마나 면이 팔리는 일인지 알잖아."

"똑 부러진 아이니까 가문을 생각해서라도 일이 커지기 전에 돌아올 거예요."

"버텨 봐야 저가 얼마나 버티겠어."

레오폴드 백작이 매정하게 말했다. 그러면서도 눈동자가 잘게 흔들렸다.

"리아는 좀 어때? 그리 언니를 좋아하던 아이가 아니야. 매번 카리나 옆에 붙어 있었는데. 외로워하진 않나?"

"종종 카리나의 방에 가는 것 같긴 한데 그래도 분위기가 그다지 좋지 않은 것을 마음에 뒀는지 별말은 없어요."

레오폴드 백작의 염려 어린 물음에 백작 부인이 묵묵히 대답했다.

"철없는 제 언니보다 낫군."

"아벨리아가 어린애처럼 굴긴 해도 속이 깊죠. 그리고 카리나도 많이 힘들어서 그랬을 거예요."

"도대체 뭐가?"

인상을 찌푸린 레오폴드 백작이 되물었다. 백작의 돌직구에 백작 부인이 입을 다물었다. 그녀로서도 무엇이 그리 힘들었는지 마땅히 짐작 가는 바가 없었기 때문이다.

머뭇거리는 백작 부인을 보며 레오폴드 백작이 한숨을 내쉬었다.

"어미의 마음으로 감싸 주는 건 알겠지만 아닌 일에는 확실히 아니라고 말을 해 주는 것도 부모가 할 일이야."

"그렇긴 하지만…… 정말 안 그러던 애가 대체 갑자기 왜 그랬을까요."

백작 부인이 한숨처럼 말했다.

그다지 속 썩인 기억이 없는 카리나였다. 갑작스럽게 이런 식으로 폭탄을 던지고 간 이유를 그녀로선 도저히 짐작할 수가 없었다.

"그 애가 대체 부족할 게 뭐가 있어. 용돈이 부족하기를 했어, 가지고 싶다는 걸 사 주지 않기를 했어?"

매정한 목소리였다.

"한 번 고생해 본 일이 없으니 배가 불러서 그런 거야."

레오폴드 백작의 말에 백작 부인이 입을 다물었다.

그녀가 생각하기에도 그랬다. 카리나에겐 마땅히 부족한 게 없었다. 원하는 것은 뭐든지 들어주지 않았던가.

"어쨌든 이 얘기는 그만하도록 하지. 제 발로 지쳐 돌아오길 기다리자고."

레오폴드 백작이 걱정스러운 기색의 백작 부인을 달래며 말했다.

"뭘, 길어야 한 달일 거야."

가지고 나간 돈으로는 평소에 영위했던 것을 아무것도 할 수 없을 터다. 레오폴드 백작은 카리나가 돌아올 대략의 시간을 유추하며 한숨을 내쉬었다.

"도대체 이유를 모르겠군."

그가 카리나의 소식을 전해 온 편지를 매만지다가 이윽고 펜을 손에 쥐었다. 집무실은 다시 종이가 팔랑거리는 소리로 가득 찼다.

끙끙 앓던 카리나가 다시 눈을 떴을 때, 온몸은 식은땀으로 가득했다. 찝찝하면서도 추웠다. 덜덜 떨리는 몸을 최대한 따뜻하게 하려고 그녀가 두툼한 이불을 돌돌 감쌌다.

'……여긴.'

고풍스럽지만 오래된 샹들리에가 눈에 보였다.

그녀가 헛숨을 들이켰다가 이윽고 천천히 얼굴을 이불에 묻었다. 이불을 돌돌 감싸고 있는데도 뼛속까지 추위가 스며드는 듯했다.

'아…….'

카리나가 잠을 자기 직전의 상황을 떠올렸다. 그녀의 열이 더 오르기 전에 팽이 안내를 하러 와서 별택에 들어와 곧장 잠이 들었었다.

시간을 가늠하려고 창밖을 바라봤다. 이제 막 새벽이 됐을까 싶었다.

'저기는 아직도 불이 켜 있네.'

저택의 집무실인 모양이었으니, 아마도 저기에 있는 것은 그 매정한 사내일 것이 분명했다.

'꿈자리가 사납네.'

갈증도 났다. 그러나 추워서 전혀 움직이고 싶지 않았다. 망설이던 그녀가 천천히 다시 눈을 감았다. 또다시 어둠이 찾아왔다.

카리나가 문득 다시 눈을 뜬 것은 그로부터 두어 시간도 채 지나지 않았을 때였다. 잠자리도 익숙하지 않고 몸이 아프기도 했지만 무엇보다 꿈자리가 사나워 자꾸 눈이 뜨였다. 그래도 잠을 조금 잤다고 아까보다는 움직일 만했다.

'움직일 수 있을 때 이마에 얹을 수건이랑 주전자를 가져오자.'

약은 가지고 있지만 의원이 정해 준 투약 시기는 이틀에 한 번이다. 오늘이 아니라 내일 먹어야 효과를 볼 수 있을 것이 분명했다.

카리나가 짧게 한숨을 내쉬며 이불에서 천천히 기어 나왔다.

"추워……."

잔뜩 가라앉은 목소리가 오들오들 떨렸다. 이가 딱딱 부딪혔다. 그녀가 황급히 방구석에 뒀던 짐 가방을 뒤져 여분의 로브를 꺼내 몸에 둘렀다.

'시녀가 있으면 또 의원을 부를 테니…….'

괜한 사정이 알려지고 싶지 않았다.

카리나가 짧은 한숨을 삼켰다. 그녀가 눈을 끔뻑이며 난간을 붙잡고 천천히 1층으로 내려왔다. 그래도 혼자 이 큰 건물을 관리할 수는 없는지라 하루에 한 번 시녀나 시종이 건물을 살피러 올 것이라고 들었다. 거기까지는 카리나가 어찌할 수 없는 부분이었기에 별말 없이 수긍했다.

'주방이 저쪽이던가?'

그녀가 휘청거리는 눈앞을 제대로 보기 위해 눈에 힘을 줬다. 등잔불을 손에 든 채 그녀가 조심스럽게 앞으로 나아갔다.

부스럭, 어딘가에서 들린 소리에 카리나의 뒷골이 싸해졌다. 백작가와는 다르게 등잔불이 무척 드문드문해서 느낌이 스산했다.

등줄기를 타고 땀 한 방울이 도르르 굴러 떨어졌다.

그녀가 꿀꺽, 숨을 삼키며 좌우로 고개를 돌렸다. 어두컴컴한 낯선 공간의 밤은 확실히 무서웠다.

저벅. 그녀의 몸이 흠칫 떨렸다. 이번에는 확실하게 무거운 발소리가 들렸다.

"……영애?"

"으악……!"

그녀가 위험하게 등잔불을 휘둘렀다.

말을 건넨 사내가 화들짝 놀라 냉큼 몸을 물렸다.

한 박자 늦게 제법 낯익은 목소리라는 걸 상기한 그녀가 질끈 감았던 눈을 천천히 떴다.

"……고, 공작 각하?"

"그대는 이 새벽에 잠도 안 자고 뭘 하는 거야?"

"그……."

카리나가 콩닥콩닥 뛰는 가슴을 달래기 위해 등잔불을 들지 않은 손으로 제 가슴 위를 꼭 눌렀다.

"그, 그러는 공작 각하가 여긴 어쩐 일로……."

"아……."

카리나의 질문에 밀라이언이 민망한 듯 뒷목을 매만졌다. 갑작스럽게 찾아와 입을 다물어 버린 그녀가 신경이 쓰여서 저도 모르게 이곳을 찾아왔다고 말하기엔 여러모로 입술이 떼어지지 않았다.

"생각해 보니 별택의 온도조절기가 망가졌다는 게 기억이 나서 바람도 쐴 겸 확인하러 왔다."

밀라이언이 떠오르는 말을 적당히 내뱉었다.

"아, 그런가요."

평소라면 왜 굳이 공작 본인이 왔는지에 대한 의문이 들 법했으나 카리나는 지금 정상적인 사고를 할 만한 정신이 없었다. 그저 고개를 끄덕이는 것이 그녀가 할 수 있는 최선의 대답이었다.

멀찍이 떨어져 있는 카리나를 위아래로 훑던 밀라이언의 미간이 좁아졌다. 제법 거리를 둔 채 가까이 다가오지도 않는 카리나가 의아했기 때문이다.

그가 한 발자국 내딛자 카리나가 한 발자국 물러났다. 밀라이언은 그녀가 무언가 숨기는 것이 있음을 확신했다. 그는 마수의 작은 움직임에도 그들이 도망치려는 방향을 유추해 내는 눈썰미를 가지고 있었다. 하물며 그녀의 어색한 움찔거림을 눈치채지 못할 리가 없었다.

"뭘 숨기고 있는 거야?"

밀라이언이 한마디 하자 카리나는 한 발자국 더 물러났다. 맘 같아선 뒤돌아서 방에 뛰어 들어가 문을 잠그고 싶은 심정이었다.

"영애."

"……."

"문제가 있으면 말을 해."

밀라이언의 말에 카리나가 입을 다물었다. 그녀는 '괜찮니?'라는 질문에 안색 하나 변하지 않고 괜찮다는 말을 할 수 있는 사람이었다. 그러나 동시에 누군가가 의견을 묻는다면 그 질문에 대해서는 입을 뻥긋하는 것조차 힘든 사람이기도 했다.

"아무것도, 아니에요."

그녀가 간신히 입을 열어 대답했다.

카리나의 말이 끝나기가 무섭게 밀라이언이 큰 보폭 두 번 만에 카리나와의 거리를 좁혔다. 그녀의 호흡과 목소리가 정상적이지 않다는 것을 대번에 눈치챘기 때문이다.

카리나가 화들짝 놀라며 뒤로 도망가려 했으나 밀라이언이 그녀의 손목을 붙잡는 것이 더 빨랐다.

밀라이언은 카리나의 손을 붙잡은 순간 얼굴이 굳었다. 그가 카리나를 끌고 달빛이 비추는 창문 근처로 데리고 갔다.

은은한 달빛 아래, 가늘어진 붉은 눈동자가 카리나의 얼굴을 꼼꼼하게 훑었다.

"열이 높군."

"……괜찮아요. 쉬면 나을 거예요."

"두 달이나 무리해서 왔다고 했을 때부터 알아봤어야 했는데."

밀라이언이 작게 중얼거렸다. 쯧, 혀를 차는 목소리는 자책에 가까웠다.

카리나가 의아한 표정으로 밀라이언을 물끄러미 바라봤다. 그는 잘못한 것이 없었다. 따지자면 말하지 않은 자신의 탓이 아닌가.

이윽고 밀라이언의 시선이 매섭게 카리나에게 닿았다.

"그대는 몸이 좋지 않으면 그렇다고 말을 할 것이지 그걸 미련스럽게 참고 있나? 아픈 걸 참는 건 미련한 곰탱이나 하는 짓이야."

"곰탱⋯⋯."

오징어에 이어 이번에는 곰탱이다. 카리나는 입을 떡 벌릴 수밖에 없었다.

카리나가 얼떨떨한 표정으로 밀라이언을 바라봤다.

"전장에서 아픈 걸 숨기다 사달이 나면 목이 달아나는 건 그대가 먼저일 거야! 일을 더 키울 생각이 아니라면 미리미리 말을 했어야지."

"⋯⋯."

"그래, 안 그래?"

매섭게 뜬 눈이 카리나를 탓하고 있었다.

입술을 뻐끔거리던 그녀가 얼떨떨하게 고개를 끄덕였다. 일을 더 키울 생각도 아니었고 나름대로 의원에게 받아온 약도 있었지만 그녀는 어쩐지 자신이 대역 죄인이 된 듯한 느낌을 지울 수가 없었다.

"잘못 했나? 안 했나?"

"네? 아, 자, 잘못⋯⋯."

그의 기백에 눌려 잘못했다고 말하려던 카리나가 퍼뜩 고개를 치켜들었다.

아니, 왜 갑자기 아닌 밤중에 뜬금없이 추궁을 당하고 있어야 하는 거야? 오죽 어이가 없었으면 휘청거리던 눈앞이 잠깐 또렷하게 보이기까지 한다.

카리나의 시선을 보던 밀라이언이 한숨을 내쉬었다. 그녀의 눈앞에 손가락이 툭 솟아났다. 누가 봐도 전투로 근력이 길러진 사람의 강건한 손가락이었다. 무려 여섯 개다.

"그대, 이거 몇 개로 보이지?"

카리나가 눈에 힘을 줘서 가늘게 떴다.

보통은 두 개로 보이곤 했으니, 당연히 저 숫자에서 나누기 2를 하면 되겠지.

그녀가 단순하게 생각하곤 입을 열었다.

"세 개요."

밀라이언이 카리나를 물끄러미 바라봤다. 그러더니 고개를 숙여 제 손가락을 한 번 바라보곤 다시 카리나를 바라봤다.

제대로 맞췄나 싶어 어깨에 힘을 주자 그가 헛웃음을 훅 내쉬었다.

"그대, 당장 본 저택으로 돌아가서 잠이나 자도록 해."

"네? 왜요?"

그녀가 황당함에 고개를 들자 밀라이언이 세 명으로 보였다. 부리부리한 여섯 쌍의 눈이 카리나를 향해 있었다. 그녀가 멍하니 고개를 내려 다시 손가락을 바라봤다.

'……두 개였구나.'

그녀의 눈이 낭패감에 물들었다.

"두 개도 네 개도 아니고 세 개라고 말한 것을 보니 원래는 여섯 개로 보였던 모양이군."

밀라이언이 날카롭게 말했다.

카리나의 입술이 다물어졌다.

"정말 손이 많이 가는군."

흠칫, 카리나의 몸이 떨렸다. 그녀의 눈이 한층 가라앉았다.

"전 괜찮아요."

그녀가 버릇처럼 말을 내뱉었다. 민폐를 끼치고 싶진 않다. 그저 가장 멀고, 가장 조용한 곳에서 쉬고 싶었을 뿐이다.

한숨이 머리 위에서 들렸다. 카리나의 무릎 아래를 손으로 받친 밀라이언이 곧이어 그녀의 등을 받쳤다.

"여긴 아픈 사람이 지내기엔 문제가 많아. 본 저택으로 돌아가서 쉬지."

"하지만……."

"내가 그리 내키지 않는 건 알겠지만 악독한 인간으로는 만들지 않았으면 좋겠군."

밀라이언의 말에 그녀가 결국 입을 다물었다.

카리나가 물끄러미 밀라이언을 바라보고 있자 그가 부담스러운 듯 힐끗거렸다.

"돌볼 사람을 부를 테니 자도록 해."

"……의원은 안 돼요."

"……뭐?"

"의원은 절대 안 돼요. 아셨죠……?"

조심스럽게 물어 오는 카리나의 눈꺼풀이 무겁게 감겼다가 다시 뜨이길 반복했다.

밀라이언이 몇 마디 하기 위해 입을 열었다가 피곤해 보이는 그녀를 보며 입술을 다시 닫았다.

"일단 쉬도록 해."

"……약속했어요."

제대로 침대에 누운 것도 아닌데 몸이 가로로 눕혀졌다고 금세 잠이 몰려왔다. 밀라이언의 낮은 한숨 소리를 들으며 그녀가 또다시 깊은 잠에 빠졌다. 몸을 감싼 따뜻한 온기에 오들오들 떨리던 몸은 어쩐지 안심이라도 한 듯 얌전했다.

한참을 앓고 나니 머리가 조금 개운해진 기분이 들었다.

카리나는 한 차례 눈을 깜빡였다. 짙은 안개가 끼어 있다고 생각했던 머릿속이 한층 맑아졌다. 익숙하지 않은 천장과 푹신푹신한 이불, 으슬으슬 떨리는 몸은 여전히 추웠다. 식은땀을 얼마나 흘렸는지 침대가 축축했다.

"정신이 좀 드나?"

"……각하?"

잔뜩 쉰 목소리가 새어 나갔다. 뒤늦게 이불로 입을 푹 가렸지만 이미 새어 나간 목소리가 다시 돌아오는 것은 아니었다. 눈을 도르르 굴리자 창문 옆에서 달빛에 의지해 서류를 보고 있는 밀라이언이 시야에 들어왔다.

화들짝 놀란 그녀가 고개마저 그를 향해 돌리자 이마에 올려져 있던 젖은 물수건이 툭 떨어졌다.

카리나의 눈이 크게 뜨였다. 천천히 상황을 이해한 그녀가 황급히 몸을 일으키려고 했다.

물먹은 솜처럼 무거운 몸을 끙끙거리고 있으니 짧게 한숨을 내쉰 밀라이언이 손을 내저었다.

"열은 전혀 내리지 않았으니 누워 있도록 해."

"왜…… 여기에……."

"의원은 죽어도 부르지 말라고 하고 그대를 돌볼 사람을 부르기엔 시간이 애매했어. 그래서 아침까지 내가 잠시 곁에 있기로 한 거다."

아무래도 제대로 잠에 들지 못한 모양이다.

그녀가 어정쩡한 자세로 눕지도 일어나지도 못하고 있자 밀라이언이 자리에서 일어났다. 저벅저벅 걸어온 그가 그녀의 어깨를 살짝 눌러 자리에 눕혔다.

밀라이언의 손길에 그녀의 눈꺼풀이 파르르 떨렸다. 다른 게 아니라 너무 얼떨떨했기 때문이다. 여태껏 아파서 눈을 떴을 때 물을 갈아 주던 시녀 이외엔 딱히 누군가와 마주쳐 본 적이 없었다. 게다가 말하는 것을 들어 보니 마치 자신을 돌봐 주기라도 한 것 같았다.

"……여기 계속 계셨던 거예요?"

"그럼 내가 멀쩡한 집무실을 두고 왜 여기에 있겠나."

"왜요……?"

잔뜩 잠긴 몽롱한 목소리로 카리나가 물었다.

이불을 턱밑까지 끌어올린 채 눈을 도르르 굴리는 그녀를 바라보며 밀라이언이 근처에 있는 의자를 끌어와 침대 옆에 앉았다.

"의원도 없는데 아픈 사람이 어찌 될 줄 알고 눈을 떼?"

"……하지만 내가 귀찮지 않아요?"

"아픈 환자를 돌보는 데 귀찮은 게 무슨 상관이야? 그대는 객이고 나는 주인이야. 그대가 이곳에 눌러앉는 순간 그대가 제시한 약속은 성사됐으니 제대로 손님처럼 굴어도 좋아."

카리나가 밀라이언의 붉은 눈동자를 물끄러미 바라보다 배시시, 멍청하게 웃어 버리고 말았다. 현실과 꿈의 경계에 있어 긴장이 풀린 근육이 멋대로 움직인 결과도 있지만, 그냥 그 말을 듣는 것 자체가 기분이 좋았다.

"필요한 건 없나? 누굴 돌봐 본 적이 없어서 이런 쪽엔 무지해."

"누굴 돌봐 본 게 처음이에요?"

"그래."

"저도 처음인데……."

그녀가 무거운 눈꺼풀을 한 차례 깜빡이며 중얼거렸다.

밀라이언이 헛웃음을 삼켰다. 당연히 누군가를 돌봐 본 적이야 없겠지. 귀하게 자란 귀족 영애의 삶이란 환자를 돌보는 것과는 거리가 멀 테니까.

"그런가."

밀라이언이 건성으로 대답했다. 아픈 환자의 취한 헛소리로 생각했기 때문이다.

밀라이언의 말에 고개를 끄덕인 카리나의 입술이 다시 벌어졌다.

"좋네요, 아플 때 누가 있는 거."

밀라이언의 시선이 카리나에게 향했다.

"저는 늘 동생들이나 오라버니의 곁을 지킬 때가 많아서……."

흩어질 듯 작은 목소리로 속삭이는 그녀를 바라보며 밀라이언이 미간을 좁혔다.

'그러고 보니 레오폴드의 다른 쪽 영애가 몸이 약하다고 했지.'

밀라이언이 어렵지 않게 상황을 파악했다.

환자가 있는 집안이란 기본적으로 제대로 돌아가는 게 어려웠다. 가족의 정이 없는 집이라면 차라리 모르겠지만 가족애가 있는 집이면 당연히 추가 기울어지기 마련이다.

"열이 쉽게 내리지 않는군."

밀라이언이 손을 뻗어 발갛게 상기된 카리나의 이마를 짚었다.

"가방……."

"가방?"

"가방에 약이 있어요. 챙기는 걸 잊었어요."

카리나가 달뜬 숨을 내뱉으며 설명했다.

"약? 그걸 먹으면 괜찮아지는 건가? 그럼 바로 가져오도록 하지."

밀라이언이 당장 일어날 기세였다.

카리나가 일어나려는 그의 손을 붙잡은 채 고개를 저었다. 약을 먹어야 하는 건 내일이니까 굳이 이 새벽에 그가 직접 갈 필요는 없다.

"지금은 안 되고 내일이요."

"열이 심해."

"싫어요."

"그대의 고집은 무슨 쇠심줄보다 더 질기군."

밀라이언이 카리나를 타박하면서도 순순히 다시 자리에 앉았다.

카리나가 풀어진 얼굴로 웃더니 다시 눈을 감았다. 춥고 새까맣고 몸이 무거운데, 붙잡은 손이 따뜻해서 기분이 좋다는 게 이상했다.

"아직 새벽이니 조금 더 자."

"……자면 갈 거예요?"

"아니, 꽹이 일어날 때까진 이 방에 계속 있을 거야."

밀라이언의 말에 카리나가 고개를 끄덕였다. 눈을 떴을 때 누가 곁에 있을 거라곤 생각지도 못했는데, 마치 깜짝 생일 선물을 받은 기분이었다.

힐끗.

밀라이언이 힘없이 잡은 손을 뗄 생각이 없는 그녀를 살짝 보곤 카리나의 손을 마주 잡았다.

생각지도 못한 악력에 카리나의 동공이 확장됐다.

"그대가 잘 때까진 곁에 있을 테니 자도록 해."

"……네."

카리나의 눈이 느릿하게 감겼다. 마치 그 말을 기다리기라도 한 듯 그녀의 숨소리가 순식간에 고르게 퍼졌다.

밀라이언이 고개를 돌려 탁자에 놓인 편지를 물끄러미 바라봤다.

'……전보는 겨울이 지나고 보내는 편이 낫겠군.'

레오폴드 백작에게 편지를 쓰려고 했던 밀라이언이 마음을 바꿨다. 그녀에게도 나름대로 고충이 있었으리라 생각했기 때문이다. 아무도 제 편을 들어 주지 않았던 시간이 많았을 카리나를 위해 밀라이언은 그녀의 편이 되어 주기로 했다.

이제 11월이니, 눈이 녹기까지 남은 3~4개월의 짧은 시간이다. 카리나가 이윽고 미동도 하지 않게 됐을 때쯤에야 밀라이언은 다시 창문 앞 탁자로 돌아갔다.

그녀는 의원의 말대로 일주일을 꼬박 앓고서야 제 발로 걸어 다닐 수 있었다. 두 달간 하고 싶은 대로 한 것치곤 어쩌면 양호한 대가일지도 몰랐다.

그녀가 놀랐던 것은, 밀라이언이 하루에 한 번은 상태를 보기 위해 불쑥불쑥 얼굴을 내밀었다는 것이다. 솔직히 그의 그런 관심은 예상하지도 못했다.

남부와 비교하면 북부는 무척이나 쌀쌀했다. 바람도 차가웠고 찬바람이 불어오는 시기도 빨랐다. 태어나서부터 지금까지 남부에서만 살아온 그녀의 눈이 번쩍 떠질 정도였다.

'몸이 확실히 좀 나빠졌나?'

집 안 한 바퀴를 돌고 나서야 깨달았다, 그리 빨리 걷지 않았는데도 숨이 찬다는 사실을. 그래도 다행히 그것 외에는 큰 변화가 없었다.

"영애?"

"아, 각하."

"겨우 열이 떨어졌으면서 뭘 벌써 빨빨거리며 돌아다니고 있는 거야?"

"음, 그냥 너무 침대에만 누워 있어서 답답했거든요."

성큼성큼 다가온 밀라이언이 손을 뻗어 카리나의 이마에 댔다. 처음엔 당황스러웠지만 그는 만날 때마다 인사처럼 그녀의 이마에 손을 얹어 보곤 했다.

그녀가 일주일간 밀라이언과 부딪히며 알게 된 사실은 그가 말투만큼 성격까지 까칠한 건 아니라는 것이다. 말이 험하긴 해도 그는 제법 세심했다.

"열은 확실히 떨어졌군."

"아, 네……."

그녀가 화들짝 놀라며 한 걸음 뒤로 물러났다. 그도 급한 일이 끝났는지 요 며칠 제시간에 들어가 잠을 자는 듯했다. 그래서 그런지 눈 밑에 짙던 눈 그늘이 보이지 않는다.

"뭘 겁먹은 토끼처럼 그렇게 소스라치나? 안 잡아먹으니 걱정하지 마."

움츠린 채 제 이마를 문지르는 카리나를 보며 웃음을 터뜨린 밀라이언이 가벼운 어투로 말했다. 그녀가 밀라이언의 웃음을 멍하니 바라보다가 느릿하게 고개를 끄덕였다.

"점심은?"

"아직이에요."

"나도 아직 먹지 않았는데 함께하는 건 어때?"

그녀가 망설이며 고개를 끄덕였다. 귀찮은 짐이 될 거라고 생각해서 최대한 눈에 띄지 않으려고 했다. 그런데 그는 처음에 날카로운 말을 내뱉은 것을 제외하면 생각보다 그녀에게 호의적이었다.

"그대가 별택으로 옮길 필요는 없어. 생각해 보니 어차피 마수 토벌이 있어서 저택을 자주 비울 예정이니까."

"마수 토벌에 제가 따라가면 방해겠죠?"

"당연한 소리."

밀라이언이 매서운 눈으로 대답했다.

단칼에 잘린 권유에 카리나가 어색하게 웃었다. 정말 가겠다고 생각한 건 아니지만 약간의 상상마저 단숨에 잘릴 줄이야.

"그나저나 가방 안에 그림 도구가 가득하던데. 그림 그리는 걸 좋아하나 보지?"

밀라이언의 물음에 카리나가 눈을 크게 떴다.

그녀의 입가에 쓴 웃음이 맺혔다가 떨어졌다. 누구 하나 물어본 적 없었던 질문을 이 남자에게 듣게 될 줄은 예상하지도 못했다.

"네, 좋아해요."

"그렇군, 그렇다면 이 저택의 지붕에 올라가 보도록 해. 동이 틀 때나 노을이 질 때 장관을 볼 수 있을 거야."

"꼭 가 볼게요."

"그 대신."

밀라이언이 돌연 몸을 돌렸다. 윽, 카리나가 그의 가슴팍에 얼굴을 박곤 황급히 물러났다.

"미안하군."

"아뇨, 저야말로 죄송해요……."

닿았던 단단한 가슴에 그녀의 얼굴이 발갛게 달아올랐다. 가족이 아닌 타인과의 접촉은 생소했다. 그녀가 애써 눈에 힘을 준 채 고개를 들었다.

"그 대신 뭔가요?"

"아, 일주일이나 앓아 누운 것을 봐선 영애는 아무리 봐도 몸이 약한 것 같으니 지붕에 올라갈 때는 주의하도록 해."

"아, 알겠어요."

"북부는 아침저녁으로 바람이 차니 옷을 단단히 입고 가."

"네……."

"그리고 가기 전에는 반드시 나나 팽에게 말하고 가고."

"음, 네."

"한 시간에 한 번은 반드시 내려와서 몸을 녹일 것."

"……네."

지붕 한번 올라가는 데 제약이 많기도 많다. 남자의 몸은 말이 별로 없는 무인을 닮았는데, 실제로 겪어 보니 의외로 잔소리꾼인 듯했다.

'부하들이 별로 안 좋아할 것 같은데.'

그녀가 속으로 생각하면서도 고개를 끄덕였다.

사실 카리나는 이런 종류의 간섭이 그다지 싫지 않았다. 결국, 그녀는 꿈틀거리는 입술 끝을 흩뜨리며 포르르 웃음을 터뜨리고 말았다.

"말린 오징어가 되고 싶지 않으면 오래 나가 있지 않도록 해."

"……그놈의 오징어 타령."

그녀가 불만스럽게 중얼거렸다.

"그대, 누가 봐도 내키지 않는데 억지로 왔어요, 라는 표정으로 시녀들 뒤로 졸졸 끌려 다니는 걸 보는 게 얼마나 짜증났는지 아나? 그 정도로 싫었으면 제대로 말했어야지."

"그건……."

정해진 일이라서, 하나뿐인 여동생은 아프니까.

의견도 묻지 않고 제멋대로 진행된 약혼이 무엇이 즐거웠겠는가. 심지어 그 약혼식 날에도 아벨리아의 열이 올라서 참석한 것은 백작 대리 자격으로 온 인프릭과 동생 페르던뿐이었다. 상대에겐 미안하지만 의욕이라곤 정말 조금도 없었다.

"불쾌했으면 미안해요."

"그대가 내게 미안할 건 없어. 나야 이미 약혼을 결정한 선대가 죽어 버린 데다가 어쨌든 마지막 유지였으니 지키려고 한 것뿐이었으니까."

밀라이언이 어깨를 으쓱였다.

"내 말은, 그대가 싫은 게 있으면 확실히 싫다고 말하라는 얘기야."

가벼운 어투였지만 카리나가 줄곧 듣고 싶어 했던 말이다. 싫은 걸 싫다고 말해도, 힘든 걸 힘들다고 말해도 들어 주지 않는 이들에게 이야기하는 것은 벽을 보고 대화를 나누는 것과 같았다.

"내가 싫다고 하면 아픈 동생한테 짐이 넘어갔을 테니까요."

"약혼은 당연히 내가 거절했을 거다."

"아뇨, 그것 말고도……."

입술을 달싹이던 그녀가 입을 다물었다.

"동생이 여는 첫 다과회인데, 아픈 동생이 전부 하긴 힘들잖니. 동생은 처음이고 서투니까 네가 도와주렴."

"카리나, 페르턴과 아벨리아의 첫 사교계 데뷔니 네가 곁에서 많이 도와주거라. 알았느냐?"

당연한 일이었다는 걸 안다. 사교계에 데뷔하는 동생을 도와주는 형제자매도 많이 있으니까.

싫다고 할 수 없었다. 기대감 짙은 두 동생과 당연히 그럴 거라고 믿는 부모님 앞에서.

"왜 말을 하다 말아?"

"……으음, 아니에요. 무슨 말을 하려고 했는지 까먹었어요."

괜한 치졸함이라고 할까 봐 조금 두려워진 카리나가 입을 다물었다. 간신히 찾은 휴식처에서까지 그런 생각을 하며 눈치를 보고 싶진 않았다.

"실없기는."

밀라이언이 가벼이 대답했다.

"싫어하는 음식은?"

툭 던져진 물음에 카리나가 눈을 끔뻑였다.

그녀가 조금 얼떨떨한 기분으로 입술을 달싹였다. 식당으로 들어서는 동안에도 대답이 들리지 않자 밀라이언이 고개를 돌렸다.

"없나?"

"……기름진 음식은 맞지 않는 편이에요."

"생긴 것만큼 말랑한 걸 좋아하는군."

키득거리는 밀라이언의 말에 카리나가 멈칫했다. 그녀가 당황한 듯 눈을 도르르 굴렸다.

카리나가 얼떨떨한 표정으로 어기적거리자 그가 웃음을 터뜨리며 테라스에 준비된 둥근 식탁에 앉았다.

"앉도록 해, 식사는 곧 준비될 테니까."

늘 그녀는 빼고 돌아가는 듯했던 백작저 식탁과는 다르게, 밀라이언은 카리나를 제대로 직시하고 있었다.

그녀가 얼떨떨한 표정을 애써 무표정으로 감추며 밀라이언의 앞자리에 앉았다.

밀라이언의 말대로 잠시 기다리자 진수성찬이 차려졌다. 테라스에는 돔 형태의 투명한 유리가 둘러싸여 있어서 바깥을 구경할 수 있으면서도 찬바람은 들어오지 않았다.

"각하, 이건 뭐예요?"

카리나가 호기심 어린 표정으로 테라스를 둘러싼 투명한 돔을 가리켰다. 투명한 돔의 윗부분은 스테인드글라스로 꾸며져 있어서 오색 빛깔이 찬란하게 아래로 드리웠다.

"유리로 만든 돔이다. 이곳은 겨울에 눈이 오면 풍경이 무척 아름답지만 그렇다고 나가서 먹기에는 날씨가 무척 추워. 북부의 기술자들이 고민 끝에 생각해 낸 거지. 관리를 잘해 줘야 하지만."

밀라이언의 자부심 가득한 목소리에 카리나가 고개를 끄덕였다.

사시사철이 무척 맑은 레오폴드 백작령에서는 겨울도 그리 춥지 않았다. 약간 쌀쌀하긴 했지만 한파가 불어 닥치거나 눈이 내릴 정도는 아니었다.

"눈은 언제쯤 내리나요?"

"이르면 내달 초나 늦으면 말쯤? 하지만 올해는 유독 날이 추운 걸 보니 나는 내달 초로 내다보고 있어."

밀라이언이 카리나를 보며 낮게 웃었다. 호기심이 가득한 눈동자가 싫지 않다. 오징어처럼 질질 끌려 다녔던 때보다야 훨씬 좋았다.

"음식이 식겠어. 얼른 먹도록 해."

밀라이언의 재촉에 그녀가 그제야 시선을 내렸다.

식탁에 차려진 음식의 종류는 무척 다양했는데, 튀김 요리와 찜, 볶음 요리 등 다양했다. 카리나의 앞쪽에는 최대한 기름지지 않은 음식들이 자리 잡고 있었다. 밀라이언이 시종이 내려놓는 음식을 하나하나 참견해서 어디에다 두라고 명령을 한 덕분이었다.

음식을 먹지도 않았는데 느껴지는 배려에 그녀가 작게 웃었다.

"설마 식기를 잡다가 피를 토할 정도로 약한 건 아니겠지."

"그 정돈 아니에요."

그녀가 발끈 고개를 치켜들며 포크를 쥐었다. 버릇처럼 샐러드로 향하려던 포크의 끝을 멈추며 그녀가 고개를 들었다. 그가 자신을 싫어한다고 생각했는데, 자신을 배려해 주고 생각보다 다정하다.

'그를 제대로 알지도 못하면서 멋대로 생각했어.'

카리나가 고개를 숙인 채 어두운 표정을 했다. 스스로의 생각이 짧았다는 걸 인정했다. 이러다 이곳에서 정말 생을 마감하거나 문제가 생기면 피해는 밀라이언이 고스란히 받게 될 거다.

"식사가 입에 맞지 않나?"

밀라이언이 음식에 입을 대지 않는 카리나를 흘끗 보며 말했다.

그녀가 고개를 젓곤 한숨을 폭 내쉬었다. 그러다 결국 고개를 들곤 밀라이언의 눈치를 살폈다.

"각하."

"그대가 내 부하야? 그냥 밀라이언이라고 불러도 돼. 리언이라고 불러도 되고."

"……아, 네."

그녀가 눈동자를 굴렸다.

이 남자는 자신이 원하는 것을 표현하는 데 일말의 망설임도 없다. 카리나는 그것이 못내 신기하기도 하고 대단하기도 했다. 그녀로선 단 한 번도 해 본 적이 없는 일이었으니까.

"그래서 갑자기 왜 불렀나?"

둥글게 눈꼬리를 휘자 남자의 분위기가 부드럽게 변했다. 단단한 무인에서 장난이 그득한 한량으로.

카리나가 조금 멍청한 표정으로 눈을 끔뻑이다가 황급히 고개를 내저었다.

"그…… 죄송해서요."

"죄송?"

"……어쨌든 상황 설명도 제대로 하지 않고 멋대로 찾아왔으니까요. 미리 말씀드리지 않아서 죄송합니다. 오겠다고 하면 단칼에 거절할 것 같아서 그랬어요."

"당연하지."

밀라이언이 일말의 망설임도 없이 단숨에 대답했다. 말이 끝나기가 무섭게 들려온 대답에 그녀가 탁자 아래로 내린 손을 꼭 쥐었다.

"내가 그대를 싫어해서도 귀찮게 여겨서도 아니야. 단순히 위험해서 그런 것이니 첫날 내가 한 말을 너무 마음에 두지 마. 게다가 사과는 이미 그때 한 번 하지 않았나."

"네. 그리고……."

그녀의 입술이 달싹였다. 가지고 있는 병에 대해서 말을 하는 편이 좋을까?

카리나가 잠시 고민했다. 그러나 말을 해도 상황이 좋아진다는 보장은 없다. 최악은 그가 레오폴드 백작가에 연락을 취하는 것이다.

카리나는 고개를 저었다.

"그리고?"

"식사 맛있게 하겠다고요."

말끝을 붙잡은 밀라이언에게 카리나가 적당한 말을 덧붙였다.

"그대는 정말 싱거워."

밀라이언이 어깨를 으쓱이면서도 추궁 없이 식사를 시작했다.

"다음부턴 그대가 들기 편한 음식도 다양하게 준비하라고 이를 테니 얼른 들지 그래? 이러다 주방장이 울겠어."

"네? 아, 네."

밀라이언의 재촉에 카리나가 다급하게 찜기에 쪄서 나온 음식을 입에 넣었다.

'맛있어⋯⋯.'

카리나가 눈을 홉떴다.

"맛있나?"

"네, 무척이요."

"르버에게 전해 주지."

밀라이언이 웃으며 말했다.

샐러드 외에도 먹을 만한 것이 무척 많아서 그녀는 드물게도 다양한 음식에 손을 옮겼다. 오랜만에 배가 불렀다. 카리나가 만족스러운 표정으로 옅게 웃었다.

밀라이언은 종종 그녀에게 말을 걸었고 카리나는 흠칫 놀라면서도 그의 말에 신중하게 답을 했다. 어쩌면 그녀가 줄곧 바랐을, 별 것 아닌 대화가 오가는 짧은 식사 시간이었다.

"도대체 그대는 생각이 있어? 없어!"

잔뜩 일그러진 밀라이언의 노성을 들으며 카리나가 귀를 틀어막았다. 잔소리라고 툴툴댈 수 없는 것은 엄연히 이번에 잘못한 것이 그녀였기 때문이다. 그 덕분에 그녀는 온몸에 이불이 둘둘 감싸져서 무슨 도롱이처럼 되었다.

두툼한 이불 밖으로 볼록 튀어나온 것이라곤 카리나의 얼굴과 손뿐이었다.

"죄송해요."

"차라리 얼음이 되고 싶었다고 말을 해. 아예 욕조에 얼음을 들이부어 줄 테니까."

"……정말 시간 가는 줄 몰랐어요. 일부러 그런 게 아니에요."

으르렁거리듯 한껏 사나워진 밀라이언의 목소리를 들으며 카리나가 열심히 자신을 변호했다. 그러면서도 입술은 슬쩍 풀어진 채라서 포르르 웃음이 새어 나오는 걸 막지는 못했다.

지금껏 이런 이유로 혼난 적은 한 번도 없다 보니 생소하고 무척 신기하면서도 속이 간질간질한 것이 기분이 좋았다. 흐물흐물 풀어진 카리나의 입매를 보며 밀라이언의 눈썹이 쓱 치켜 올라갔다.

"웃음이 나와?"

스산한 목소리에 그녀가 냉큼 입매를 굳혔다. 마치 아무 일도 없었다고 제 결백을 주장하는 듯한 모습에 밀라이언이 헛웃음을 흘렸다.

밀라이언이 카리나의 이마에 손을 올렸다.

"아주 인간 난로가 되지 그러나. 연료도 아끼고 좋겠군."

"각하 추우세요?"

"……지금 나한테 한 말인가?"

매섭게 치켜뜬 밀라이언의 눈을 마주 본 카리나가 눈에 힘을 준 채 고개를 저었다. 도롱이처럼 얼굴만 쏙 튀어나온 사람이 고개만

도리도리 젓고 있으니 무척 우스운 꼴이었다.

카리나가 밀라이언 공작의 저택에 온 지도 열흘째였다. 와서 일주일을 앓아 누워 있었으니, 저택을 둘러보는 것도 겨우 3일째라는 얘기였다.

그나마 첫날은 식사가 끝나는 즉시 방으로 돌려보낸 공작 덕분에 자유롭게 운신하게 된 것은 이틀째였다. 요는, 오늘 아침 일찍 해가 뜨는 것을 보겠다고 로브 한 장만 걸치고 지붕으로 올라가 그림을 그린 카리나의 행동이 문제였다.

본래 지붕에 올라가기 전 밀라이언과의 약속이 있었다.

첫째는 반드시 밀라이언이나 팽에게 말하고 갈 것. 둘째는 옷을 두툼하게 입을 것. 마지막은 한 시간에 한 번씩 지붕에서 내려와 몸을 녹일 것이었다.

문제는 카리나가 마침 눈을 떴을 때는 저택이 아직 조용해서 누군가를 깨우기 어려웠다는 것이다. 게다가 가져온 옷이 없어서 두툼하게 걸칠 것도 없었으며 그림을 그리느라 시간 가는 줄 몰랐다. 카리나는 대략 해가 뜨기 전부터 해가 완전히 떠오르고도 저택이 소란스러워질 때까지 네 시간가량을 지붕 위에 웅크린 채 그림을 그렸다.

그런 그녀를 발견한 것은 밀라이언이었다. 식사 권유를 하기 위해 방을 방문한 밀라이언은 지붕에 앉아 그림을 그리는 그녀를 발견하고 분노했다. 그리고 그대로 카리나의 뒷덜미를 낚아채 지붕에서 끌어 내린 것이 이 결과였다.

도롱이를 풀려고 할 때마다 노려보는 밀라이언 덕분에 카리나는 발갛게 물든 얼굴로 이불에 꽁꽁 싸매진 채였다.

"솔직히 말해 봐라. 그대의 꿈은 눈사람이었나?"

"눈사람이요? 그게 뭔가요?"

"……"

비꼬는 말을 물음으로 받아치니 천하의 밀라이언도 말을 잃을 수밖에 없었다.

남부령에 눈이 내리면 그해는 좋지 않은 일이 일어난다는 속설이 있을 정도로 남부령에는 눈이 내리지 않았다. 혹여나 내린다고 하더라도 쌓일 정도로 내리는 것이 아니라서 북부에서는 흔한 눈사람이라는 단어도 그녀에겐 생소하기 그지없었다.

"그럼 그리다가 얼어 죽고 싶었냐는 얘기다."

"아뇨…… 오늘따라 딱 느낌이 와서……."

그녀가 꼬물꼬물 이불 속에서 손을 뿅 꺼내 돌돌 말아 쥔 종이를 침대 위에 올려놨다.

팔짱을 낀 채 못마땅한 눈으로 한 시간째 잔소리를 퍼붓고 있던 밀라이언이 손을 뻗어 종이를 집었다. 그러다 문득 깨달은 듯 고개만 빼꼼히 내민 카리나에게 시선을 옮겼다.

"잠깐 봐도 되나?"

"네, 별로 대단한 건 아니에요."

카리나가 설핏 웃으며 말했다.

겸손이 아니라 진심으로 별것이 아니었다. 적어도 그녀는 그렇게 생각했다. 뛰어난 검술로 젊은 나이에 황제 직속 기사단에 들어간 인프릭. 뭐든 한 번 보면 곧잘 따라 하는 페르던. 손재주가 좋아서 복잡하고 아름다운 수를 놓는 아벨리아.

그에 비해 그녀가 연필로 그리는 흑백의 세계는 투박하기 그지없었다.

늘 그녀의 부모님은 그녀를 칭찬할 때에 비해 다른 형제들을 칭찬할 때 훨씬 더 밝은 얼굴이었으니 카리나는 자연스럽게 그렇게 생각하게 됐다.

그녀의 스케치를 가져간 밀라이언의 눈이 아주 천천히 종이 위에 닿았다. 그리고 제법 오랜 시간 그 자리에 머물렀다.

카리나는 진지하게 제 그림을 바라보는 밀라이언을 물끄러미 바라봤다. 이윽고 그녀의 얼굴이 붉게 물들었다. 마치 제 속살이 까발려지는 듯한 기분마저 들었기 때문이다. 그만큼 그는 진지하게 그림을 꼼꼼히 살펴보았다.

한참 만에 밀라이언의 꾹 닫힌 입매가 열렸다.

"그대를 보면 겸손함도 병이라는 생각을 하게 돼."

"……네?"

"내가 비록 이런 쪽에 조예가 깊지 않아서 전문적인 평가는 내릴 수 없지만, 살면서 본 그림 중에 손에 꼽을 정도야."

밀라이언의 꾸밈없는 솔직한 한마디에 카리나의 눈이 커졌다.

발갛게 달아오른 얼굴로 그녀는 멍하니 그를 올려다봤다. 어느새 그림에서 시선을 뗀 밀라이언이 카리나를 바라보고 있었다.

"충분히 자신감을 가져도 될 법한 실력이다. 내 저택의 지붕에서 보는 풍경이 이렇게 아름답다곤 생각해 본 적도 없어."

"……"

"색을 칠했을 때가 기대되는군."

비교할 대상도 없었고 부끄러워서 누군가에게 그림을 보여 주지도 않았으니 카리나는 더욱 스스로의 작품을 객관적으로 평가할 기회가 없었다.

"그런 말은 처음 들어 보는데. 그냥 해 주신 말이라도 기쁘네요."

"난 이런 거로 농지거리를 하지 않아. 차라리 가망 없으니 효율적으로 다른 일을 찾아보는 게 어떠냐고 묻지."

코웃음을 치며 내뱉는 거침없는 언사에 그녀가 말없이 웃었다.

"정 못 믿겠으면, 그림을 완성해서 내게 줘. 이쪽 방면으로 한 가닥 하는 지인에게 전령을 날려 평가해 달라고 해 보지."

밀라이언이 대뜸 입을 열었다.

그의 말에 카리나가 웃음을 터뜨리곤 고개를 끄덕였다.

"완성되면 드릴게요. 평가는 괜찮아요, 누구한테 평가받고 싶었던 건 아니라서."

그저 단지…… 자신을 봐 줬으면 했다.

그림은 어느새 외로움을 달래 줄 친구가 되어 있었고, 그러다 보니 무아지경으로 빠져 결국 사달이 났다. 조금 더 제 몸을 신경 썼으면 좋았을 것을. 체력이 좋아지지 않는 이유를 너무 집에서 움직이지 않았기 때문이라고 가볍게 치부하고 말았었다.

숨이 무척 뜨거웠다. 카리나가 이불의 시원함을 찾아 도롱이 윗부분에 얼굴을 문질렀다.

천 부분의 시원함이 열을 식혀 주는 것도 잠시였다. 카리나는 진심으로 이 도롱이 같은 것에서 벗어나고 싶었다.

"각하…… 저 여기서 이만 나가고 싶……."

나와 볼 테면 나와 봐, 하는 매서운 시선이 카리나에게 닿았다. 카리나는 도로 입을 닫았다.

그가 탁자 위에 카리나의 그림을 조심히 올려 두곤 그녀의 새빨간 얼굴을 바라보며 한숨을 내쉬었다.

"그대는 정말 오징어의 화신이라도 되나? 어째서 몸이 이렇게 약해 빠졌는지."

잠시 멈췄던 잔소리가 또다시 시작됐다.

카리나는 토라진 표정으로 얼굴을 도롱이에 푹 파묻었다.

통통, 가볍게 문을 두드리는 소리에 그녀가 고개를 들었다. 밀라이언의 시선은 이미 문 쪽으로 돌아간 후였다.

"각하, 마리아입니다."

"들어와."

문이 열리고 새하얀 가운을 입은 중년의 남자가 방 안으로 들어왔다. 여성스러운 이름과는 전혀 어울리지 않는, 근육질의 사내였다. 가운을 걸친 것을 보면 의원인 것 같은데, 몸은 적장의 목을 몇 개나 따온 장수와 다름이 없는 듯했다.

밀라이언이 힐끗 보더니 손가락을 까딱여 카리나를 가리켰다.

"……이 아가씨를 도롱이로 만든 건 각하의 작품이십니까?"

"헛소리 말고. 여행을 길게 해서 몸이 약해진 모양이야. 오늘도 미련하게 온종일 찬바람 쌩쌩 부는 지붕에 앉아 있었어. 좀 살펴봐."

"온종일이라니……."

겨우 네 시간이었다. 아무리 그래도 6배나 부풀리는 것은 너무하다. 발갛게 달아오른 카리나가 억울하다는 듯 눈을 한차례 깜빡였다.

눈앞에 그림자가 진다고 생각하는 순간 카리나가 훌쩍 고개를 숙였다. 궁둥이를 쭉 잡아 빼며 도롱이 밑으로 쏙 사라진 카리나에 의원, 마리아의 손이 허공을 갈랐다.

그가 당황한 듯 눈을 깜빡이며 밀라이언을 쳐다봤다.

"뭐 하는 거야, 영애? 빨리 와서 안 앉아?"

"제가 의원 싫다고 했잖아요."

열이 올라서는 걷는 것은 물론 제자리에 제대로 서 있지도 못하고 휘청거리면서 말은 잘한다.

밀라이언이 헛웃음을 삼켰다. 그가 자리에서 벌떡 일어났다.

"의원은 싫어요."

"그러면 부를 일을 만들지 말았어야지. 얼른 와서 진찰 받아. 애도 아니고 의원이 싫다니 무슨 소리야?"

"쉬면 나아요."

"그대가 일단 제 자리에 제대로 설 수 있게 되면 생각해 보도록 하지."

밀라이언이 카리나에게 훌쩍 다가가 그녀의 뒷덜미를 대롱대롱 들어 올렸다. 자랑스럽게 토끼 한 마리를 사냥한 것 같은 배부른 표정으로 밀라이언이 카리나를 침대 위에 다시 덜렁 내려놨다.

"아니, 각하! 대체 귀한 아가씨께 무슨 짓입니까! 데리고 오실 거면 정중하게 안아 주셔야지요!"

마리아가 사색이 되어 둥글게 말린 채 굳은 카리나의 어깨에 이불을 덮어 주며 말했다.

마리아의 탓하는 언사에 밀라이언이 미간을 좁혔다.

"보통은 이렇게 데리고 온다만."

"누굴 말입니까?"

마리아가 자연스럽게 그녀의 손목을 붙잡고 맥을 재며 밀라이언과 대화를 나눴다.

카리나가 의원을 싫어하는 것 같아 최대한 티를 내지 않기 위함이었다. 다행히 열에 취한 카리나는 피부에 느껴지는 감각도 무척 둔한 듯했다.

"말 안 듣는 놈들."

"그거야 병사들이 아닙니까."

"안 되나?"

"네."

밀라이언의 반문에 마리아가 한숨을 내쉬며 단호하게 대답했다.

북부는 원래부터 마수 사냥에 동원되는 일이 많다 보니 귀족이니 평민이니 하는 신분 체계가 다른 지역보다 많이 약했다. 그들은 강함을 증명하는 것을 중요시했고 대개 성격도 호탕하고 호방한 이들이 많았다. 공작 본인도 어릴 때부터 용병들과 어울려 자랐기 때문인지 평범한 귀족들과는 여러모로 달랐다.

"조금 더 부드럽게 대해 주십시오. 남부의 사람들은 북부 사람들처럼 그렇게 거칠지 않습니다."

조곤조곤한 마리아의 설명에 미간을 좁히고 있던 밀라이언이 고개를 끄덕여 수긍했다.

"알고 있다. 말랑한 게 딱 그런 것 같긴 해."

카리나의 손목에 손가락을 올려 맥을 재던 마리아의 표정이 굳었다. 그가 검지를 들어 밀라이언에게 조용히 하라는 제스처를 취하곤 부드럽게 웃으며 카리나의 어깨를 눌러 침대에 눕혔다.

"피곤하면 주무십시오, 아가씨."

다정한 목소리에 카리나의 눈이 그녀의 의지를 배반하며 서서히 감겼다.

'안 되는데……'

들킬지도 모른다.

그러나 노곤한 피로는 순식간에 그녀를 수마로 끌어들였다.

카리나가 잠들자 마리아가 의자에 앉아 재차 맥을 짚었다. 그의 표정이 더할 나위 없이 어둡게 가라앉았다.

"왜 그리 표정이 어두워?"

의자에 앉아 한쪽 다리를 허벅지 위에 올린 그가 턱을 괸 채 가볍게 물었다.

"맥이 너무 약하게 잡힙니다. 몸이 좋지 않으신 것 같은데."

마리아가 손목에서 맥을 재다 말고 손가락 두 개를 펼쳐 그녀의 목덜미에 가져다 댔다. 그의 표정이 어둡게 가라앉았다. 박동하는 맥이 무척 불안정하고 흐릿했다.

"실례하겠습니다."

그가 얇은 천을 그녀의 몸 위로 덮은 뒤 심장 부근에 귀를 바싹 붙여 가져다 댔다. 심장 소리 역시 무척 멀고 흐렸다. 그녀의 몸을 몇 군데 더 눌러본 마리아의 표정이 한층 더 어두워졌다. 그가 카리나의 소매를 걷어 팔을 뒤집고 몸 이리저리 살펴보더니 미간을 좁혔다.

'핏줄도 얇고 핏기도 없고.'

그녀의 눈꺼풀을 들어 이곳저곳을 살핀 마리아의 표정이 한층 어두워졌다.

"북부엔 드물긴 하지만…… 이건 마치 예술병을 닮았는데요."

"예술병?"

"네, 이 제국은 원래 예술의 축복을 받은 나라가 아닙니까. 북부

는 나중에 제국이 정벌한 곳이지만, 수도를 비롯해 남부에는 뛰어
난 예술가들이 많습니다."

"알고 있지. 그래서?"

괸 턱을 풀며 밀라이언 공작이 진지하게 마리아의 이야기를 경청
했다.

"이 축복을 과하게 받는 존재가 있습니다. 흔히 예술에 뛰어난 재
능이 있는 이들이 그러한데, 이들은 흔히 예술로 '기적'이라는 것을
일으킵니다."

"기적?"

밀라이언이 팔짱을 끼며 반문했다. 그는 북부 끝자락에서 지내다
보니 예술과 같은 것에는 무지했다. 북부 자체가 예술이라는 게 발
달하지 않은 지역이기 때문이기도 했다.

"네, 인간의 힘을 뛰어넘은…… 신의 권능이라고도 불리는 능력
이죠."

"그러고 보니, 페리얼 칼로스가 진심을 담아 연주하는 곡은 치유
의 힘이 있었지."

밀라이언은 페리얼 칼로스를 떠올리며 말했다.

"맞습니다. 칼로스 가문은 제국에서도 유명한 예술 가문이죠."

"그래서 예술병이 무슨 문제가 있는 거지?"

밀라이언의 질문에 마리아가 잠시 고민했다.

예술병에는 종류가 여럿 있었다. 단순히 체력을 약하게 만드는 것
뿐인 병이나 혹은 시력이나 후각, 촉각 등 감각을 앗아가는 예도 있
었다. 신은 공평하게도 기적을 일으키는 대가로 뭔가를 **빼앗아** 가
는 것이다. 최악은 기적을 일으킬 때마다 생명을 갉아먹는 경우였

다. 그렇다고 해도 생명을 갉아먹는 예술병은 관련 서적에도 사례가 손에 꼽을 정도로 드문 경우였다.

뛰어난 명의는 환자의 상태를 잠시 보기만 해도 어떤 종류의 예술병인지를 가려낼 수 있다고 하던데, 아쉽게도 마리아는 그런 쪽에 영 조예가 없었다. 그의 전문은 굳이 따지자면 외상 쪽에 가까웠다. 북부엔 그러한 환자가 많았으니 자연히 그쪽에선 그를 따라올 자가 없었다. 게다가 예술병은 수도에나 가야 전문적인 의원을 만나 볼 수 있을 정도로 특수한 병이었다.

"그래서 예술로 유명한 가문은 전문적인 의원이 있고 정기적으로 검진을 받으며 웬만해선 어릴 때는 작품을 완성하지 못하게 합니다."

"완성하지 못하게 한다고?"

"네, 작품이 완성되지 않으면 그 힘도 발휘되지 않는다고 합니다."

마리아의 설명에 밀라이언이 심각한 표정을 했다.

턱을 매만지던 손을 천천히 내린 그가 색색거리는 숨을 쉬며 잠을 자는 카리나를 바라봤다.

"그러니까, 이…… 아니, 레오폴드 영애가 그 기적을 일으키는 힘을 가진 예술가라는 얘긴가?"

"네, 여기 겨드랑이 밑쪽부터 팔 안쪽에 있는 흐린 반점이 그 증상 중 하나입니다. 보통은 잘 보지 않는 부위인 데다 흐릿해서 증상이 나타나도 모르는 경우가 많습니다."

밀라이언이 헛웃음을 삼키려다 이내 입매를 굳혔다. 조금 전 그녀가 그린 그림을 본 탓이다. 그것은 예술에 조예가 깊지 않은 그조차도 솜털이 쭈뼛 서 소름이 돋을 정도로 놀라웠다. 연필 하나,

선 한 번에 어둠을 물리고 그 틈새를 파고드는 햇살이 고스란히 느껴졌다.

색을 칠하지 않은 흑백의 그림임에도 불구하고 저택 앞의 광활한 정원이나 그 너머의 늘어진 길, 저택 주변을 빼곡하게 자리 잡은 숲과 산, 그리고 산등성이 너머에서 떠오르는 태양이 있었다.

늘 보던 익숙한 풍경이다. 좋다고는 생각했지만 아름답다고 느낀 적은 없었다.

그러나 아름다웠다. 그녀가 본 풍경이 그림을 통해 고스란히 느껴지는 듯했다.

"그래서 얼마나 심각한 상태지?"

"……그게, 몸은 전체적으로 약해져 있으나 제 실력으론 어느 종류의 예술병인지는 본인에게 묻지 않으면 알 도리가 없습니다."

"종류라니?"

"보통 예술병은 몇 가지 패턴이 있습니다. 통계상 가장 증상이 가벼운 것이 단순히 체력을 떨어뜨리는 경우입니다. 그리고 가장 흔한 것은 감각이나 사지의 일부를 앗아 가는 것입니다."

"감각이나 사지의 일부를 앗아 가?"

예술이라면서 뭐가 그렇게 살벌해?

얼굴을 구긴 밀라이언이 마리아를 바라봤다. 마리아가 심각한 표정으로 고개를 끄덕이고는 못다 한 이야길 이어 갔다.

"그리고 무척 희귀하고 드물긴 하지만 기적을 일으킬 때마다 생명이 갉아 먹히는 경우도 있습니다."

"죽는다고?"

"단적으로 말하자면 그렇습니다."

팔짱을 낀 밀라이언의 미간이 좁아졌다.

불쾌한 듯 구겨진 그의 표정을 바라보던 마리아가 다시 입을 열었다. 마지막에 말한 경우는 무척 드물고 희귀한 경우였으니 거의 일어날 일은 없다고 보는 게 옳을 것이다.

"하지만 무척 희귀한 경우이니 가능성은 거의 없다고 생각합니다."

"퍽 잔인한 신의 축복도 다 있군."

"아무래도 인간의 영역을 넘어선 힘이니까요."

어색하게 웃으며 덧붙인 마리아의 말에 밀라이언이 고개를 끄덕였다. 당사자 본인이 입을 꾹 다물고 열에 취해 잠을 자니 물어볼 수도 없다.

못마땅한 그의 시선이 카리나의 얼굴에 닿았다.

"낫게 할 수 있는 약은 없나?"

"제가 알기로 예술병은 한번 걸리면 나을 방법이 없습니다."

"그럼 사지를 잃든 목숨을 잃든 지켜봐야 한다는 건가?"

"살고 싶으면 그 예술을 손에서 놓으면 될 일이겠지만…… 보통은 그러지 않지요."

마리아의 담담한 설명에 밀라이언의 한쪽 눈이 쓱 치켜 올라갔다. 그가 냉소했다.

"목숨이랑 그게 저울에 올릴 게 되나? 왜 못 놔?"

"각하께서 검을 놓지 않으면 죽거나 사지를 잃는다고 하면 순순히 검을 놓으실 건가요?"

"……."

그의 입이 다물어졌다.

"미안, 생각이 짧았다."

그가 순순히 제 잘못을 인정했다.

평생 검을 손에 쥐고 사냥과 자잘한 전투와 전쟁 속에서 살아온 밀라이언이다. 검은 이미 그의 인생의 한 기둥을 맡고 있었다. 그걸 놓아 버리라고 한다고 쉽게 놓을 수 있을 리가 없다.

"애초에 예술병에 걸리는 이들은 그 분야에서 손가락에 꼽을 정도의 실력을 갖추고 있습니다. 살아온 삶의 반 이상을 바쳤을 거예요."

"약혼식 땐 그런 얘기가 전혀 없었는데."

밀라이언이 낮게 중얼거렸다.

예술병에 걸릴 정도로 뛰어난 예술적 감각이 있다면 약혼식을 치를 때 얘기해 줬을 법도 할 텐데.

고민하듯 턱을 문지른 그가 다시 카리나를 바라봤다.

"이런 종류라면 너보단 페리얼 칼로스에게 전령을 띄워 보는 편이 낫겠군."

밀라이언이 큰 고민 없이 결론을 내렸다.

"제 생각엔 아마도 체력이 줄어드는 종류의 예술병이라고 생각합니다만……."

마리아의 입이 닫혔다. 문제는 그렇다기엔 상태가 훨씬 심각하다는 거다. 원래 몸이 좋지 않은 사람이 체력을 깎는 종류의 예술병에 걸렸다면 아예 말이 되지 않는 건 아니었지만…….

'가지고 있는 서책엔 이런 내용이 없었는데.'

그가 곤란한 표정으로 자리에서 일어났다.

"일단 몸이 많이 허약하신 상태니 주의해 주시면 될 것 같습니다. 해열제를 만들어 두고 가겠습니다."

"그래."

밀라이언이 고개를 모로 돌려 한 차례 주억였다. 마리아가 허리를 굽히곤 방에서 물러났다.

"뭘 그렇게 숨기고 있는지 한번 들여다보고 싶을 정도군."

턱을 괸 밀라이언이 의아한 표정으로 한참을 그 자리에 앉아 물끄러미 카리나를 바라보았다.

마리아를 내보낸 밀라이언은 늦은 새벽까지 그녀의 방에 앉아 있다가 주전자의 물을 갈아 주고는 바람을 쐬기 위해 잠시 밖으로 나왔다. 궐련 하나를 입에 문 그가 제 방으로 돌아와 그것을 깊게 빨아들였다.

"……그때도 울상이더니."

밀라이언이 한숨을 쉬듯 말했다.

처음 만났을 때 무엇이 그리 내키지 않는지 그녀는 퍽 서러운 표정으로 제 가족들이 앉은 자리를 바라보고 있었다.

차기 백작가의 후계자 하나와 그 남동생만 덩그러니 앉아 있을 뿐, 남은 식솔들이 없는 자리는 무척이나 휑했다. 그러다가도 누가 와서 인사를 건네면 익숙하게 그린 듯한 미소를 짓는 것이 상당히 고까웠었다.

그걸 보다 못해 내뱉은 첫마디가 결국, 흐느적거리는 오징어 같다는 말이었다.

제 쏘아붙이는 말에 화라도 낼 줄 알았던 그녀는 눈을 끔뻑이더니 뭐가 좋은지 또 멍청하게 웃어 버렸었다.

궐련을 입에 문 밀라이언은 편지와 그림을 길고 얇은 통에 돌돌 말아 넣고 창문을 열어 휘파람을 불었다.

조용하던 밤하늘에 펄럭거리는 소리가 들리더니 매 한 마리가 쑥 내려와 쭉 뻗은 그의 팔에 안착했다. 그는 매의 발에 통을 올려 줬다. 샛노란 눈의 매가 그것을 콰득 움켜쥐더니 이윽고 하늘로 날아올랐다.

"본격적으로 눈이 내리기 전에 페리얼 칼로스가 답장을 줬으면 좋겠는데."

혼자 끙끙 앓는 그녀의 성격상 아무래도 쉽게 입을 열 것 같진 않았다. 뭣보다 페리얼 칼로스는 예술 방면으로 무척 유명한 인사였으니 괜찮은 해답을 줄지도 몰랐다.

궐련 한 개비를 다 피운 밀라이언이 또 하나를 더 꺼내 피웠다. 그러고는 한참이나 찬바람을 맞으며 머리를 식히다 이윽고 다시 카리나가 있는 방으로 향했다.

"스승님, 갑자기 북부로 가신다는 게 무슨 말씀이십니까? 겨울의 북부는 위험합니다."

"급히 출발하면 아슬아슬 가능해. 한동안 네가 의원을 맡아 두거라. 빨라도 내년 봄에나 올 것 같으니까."

여느 때처럼 아벨리아 레오폴드의 상태를 살피고 돌아온 녹턴이 뜬금없이 짐을 싸고 있는 스승, 윈스턴을 말렸다.

"가는 도중에 겨울이 될 겁니다."

좁아진 미간에는 이해할 수 없는 의아함으로 가득했다. 지금 북부로 갔다가 운이 나쁘면 내리는 눈 사이에 갇힐 수도 있었다. 겨울이 되면 마수가 들끓는 곳이 아니던가. 심지어 들려오는 소문에 의하면 겨울의 북부는 검문소를 걸어 잠그고 웬만해선 사람을 들이지 않는다는 소문도 있었다.

"갑자기 왜 떠나십니까?"

"예술병에 걸려서 살날이 얼마 남지 않은 아가씨가 하나 있네. 북부로 간다고 해서 떠났는데, 아무래도 신경 쓰여서 가 봐야 할 것 같아. 북부에는 예술병에 대해 제대로 아는 의원이 없을 테니."

필요한 약초와 약, 도구만 네모난 가죽 가방에 집어넣은 윈스턴이 자리에서 일어났다.

너무 급작스러운 결정에 녹턴은 이러지도 저러지도 못하고 당황한 표정을 하고 있었다.

"아니, 하지만…… 위험합니다, 스승님. 애초에 살날이 얼마 남지 않았다는 것은 예술병 중에서도 가장 질 나쁜 종류가 아닙니까."

"하긴. 나도 의원 인생 처음 보는 종류였지."

하얀 가운에 중절모를 푹 눌러쓴 윈스턴의 뒤를 따라 녹턴이 나왔다.

"마차를 불렀다. 곧 올 거야."

"짐은 제가 들겠습니다."

"됐다, 됐어. 내가 손이 없는 것도 아니고 말이다."

가지 말라고 말을 해도 이미 마음을 결정한 고집불통 스승은 그의 만류를 들어줄 마음이 전혀 없어 보였다.

멀리서부터 마차가 오는 것이 보였다. 곤란한 표정의 녹턴이 한숨을 푹 내쉬었다.

"스승님께서 가셔서 손을 쓰면 살 확률이 얼마나 되겠습니까?"

"손을 대기에는 이미 좀 늦었다. 안된 일이지만 거의 죽는다고 봐야겠지. 만에 하나 살 시간을 좀 늘린다고 해도……."

윈스턴이 말을 아꼈다. 뭐든 나쁜 일은 입 밖으로 내는 것이 아니었다. 확신이 없는 일도 마찬가지였다.

"그런데 어찌 떠나려 하십니까."

"그 아가씨 제법 돈 많은 집안에서 태어난 것 같았는데, 그 지경이 됐다는 건 부모가 큰 관심을 두지 않았다는 거야."

"매정한 부모였나 봅니다."

"쯔쯧, 관심만 좀 있었어도 그 꼴까진 안 됐을 것을."

"자식을 버리는 부모도 흔한 마당에요."

녹턴이 서늘한 목소리로 대답을 하는 사이 달려온 마차가 윈스턴과 녹턴의 앞에 섰다. 녹턴이 가방을 의자에 올렸다. 문을 붙잡고 마차에 한 발을 디딘 그가 뒤를 돌아봤다.

"너도 자만하지 말고 환자는 무조건 공평하게 대하도록 해라. 의원은 잠시 맡겨 둔 것이니 돌아왔을 때 이상한 소문이라도 들려오면 가만두지 않겠다."

"네, 걱정하지 마십시오. 명심하겠습니다."

윈스턴이 눈을 슬쩍 흘기며 이윽고 마차에 올라탔다.

마차의 창문 너머로 녹턴이 눈을 동그랗게 뜨고 입을 열었다.

"근데, 그 환자는 대체 누구입니까?"

"뭐더라. 무슨 리나였는데. 차트에도 리나인가 뭐라는 이름만 적고 가서 제대로 기억이 안 나는구먼. 아무튼, 잘 부탁한다."

"……네, 조심해서 다녀오십시오."

멀어지는 마차를 향해 녹턴이 허리를 굽혔다. 다시 고개를 든 녹턴의 미간이 좁아졌다.

'리나……?'

문득 한 달 전 갑작스럽게 모습을 감춘 다갈색 머리카락을 가진 무심한 표정의 여자가 눈앞에 스쳐 지났다. 소식을 수소문하고 있다고 들었지만 아직도 제대로 소식을 듣지 못한 모양이었다.

'분위기가 영 아니던데.'

녹턴이 미간을 좁혔다.

"시한부라니, 아니겠지."

리나라는 이름이나 애칭이 얼마나 흔하던가. 이윽고 제 생각이 우스웠는지 고개를 흔든 녹턴이 허름한 의원 안으로 다시 발을 들였다.

카리나가 백작령에서 떠난 지 한 달이 지난 어느 날이었다.

Chapter 3

카리나가 집을 나간 지도 두 달이 지났다. 아무런 말도 하지 않던 아벨리아도 슬슬 카리나의 이야기를 꺼내기 시작했고 페르던도 한 번씩 누님은 뭘 하고 있을지 궁금하다며 말을 꺼냈다.

작은 줄 알았던 그녀의 빈자리가 조금씩 눈에 들어오기 시작했다. 식사 준비를 할 때 시녀들은 버릇처럼 카리나의 식기를 놓았다가 놀라서 다시 치우곤 했다.

"아직 카리나에 대한 소식은 없습니까?"

"다시 의뢰를 하는 사이에 수도 인파에 섞였는지, 찾고 있다는 보고서 한 장을 제외하곤 더 소식을 받지도 못했다."

인프릭의 질문에 무심한 표정으로 쌓인 서류를 처리하던 레오폴드 백작, 카시스가 말했다.

인프릭은 근무가 없는 날이면 아버지를 도와 백작가의 일을 처리했다. 소식을 기다리는 것은 인프릭도 마찬가지였다.

"역시 병사를 푸는 편이 좋겠습니다."

"이미 수도를 넘어갔다면, 사병을 푸는 건 무리다. 움직였다가 황실이 괜한 오해를 하면 곤란해."

그러면서도 카시스 레오폴드 백작은 서류를 놓고 미간을 꾹꾹 눌렀다. 오늘 아침도 소식이 없는지 물어봤으나 집사는 어두운 표정으로 고개를 저었었다.

"도대체 누굴 닮아서 그렇게 고집이 센지 모르겠군."

카시스는 카리나를 탓하듯 혀를 차면서도 굳은 얼굴을 펼 줄 몰랐다. 눈 밑에 옅게 자리 잡은 눈 그늘은 그가 밤잠을 설쳤기 때문에 생긴 건지 아니면 밀린 서류를 처리하느라 잠을 자지 못했기 때문인지는 확실하지 않았다.

"그래도 걱정입니다. 괜히 무슨 일을 당하진 않을지."

카시스가 제 집무실 책상을 천천히 훑었다. 가족이 그려진 초상화와 인프릭, 아벨리아, 페르던의 개인 초상화가 작은 액자에 담겨 있었다.

'……카리나의 초상화가 원래 없었던가?'

카시스가 그제야 깨닫기라도 한 듯 초상화가 담긴 액자를 뒤적이다가 미간을 좁혔다. 물끄러미 초상화를 바라보던 카시스가 문득 자리에서 일어났다.

"인프릭."

"네, 아버지."

"잠깐 바람 좀 쐬고 올 테니 일을 처리하고 있거라."

"알겠습니다, 다녀오세요."

부드럽게 웃은 인프릭이 카시스에게 묵례했다.

카시스가 인프릭에게 고개를 끄덕이곤 답답한 집무실을 나섰다. 짧게 한숨을 내쉰 그가 밖으로 나가려다 말고 천천히 2층을 향해 걸음을 옮겼다.

"제 방은 알고 계셨네요, 어머니 아버지."

"당연히 알고 있지 않겠느냐."

"지난 몇 년 한 번도 찾아오질 않으시기에 잊으신 줄 알았지요."

마지막으로 나눈 대화다운 대화를 떠올리며 카시스의 발걸음이 천천히 2층 끝에 향했다.

아벨리아는 아프니까 의원이 언제든지 빠르게 들어갈 수 있도록 계단에서 가장 가까운 첫 번째 방을, 인프릭은 매일매일 출근을 해야 하니 두 번째 방을, 페르던은 동생이니까 세 번째 방을 주었다.

자연스럽게 카리나의 방은 계단에서 가장 먼, 복도 끝의 방이 되었다.

"아버지, 저도 저쪽 방이 좋아요. 여기는 계단이랑 너무 멀고 무서워요."

카시스의 머릿속에 어린 카리나의 울먹임이 섞인 목소리가 스쳤다.

그때 뭐라고 말했더라? 언니가 되어 어리광을 피우지 말라며 호되게 혼을 냈었다. 기어코 울음을 터뜨려 버렸지만 카리나도 동생이 생겼으니 양보를 배워야 할 때라고 생각했다.

"확실히 좀 멀긴 하군."

특히 안쪽으로 갈수록 불을 밝히는 등잔이 드물어져서 길이 조금 어두웠다. 어린 나이에 무서워할 법도 했다.

제대로 이곳을 와 본 기억이 별로 없었다. 대개 드나들던 것은 아벨리아의 방이었고 가끔 인프릭을 부르러 인프릭의 방에 가곤 했다.

페르던의 방에도 자주는 아니었지만 종종 발걸음을 했었다. 그러나 카리나의 방은 아니었다. 그 방을 대체 언제 마지막으로 가 봤는지 기억이 가물가물했다.

카시스의 시선이 무겁게 가라앉았다.

카리나의 방 앞에 선 카시스가 천천히 손을 뻗어 방문 손잡이를 돌렸다. 잘 정돈된 방은 한 달이 지났음에도 불구하고 옅은 꽃 향이 머물렀다.

카리나의 방에 발을 들인 카시스가 천천히 주변을 훑었다. 문을 닫자 복도 끝이어서 그런지 한층 적막했다.

카시스가 천천히 걸음을 옮겨 카리나의 책상에 다가갔다. 생활감이 제법 묻어 있는 책상은 다 큰 성인이 쓰기엔 조금 빠듯할 정도로 작아 보였다.

"필요하면 말을 할 것이지."

못마땅하게 혀를 찬 카시스가 색이 바란 책상 위를 손가락으로 쓸었다. 카리나로선 익숙하고 정이 들어 버린 책상을 그저 쭉 사용한 것뿐이었지만 카시스의 눈에는 못마땅하게만 보였다.

닳은 연필과 새 연필이 연필꽂이에 꽂혀 있고 잘 말린 붓도 몇 자루 꽂혀 있었다. 책상 중앙의 긴 서랍을 열어 보니 사용된 종이 몇 장이 나왔다. 풍경을 바라보며 연필로 선을 그은, 색을 칠하지 않은 그림이었다.

"······이건."

카시스가 숨을 삼켰다.

그 안에 그려진 것은 카리나의 방 창문에서 보이는 언덕에 앉은, 카시스를 포함한 가족이었다. 아마도 재작년쯤에 막 봄이 되어 아벨리아의 몸 상태가 좋아져 간단히 바람을 쐬러 나갔던 때를 그린 듯했다.

"……."

카시스는 그 완성되지 않은 그림을 보는 순간 기묘한 쓸쓸함을 느꼈다. 등줄기를 스치는 한기에 반사적으로 고개를 돌려 주변을 살폈으나 아무것도 존재하지 않았다.

'……그때 카리나가 없었던가?'

기억이 흐릿했다. 정확히는 카리나의 이미지가 흐릿했다.

달칵거리는 소리에 상념에 빠져 있던 그가 고개를 돌렸다. 레오폴드 백작 부인이 방으로 들어오려다 말고 카시스를 보고 놀란 듯 눈을 크게 떴다.

"……카시스? 당신이 여긴 어쩐 일이에요?"

"그냥, 잠시 생각나서. 당신은 무슨 일이오?"

"아침에 식사할 때 문득 카리나의 빈자리가 보인 게 자꾸 신경 쓰여서 와 봤어요."

백작 부인, 달리아가 조금 멋쩍은 듯 말했다. 이곳에 오는 길이 어찌나 익숙하지 않던지 그녀도 몇 차례나 멈췄다가 뒤를 돌아보길 반복한 끝에 도착한 곳이었다.

"그건 뭐예요?"

"아, 카리나가 그리던 그림인 것 같아."

카시스가 종이를 달리아에게 내밀었다.

그녀가 조심스럽게 천천히 그림을 살폈다. 끝에서 끝을 훑는 그녀의 시선이 점점 커졌다. 이윽고 오른쪽 아래에 다다른 달리아의 시선이 떨렸다.

"……실력이 많이 늘었네요."

"실력? 카리나가 원래부터 그림을 그렸나?"

"어릴 땐 종종 가져와서 보여 주곤 했는데, 언제부턴가 부끄러운지 보여 주질 않더라고요. 그래서 질렸다고 생각했는데……."

달리아의 시선이 다시 그림에 꽂혔다. 설마 아직도 그리고 있었을 줄은 예상하지 못했다.

"……카리나는 잘 있으려나요?"

"똑똑한 애니 어떻게든 잘하고 있겠지. 일단 친한 귀족들에게 전보를 띄워 보긴 하겠소."

"하아, 한 번도 속 썩인 적이 없는데 대체 왜……."

달리아가 가만히 그림을 내려다보며 탄식하듯 말했다.

차라리 매번 사고를 치고 천방지축이던 페르던이 집을 나갔다고 하면 덜 놀랐을 거다. 그런데 뜬금없이 카리나라니.

"리아도 제 언니가 언제 오냐고 자꾸 묻고 페르던도 찾으러 다녀오면 안 되겠냐고 해서 고민이 많아요."

"그 아이가 없으니 당신이 리아를 좀 잘 돌봐 줘. 괜히 걱정하고 잠 못 자다가 더 몸 상태가 나빠지면 안 되니까."

"혹시 모르니 공작에게도 전보를 보내 봐요."

"페스텔리오 공작에게 말인가? 설마 거기까지 갔겠소."

카시스가 고개를 저었다. 이윽고 헛웃음을 내뱉곤 다시 고개를 절레절레 저었다. 남부 끝에서 북부 끝까지의 여정이 얼마나 힘든가. 개인 마차를 빌렸어도 피곤하고 괴로울 텐데 그 돈으로 갈 수 있었을 리가 만무했다.

"겁도 많고 소심한 아이야. 기껏해야 수도 어딘가에서 몸을 의탁하고 있을 것이 분명해."

카시스가 단호하게 말했다.

"내가 알아서 할 테니 당신도 걱정은 덜어 놓으시오. 수도 쪽에 있는 지인과 그 근처에 있는 이들에게 전보를 쓰겠소."

"……."

달리아가 고개를 끄덕였다. 그가 보내지 않겠다고 하면 그녀가 몰래 보내는 방법도 있었다.

달리아는 가만히 그림을 내려다보았다. 완성되지 않은 그림 속에 담긴 것은 지독한 쓸쓸함과 외로움이었다. 적어도 그녀에게는 그렇게 느껴졌다.

불안함이 그녀의 등을 훑고 지나갔다.

"왜 그런 표정입니까, 리아?"

"……으음, 티 났어?"

아벨리아가 곤란한 듯 입술을 달싹이다가 이윽고 힘없이 웃고 말았다.

아벨리아는 인형을 무척 좋아하는 터라 그녀의 방 안은 언제나 인형으로 가득했다. 그 가득한 인형 중 가장 아끼는 곰 인형을 꽉 끌어안으며 아벨리아가 한숨을 푹 내쉬었다.

"그냥 언니가 신경 쓰여서. 벌써 집을 나간 지 두 달째잖아."

녹턴의 물음에 아벨리아가 대답했다.

최근 아벨리아의 상태는 상당히 불안정했다. 그 이유는 아마도 홀연히 떠난 카리나 때문이라고 백작 부부는 추측했다.

백작 부부는 외로워하고 쓸쓸해하는 아벨리아를 위해 카리나 대신 녹턴을 붙여 줬다. 그래서 그는 의원이 쉬는 날이나 일이 끝나면 이렇게 백작저에 와서 아벨리아의 말 상대가 되어 주었다.

아벨리아의 말에 녹턴이 입을 조용히 다물었다. 카리나에 관한 것은 그가 어떻게 해 줄 수 없었다. 망설이던 녹턴이 이윽고 읽고 있던 책을 덮었다.

카리나 레오폴드. 존재감 없고 조용한 사람. 외모가 뛰어난 가족들 사이에서 칙칙한 다갈색 머리카락은 눈에 띄지 않았으나 푸른 눈동자만큼은 기이하게 아름다웠다.

"헤헤. 언니가 잡아 줄 걸 믿고 있었어요."

"⋯⋯믿지 마."

하지만 그때 스치듯 작게 중얼거렸던 말은 무척 음울하고 어두웠다. 다정함을 연기하던 여인의 얼굴이 깨어져 차갑게 굳은 것을 녹턴은 보았다.

"있잖아. 옛날부터 내가 아플 땐 언제나 언니가 옆에 있어 줬거든. 그래서 친구가 없어도 외롭지 않았어. 동화책을 읽어 달라고 해도 읽어 주고 함께 자 달라고 하면 함께 자 주기도 했어!"

"그랬군요."

"내가 외롭다고 하면 친구도 안 만나고 곁에 있어 줬어! 사실 어릴 땐 언니만 자유롭다는 게 조금 질투 나서 일부러 맨날 외롭다고 해서 만나지 못하게 한 것도 있었지만."

"카리나 아가씨는 좋은 언니였나 보네요."

녹턴이 씁쓸하게 웃으며 그녀의 말에 맞장구쳤다.

'어쩌면, 카리나는 당신을 그다지 좋아하지 않을 수도 있어요.'

그렇게 말을 해 주려다가 녹턴은 몇 차례 그것을 목 뒤로 삼켜 냈다. 그것은 괜히 아벨리아에게 상처가 될 거다. 녹턴은 제 여동생을 닮은 아이에게 상처를 주고 싶지 않았다.

"응, 당연하지. ……그러니까 곧 돌아오겠지?"

"당신을 생각한다면 그러겠죠."

"그랬으면 좋겠다."

생글생글 웃는 아벨리아의 웃음에 녹턴도 마주 미소 지었다.

최근 레오폴드 백작가의 분위기는 초상집과 크게 다르지 않았다. 겉으론 밝은 가정의 이미지를 유지하고 있었지만 이곳저곳 수소문을 하지 않는 곳이 없는 듯했다. 심지어 사교계에도 알음알음 소문이 나기 시작했고, 알 만한 사람들은 레오폴드 가문 둘째 여식의 가출 소식을 알고 있었다.

문제는 그렇게 까발려진 것에 비해 그녀의 소식은 거의 전무했다는 것이다. 들어온 정보라곤 기껏해야 수도에서 묵었던 여관을 알아낸 정도였다. 흔한 머리카락 색에 로브까지 뒤집어쓰고 다닌 모양이니 찾기 힘들 법도 했다. 수도는 작정하고 몸을 숨기면 얼마든지 숨을 수 있는 곳이었으니까.

'무사하다면 연락 한번 할 법한데.'

녹턴이 고개를 내저었다. 아무리 그래도 아픈 동생이 걱정할 걸 생각한다면 무사하다는 내용의 편지 한 통 정도는 보내야 하는 것이 아닌가.

제 언니를 걱정하느라 눈에 띄게 우울해져 식사도 제대로 챙기지 못하고 있는 아벨리아를 보며 녹턴은 속이 쓰렸다.

"아니면 얼른 건강해지셔서 찾으러 가 보시면 되지요."

녹턴이 부드러운 말투로 장난스럽게 덧붙였다. 그의 시선이 아벨리아를 천천히 훑었다. 그래도 예전보다 혈색이 좋아진 아벨리아는 입술도 선홍빛으로 물들어 있었다.

아름다운 금발이 허리께에서 흔들리며 금색의 속눈썹이 아래로 길게 늘어졌다.

"그럴까?"

아벨리아가 키득거리며 맞장구쳤다.

"아! 그리고 언니가 얼마나 용감했는데. 갑자기 나타난 벌레도 대신 잡아 줬고, 산책하러 가 달라고 조르면 못 이기는 척 들어주기도 했어."

녹턴은 가만히 그녀의 이야기를 들었다. 재잘재잘 떠드는 대부분의 이야기는 언니로 시작해서 다른 곳으로 빠졌다가 또 언니에 관한 얘기로 돌아왔다. 최근 카리나가 없어진 후론 더욱 그랬다.

그가 아벨리아를 처음 만났던 것은 대략 3년 전의 일이었다. 그곳에서 녹턴이 만난 병약한 아가씨는 아픈 와중에도 무척 잘 웃는 소녀였다. 무엇보다 그녀는 제 여동생을 닮았다. 늘 아파서 병상에서 일어나지 못했던, 지켜 주지 못한 제 동생과 닮아 있었다.

녹턴은 아벨리아에게 순식간에 빠져들었다. 그러나 녹턴이 보기에 카리나는 대단한 구석 따윈 없었다.

"하지만 최근에 발견한 언니의 대단한 점은 언니가 그리는 그림이야."

"그림?"

아벨리아의 뜬금없는 얘기에 녹턴이 눈을 크게 떴다.

"응, 우연히 언니 방에서 발견했는데 엄청 잘 그려. 얼마나 멋있는데. 내가 발견하니까 부끄러웠는지 조금 화를 내긴 했지만……."

말간 아벨리아의 웃음에 녹턴의 미간이 좁아졌다. 그녀가 그림을 그린다는 것은 금시초문의 이야기였다.

덮은 책의 표지를 만지작거리며 녹턴이 고개를 끄덕였다.

"카리나 아가씨가 그림을 그리시나요?"

"응, 엄청 대단해! 막 진짜로 살아 움직이는 것 같았어. 녹턴도 궁금해? 언니 몰래 한 장 가지고 왔는데 한번 봐 볼래?"

잔뜩 상기된 표정으로 열변을 토하는 아벨리아를 보며 녹턴이 고개를 끄덕였다.

"네, 보고 싶네요. 대신 흥분하지 말고 진정한 후에 부탁드려요."

"아, 흥분하지 않았어. 녹턴은 잔소리꾼이야."

"진정하셨으면 보여 주시죠, 아가씨."

녹턴이 서글서글하게 웃으며 손을 뻗었다. 침대 옆에 있는 서랍을 뒤적거린 아벨리아가 녹턴의 손에 종이 한 장을 올려 뒀다. 새하얀 도화지 한가득 연필로 스케치해 둔 것이 가장 먼저 보였다.

"미완성이네요?"

"응, 이유는 모르겠는데 완성된 건 하나도 없더라고. 그나마 제일 완성도 높은 걸 가져왔어. 이건 최근에 그린 밤하늘인가 봐."

아벨리아가 상기된 목소리로 말했다.

"내가 가져갔다는 건 언니가 돌아와도 비밀이야."

검지로 제 입술을 꾹 누르며 쉿 소리를 내곤 장난스럽게 키득거리는 아벨리아를 보며 녹턴이 다시 시선을 내렸다. 기대감이 전혀 없던 녹턴의 눈이 이채로 반짝였다.

"이걸 정말 카리나 아가씨가 그렸습니까?"

"응, 근데 나도 언니가 그림을 그렸다는 건 최근에 알았어. 언니는 원래 자기 얘기를 잘 안 해서."

입술을 쭉 내민 아벨리아가 툴툴거리듯 말했다. 불만이 그득 느껴지는 표정 너머로 걱정이 보였다.

"이렇게 대단한 걸 그렸는데 왜 아무런 말도 하지 않은 걸까? 나 같으면 어머니께 달려가서 분명히 칭찬해 달라고 방방 뛰었을 거야."

카리나의 행동을 떠올리던 아벨리아가 고개를 기울였다.

'이렇게 잘 그렸으니까 분명히 엄청 칭찬을 받았을 텐데.'

아벨리아는 카리나의 행동이 이해되지 않았다. 보통 사람은 칭찬을 받고 싶어 하는데, 왜 꼭꼭 숨긴 걸까?

'언니는 신기해. 혼자서도 뭐든 다 잘하고.'

겁도 없고 힘들 때 늘 다른 사람을 부르는 자신과는 다르게 언제나 혼자서 해결하려고 한다. 이번에도 또 무언가 이유가 있어서 나간 것이 분명하겠지. 아벨리아는 언제나 그런 카리나의 용기가 무척 부러웠다.

아벨리아를 앞에 둔 채 녹턴이 한참 동안 말없이 그림을 살폈다.

"살날이 얼마 남지 않은 아가씨가 하나 있네. ……가 봐야 할 것 같아. 북부에는 예술병에 대해 제대로 아는 의원이 없을 테니."

"그 아가씨 제법 돈 많은 집안에서 태어난 것 같았는데……."

"뭐더라. 무슨 리나였는데……. 일단 잘 부탁한다."

윈스턴과의 대화가 녹턴의 머릿속을 횡하니 스치고 지나갔다. 물끄러미 그림을 내려다보던 녹턴은 홀연히 자리에서 일어났다.

"녹턴? 가려고?"

"네, 끝내지 못한 일이 있는 걸 방금 떠올려서요."

부드럽게 웃은 녹턴이 그림을 아벨리아에게 돌려주며 말했다.

아벨리아가 아쉬운 표정을 하면서도 순순히 녹턴에게 인사를 건넸다.

곧장 의원으로 돌아온 녹턴이 의료 차트를 뒤적거렸다. 윈스턴이 떠난 후 지난 한 달간 받은 환자들을 제외하고 그 이전의 환자들을 차트를 넘기며 빠르게 눈으로 훑었다. 한참이나 뒤로 넘겼을 때 비로소 종이를 넘기던 녹턴의 손이 멈췄다.

[이름: 카리나

병명: 예술병으로 추정……. 남은 수명 길어야 1년.

기타: 그림, 생존 확률은 희박함…….]

차트에 떡하니 적힌 글자에 녹턴의 표정이 어두워졌다. 윈스턴도 답답했던 듯 흘려 적은 글자 끝에 점이 여러 개 찍혀 있었다.

"……말도 안 돼."

녹턴이 허탈하게 중얼거렸다.

하루를 꼬박 꿈속에서 헤매던 카리나는 해가 뜨기 직전의 새벽이 되어서야 천천히 눈을 떴다. 그녀가 누운 채 멍한 정신으로 고개를 돌리자 창문 밖으로 멀찍이 물러나 흐릿해진 달과 달만큼 밝아지고 있는 하늘이 눈에 들어왔다.

밤새 열로 앓은 탓인지 카리나는 타는 듯한 갈증을 느끼며 자리에서 일어났다.

'찬물이 먹고 싶어.'

그녀는 물을 뜨러 가기 위해 자리에서 일어나려다 협탁 위의 주전자를 발견했다. 카리나는 마른 손끝을 조심스럽게 주전자에 가져다 댔다. 갖다 둔 지 얼마 되지 않은 듯 표면에는 차가운 물기가 맺혀 있었다.

숨을 들이켠 그녀는 주전자에서 천천히 손을 뗐다. 누가 봐도 그의 배려였다. 시녀에게 명령했든 혹은 호쾌하게 스스로 퍼 왔든, 그의 입김이 닿은 것이 분명했다.

밀라이언은 아픈 그녀를 신경 쓰고 있다.

그것을 깨달은 카리나의 표정이 순간 무너져 내렸다.

"……여기로 오는 게 아니었나."

무릎을 그러모아 끌어안은 카리나가 그 사이에 얼굴을 묻으며 중얼거렸다.

'그가 내 상태에 대해 알았을까?'

카리나가 제 무릎을 조금 더 힘주어 안았다. 차라리 그가 모든 사실을 알고 감당할 수 없다고 말하며 쫓아내면 좋겠지만, 그러진 않을 거라는 걸 안다. 밀라이언은 말투가 험하긴 해도 책임감이 강한 사람이었다.

"제발, 끝까지 몰랐으면."

겁에 질린 카리나가 작게 중얼거렸다.

그와 어떠한 정을 쌓고 싶은 것이 아니었다. 그가 자신에게 어떠한 감정을 가지게 하고 싶은 것도 아니었다. 그것이 값싼 동정이든 배려든 어느 쪽이든 원하지 않는다.

시한부를 선고받은 날 떠오른 것은 제 남은 생명에 따라 시시각각 달라져 갈 가족들의 반응이었다. 카리나는 자신에게 얼마 남지 않은 시간을 알리면, 그토록 바라던 애정 어린 관심이 주어질 것을 누구보다 잘 알고 있었다.

그러나 동시에 그 사실이 비참해서, 그것이 싫어서, 그 사실을 확인하고 싶지 않아서 저택을 뒤로하고 나왔다.

지금껏 애달아 온 것들이 죽음 앞에 서서야 간신히 찾아올 수 있는 거였다는 사실을 확인하고 싶지 않았다. 그래서 그녀는 그 가느다란 희망의 실조차 스스로 끊어 내기로 했다.

아무리 틀어막아도 손가락 사이로 쏟아져 내리는 모래처럼 어찌할 수 없이 흘러갈 시간에 스스로를 통제하지 못하고 제 목숨을 미끼 삼아 그것을 흔들며 관심을 끌고자 이용할까 봐 두려웠다.

백작가와 멀리 떨어져 남은 시간을 조용히 보낼 곳이 필요했다. 마음을 정리할 곳이 필요했다. 그를 택한 것은 그가 자신을 싫어하기 때문이었다. 게다가 북부는 백작의 손길이 닿지 않는 곳이니까.

찾고자 하면 이유는 많았다. 그것들을 핑계 삼아 이곳에 머무르며 있는 듯 없는 듯 지내려고 했다.

생각하던 그녀가 돌연 움직임을 멈췄다.

'아니야……'

카리나가 고개를 저었다.

'그게 아니야. 사실은……'

그녀의 얼굴이 서서히 무너져 내렸다. 파도에 휩쓸린 모래성이 무너져 내리듯, 무표정을 가장하고 있던 카리나의 표정이 순식간에 울상으로 물들었다.

'그가 나를 제대로 봐 준 유일한 사람이었으니까.'

하기 싫으면, 싫다고 말하라고 해 준 단 한 사람이었으니까.

억울해도 서러워도 아무런 말도 하지 못하고 제 생각을 삼켜 낼 때, 그래서 스스로가 너무 싫어질 때 그가 했던 말을 떠올리곤 했었다.

이곳으로 올 때 깊게 생각하지 않았다. 그저 그냥 문득 그가 떠올랐고 이곳으로 발을 옮겼다. 이기적이었다고 해도 반박할 수 없다. 그러나 장담컨대 카리나는 밀라이언이 자신을 걱정할 줄은 몰랐다.

"도대체 왜 날 걱정할 수 있지……?"

카리나는 가족과의 관계를 체념했다.

사람은 누구나 이기적이다. 사람에겐 누구나 저마다 아픈 손가락이 있다. 사람은 공평하지 않다. 모든 것에는 우선순위가 있다.

살아오면서 카리나는 그와 같은 것들을 배웠다. 그랬기에 크게 접점이 없던 타인이 진심으로 자신을 걱정할 거라는 생각은 해 본 적도 없었다.

그러나 오늘 그의 배려와 다정함을 느낀 그녀는 덜컥 두려워졌다.

'나는 죽어.'

그러나 밀라이언은 살아갈 거다. 동정이든 걱정이든, 그는 자신에게 어떤 감정도 가져선 안 됐다.

'……도대체 왜?'

누구도 자신에게 다정하지 않았다. 그가 줄 관심을 미처 예상하지 못했다.

"생각이 짧았어."

그녀가 절망스럽게 말했다.

'지금이라도 다른 곳으로 떠나야 하나?'

앞으로 살아갈 사람에게 죽을 사람을 위한 감정을 심는다는 것은 자신이 걸어온 삭막하고 서글픈 삶을 그대로 겪게 하는 것이다.

머리를 부여잡은 그녀가 얼굴을 찌푸렸다.

"……예전에 봤던 책에 기억을 지우는 부적 같은 게 있었는데."

그녀가 낮게 중얼거렸다.

〈고대의 다양한 물건〉이라는 책에서 어떤 부족이 만들었다는 기억을 지울 수 있는 부적을 본 기억이 있었다.

'그게 있다면 각하의 기억을 지울 수도 있을 거야.'

카리나의 푸른 눈동자가 잠시 생기를 머금었다.

'책만 있으면 그릴 수 있을 것 같은데.'

카리나는 그림으로 새로운 것을 창조하고 그것에 생명을 불어 넣을 수 있는 창조의 힘을 가졌다. 어떤 물건이든 설명과 그림만 있다면 만들어 낼 수 있다. 그러니 그 부적이 고대에 실제로 존재했는지 아닌지는 그렇게 중요하지 않았다. 단지 보고 느끼고 이해하면 됐다.

카리나는 몰랐지만 그것은 무척 드문 종류의 '기적'이었다. 역사서에 적힌 창조의 기적에 관한 일화로는 이런 것도 있었다. 창조의 힘을 가진 예술가는 원하면 죽은 자의 멈춰 버린 심장을 그려 그것에 생명을 불어넣을 수 있다는 것이다.

그 힘은 죽은 자를 다시 살리는 것도 가능했다. 물론 시간이 지나면 사라지는 힘이니 완전한 소생은 불가능하고 죽은 지 오래된 자역시 되살릴 수 없다. 하지만 엄청난 능력임에는 틀림이 없어서, 유서 깊은 예술 가문이 그녀를 알았다면 양녀로 입적해서 무슨 지원이든 해 준다고 목을 맸을 것이 분명할 정도였다.

"……차라리 수도원을 들어갈 걸 그랬나."

고민하던 그녀는 한숨처럼 중얼거렸다.

답답함에 고개를 돌리자 떠오르는 태양이 어둠을 밀어 내고 있었다. 조금씩 창문으로 햇살이 스며들었다.

카리나는 밀라이언의 다정함과 배려가 주전자 하나로도 느껴져서 머릿속이 복잡했다.

그는 대체 어떻게 무례하고 귀찮은 존재를 위해서 밤새 곁에 있어 줄 수 있었던 걸까? 이해할 수가 없었다.

그동안 그러한 것들은 모두 그녀가 아닌 다른 이들에게 주어진 것이었다. 아벨리아에게 열이 나는 것은 노련한 의사처럼 재빠르게 눈치채는 가족들은 유독 카리나의 아픔은 눈치채지 못했다. 카리나는 자신이 그런 관심을 받을 가치가 없기 때문이라고 스스로를 깎아내려 가족의 행동을 정당화하려고 노력했다.

"어쩌지."

카리나가 보들보들한 이불을 손가락으로 쓸며 무릎 사이에 다시 얼굴을 묻었다.

한창 심각하게 고민하는 도중, 밖에서 옷자락이 스치는 소리가 들렸다. 이윽고 달각거림과 함께 문이 조용히 열렸다.

그녀가 반사적으로 고개를 돌렸다가 들어오는 이와 눈이 마주쳤다.

카리나의 눈이 커졌다. 상대 쪽도 그녀가 깨어 있을 걸 예상하지 못했는지 눈을 크게 뜬다.

"……일어나 있었군."

"각하."

카리나가 한 박자 늦게 그의 말에 반응했다.

성큼성큼 걸어온 밀라이언이 카리나 옆에 있는 의자를 끌어당겨 앉았다. 막 잠에서 깼는지 제법 흐트러진 복장이었다.

'깨자마자 이쪽으로 온 건가?'

그녀가 무릎을 끌어안은 채 그를 향해 고개를 돌렸다.

"그대, 예술병이라는 걸 앓고 있나?"

앉자마자 돌직구를 던지는 밀라이언에 카리나의 어깨가 뻣뻣하게 굳었다.

카리나가 대답하지 않았음에도 그녀의 반응에서 밀라이언은 어렵지 않게 정답을 찾아냈다.

"어떤 종류지?"

"……네?"

"마리아에게 듣기로는 예술병에도 몇 가지 종류가 있다고 하던데, 그중에 어떤 종류냐고 물었어."

비꼬는 목소리도 아니고 그렇다고 탓하는 것도 아니었다. 밀라이언은 무슨 생각을 하는지 모를 붉은 눈으로 카리나를 직시했다. 그녀가 그의 시선을 마주하지 못하고 떨리는 동공으로 고개를 숙였다.

"……미안해요."

"질문에 대답이나 해."

"내가 이기적이고 예의 없는 짓을 하고 있다는 건 알아요."

"그걸 묻고 있는 게 아니야."

대답을 피하는 카리나의 말에 밀라이언이 고개를 저었다. 오죽 기댈 곳이 없었으면 먼 북부의 한 번밖에 본 적이 없는 약혼자의 집에 단신으로 찾아왔겠는가.

적어도 그녀가 가벼운 마음이 아니었다는 것은 밀라이언은 일련의 사태로 대충 눈치채고 있었다.

"멋대로 찾아와서 미안해요. 생각이 짧았어요."

질문과는 전혀 다른 대답이 들렸다. 대화가 맞물리질 않는다. 삐걱거리는 톱니바퀴 두 개가 서로 같은 방향으로 돌기 위해 애를 쓰고 있다.

밀라이언의 얼굴이 구겨졌다. 그는 이상하게도 불안하고 기묘한 감각을 떨쳐 낼 수가 없었다.

"……이제 와서 없었던 일로 하자고 하면, 안 되겠죠?"

눈치를 보며 더듬더듬 건네 온 카리나의 말에 무표정을 고수하고 있던 밀라이언의 얼굴이 기어코 험악해졌다. 그녀는 본능적으로 이 말은 하지 않는 편이 좋았음을 깨달았다. 그녀가 황급히 입을 다물었지만 그의 표정은 펴지지 않았다.

카리나는 말하는 것보다 생각하는 것이 편했다. 의견을 입 밖으로 내는 것보단 누군가의 의견을 따르는 편을 선호했다.

사실 선호하는 것이 아니라 그렇게 학습해 왔다. 카리나가 내는 의견은 대부분 참다못한 불만이나 혹은 간절히 바라는 무언가였으며 그러한 의견은 대부분 그녀에게 불리한 상황이 되어서야 내뱉을수 있었다. 그리고 그런 상황에서 내는 카리나의 의견은 대개 또 다른 거대한 의견에 짓밟히거나 꺾여서 바스러졌다.

자연히 그녀는 제 의견을 내며 상대와 대화를 하는 것이 서툴러졌다. 그리고 그녀는 다년간의 경험으로 지금 밀라이언의 입에서 결코 좋은 말이 나오지 않을 걸 확신했다.

카리나가 몸을 움츠리곤 아랫입술을 잘근잘근 씹었다.

"……없던 일로 하자니 뭘 말이지?"

한참의 침묵 끝에 그는 가라앉은 목소리로 말했다. 그 나름대로 격양되려는 감정을 억누른 것이 분명했다.

카리나의 입술이 달싹였다가 이내 다물어졌다. 곤란한 듯 연신 손가락을 꼼지락거리는 모습이 불안해 보였다.

"카리나 레오폴드."

"네."

대답은 또 꼬박꼬박한다. 살살 눈치를 살피는 것이 신경 쓰여 그가 한숨을 삼키곤 다시 입을 열었다.

"왜 대답이 없어."

"그냥, 이제라도 별택에 가서 신경 안 쓰이게 있을 순 없나 해서요."

물론 한번 눈에 들어 버린 것에 완전히 무관심해질 수 없을 것이라 생각한다. 하지만 카리나로서도 방법이 없었다. 지금 당장 어떻게 기억을 지울 수 있는 것도 아니었고 적당히 둘러댄다고 순순히 물러날 정도로 밀라이언이 호락호락해 보이지도 않았다.

"화내지 않을 거야. 그러니 말해 봐. 말을 해야 도와줄 수 있을 것 아닌가. 시력이라도 잃게 되는 건가?"

카리나는 망설였다. 솔직하게 털어놓는다면 마음은 한결 가벼워질지도 모른다. 그러나 밀라이언의 마음은 자신이 가벼워진 만큼 무거워질 거다.

내가 편해지자고 그의 마음을 무시해도 되는 걸까?

"아니면 팔이나 다리가 마비되는 건가? 생명력을 잃어 가는 쪽은 무척 드문 경우라고 들었어. 혹시 그쪽은 아니겠지?"

카리나는 그냥 입을 다물었다. 무슨 말을 해야 좋을지 감이 잡히지 않았고 괜한 이야기를 흘리는 것보단 차라리 입을 다무는 쪽이 나았다.

"……그대 정말 이렇게 나올 건가?"

"적당한 때가 되면 돌아갈게요."

그녀는 조금 이기적으로 굴기로 했다. 사정이야 어찌 됐든 그는 파혼을 조건으로 자신을 받아들이기로 했다고 스스로 말했다.

"북부엔 그대의 치료를 도와줄 의원이 없어. 지금 나가는 것도 늦었어. 출발해 봐야 북부를 빠져나가기 전에 마수들이 활동을 시작할 거야."

카리나는 물끄러미 밀라이언을 바라봤다.

사실 그것은 그녀에게 그다지 문제가 되지 않았다. 가 본 곳을 선명하게 그려 낼 수만 있다면 먼 곳을 이동하는 건 큰 문제가 되지 않는다. 북부로 올 때 고생을 했었던 건 한 번도 북부로 온 적이 없었기 때문이다.

"의원은 필요 없어요. 어떻게 할 수 있는 것도 아니고요."

"마리아가 말하길 그대의 예술병을 발병시킨 예술을 손에서 놓으면 된다고 했다."

"······남는 게 없어요."

힘없는 목소리에 밀라이언의 시선이 고개를 돌리는 카리나에게 향했다. 그는 미간을 좁혔다. 무슨 소리인지 곧바로 이해할 수 없었던 탓이다.

다행히 카리나의 입술은 다시 벌어졌다.

"그림을 놓아 버리면 내 인생엔 아무것도 없어요."

내뱉어진 목소리가 바람처럼 흩어졌다.

카리나는 인생의 대부분을 그림과 보냈다. 그림을 그리며 시간을 쏟아 부었다.

"평생을 함께해 준 유일한 친구를 어떻게 놓아 버릴 수 있겠어요."

둥글게 휘어진 눈매를 보며 밀라이언은 입을 다물었다. 밀라이언의 굳은 시선에도 푸시시 웃어 버리는 카리나를 보며 그는 결국 입을 다물 수밖에 없었다.

"그럼 여기에 왜 왔는지 얘기나 들어 보지."

"······네?"

"그것도 말하지 않겠다곤 하지 마. 나는 그대를 배려해서 많이 참고 있어, 영애."

밀라이언의 물음에 카리나가 잠시 고민했다.

카리나의 삶에 고민을 털어놓을 사람은 없었다. 그녀에게 마음을 터놓을 수 있는 상대는 오로지 그림 속에서 만들어 낸, 하루도 되지 않아 바스러져 사라질 것들뿐이었다. 속상하고 억울한 것을 털어놓고 이불을 푹 덮었었다. 억지로 잠을 한숨 자고 일어나면 그나마 속이 진정되었었다. 카리나는 그렇게 혼자서 참고 삭이는 법을 배웠다.

"어떻게 왔냐고 묻는 건 아니지요?"

"그것도 말해 주면 진지하게 듣겠다고 약속하지."

카리나는 입술을 달싹이다가도 다시 닫기를 반복했다.

곰 인형도 아니고 나비도 아니고 요정도 아닌…… 제가 그리지 않은 것에게 속마음을 털어놓다니. 솔직히 가능할 거라고 생각하지도 않았다. 그러나 이대로 꽁꽁 싸매고 있어 봐야 제 속만 문드러질 것이라는 사실도 잘 알았다.

한참이나 망설이던 카리나가 이윽고 입을 뗐다.

"……여기로 오기 일주일 전쯤에 예술병에 걸린 걸 알았어요."

답답함에 닦달을 하려 했던 밀라이언이 속에서 치고 올라오려던 말을 늦지 않게 간신히 억눌렀다.

"제 동생은 아프잖아요? 게다가 오라버니는 가문의 후계자고요. 저는 아무것도 할 줄 모르고 잘난 것도 없고 평범하지만 형제들은 무척 대단하거든요."

흐리게 그려진 미소는 정말 그것이 뿌듯해서 웃는 것인지 아니면 그 반대의 의미인지 기묘한 느낌이었다.

밀라이언은 묵묵히 고개를 끄덕여 그녀의 말에 반응했다.

"괜한 자격지심이고 피해망상일지도 모르겠지만, 그래도 조금 억울하다는 생각을 했어요."

"예를 들어서?"

"음, 제 생일날 동생이 아파서 혼자 생일을 보내게 되거나, 선물 받은 소중한 지갑을 억지로 빌려줘야 했다거나, 나는 열심히 해도 칭찬을 잘 해 주지 않는데 동생은 작은 것만 해도 칭찬해 주거나……."

기억을 하나하나 더듬어 그중에서 몇 개를 끄집어냈다. 그러면서도 카리나는 쉴 새 없이 밀라이언의 반응을 살폈다.

힐끗거리며 밀라이언을 보던 그녀가 손가락을 꼼지락거리며 말을 덧붙였다.

"좀 너무 유치하고 애 같죠?"

동의를 구하듯 카리나가 밀라이언을 바라봤다.

그녀는 두려웠다. 밀라이언도 부모님처럼 그건 당연한 일이라고 말을 할까 봐 무서웠다. 당연한 것을 이해하지도 못하는 성인이라니, 철없고 유치하게만 보이지 않겠는가.

그러나 카리나의 물음에 밀라이언은 고개를 기울였다.

"왜? 그대가 생일 파티를 혼자 하게 돼서 다음 동생이나 오라비의 생일 파티를 망치기라도 했나?"

"……아뇨?"

"아니면 지갑을 돌려 달라고 바닥에서 떼를 썼나? 동생을 때렸나?"

"아, 아니요."

"그것도 아니면 혼자만 칭찬받는 동생이 짜증나서 동생이 하는 일을 방해하고 다 던져 버리기라도 했어?"

"아뇨, 대체 아까부터 무슨 말씀을……."

카리나가 당황스러운 표정으로 말하자 밀라이언이 팔짱을 낀 채 헛웃음을 뱉었다.

"근데 그게 뭐가 유치하고 애 같아? 다 집어 던지고 드러누워서 떼를 쓰는 게 애 같다면 애 같은 거겠지만, 안 그랬잖아?"

"네, 동생한테 양보하는 건 당연……."

어쩐지 참 뻔뻔해 보이는 밀라이언의 목소리에 반사적으로 입술을 달싹이던 카리나가 돌연 입을 다물었다.

그녀의 얼굴이 대번에 어두워졌다. 밀라이언이 당연하다고 할까 봐 두려워했으면서 자신이 같은 말을 내뱉고 있었다. 그걸 깨닫는 순간 울컥거림과 함께 순식간에 얼굴이 허물어져 내렸다. 아득바득 버티고 있던 무언가가 순식간에 무너졌다.

'언제부터 이렇게 생각하게 됐지?'

언제부터 그 모든 걸 자신조차도 당연하다고 생각하게 된 걸까?

무너져 내린 얼굴 위로 감정이 고스란히 드러났다. 그녀는 얼굴을 가리려 성마르게 손바닥을 들어 얼굴을 묻었다.

"영애."

"……."

"카리나 레오폴드."

"……네."

"울지 마라."

"……네."

기계처럼 대답하곤 고분고분 아랫입술을 깨물려는 카리나를 보며 밀라이언이 낭패감 짙은 표정을 했다. 그가 다급히 고개를 내저었다.

"아니, 아니. 실수야. 울어, 그냥 울어라."

밀라이언이 자리에서 일어나 침대 끝에 걸터앉았다. 그가 더듬더듬 팔을 뻗어 그녀를 어색하게 품에 가뒀다.

'……보통 울면 이렇게 달래 주던데.'

다른 사람이 울면 왜 우냐고 등짝을 때리고 연무장 열 바퀴를 돌게 했을 거다.

그는 단 한 번도 누군가를 이토록 다정하게 달래 주려고 한 적은 없었다. 그 때문에 당연하게도 밀라이언의 등은 딱딱하게 굳어 있었다.

"울면 좀 나아져. 얘기는 울고 나서 해도 좋아."

투박한 손길이 카리나의 등을 어색하게 토닥였다.

그 목소리에 카리나가 밀라이언의 가슴팍에 파고들어 얼굴을 묻었다.

밀라이언이 당황한 듯 눈동자를 굴렸다. 필사적으로 매달리는 그녀에 그의 귓불이 살짝 붉어졌다.

옷자락이 축축하게 젖어 왔다. 귓불을 붉혔던 밀라이언이 한층 무거워진 시선으로 카리나의 등을 쓸어내렸다. 잔뜩 억눌린, 소리조차 제대로 내지 않는 끅끅거리는 울음소리는 그가 들어왔던 그 어떤 울음보다도 아프고 서러웠으며, 동시에 적막했다.

'도리어 스트레스가 쌓이겠군.'

그녀는 소리 내어 우는 방법조차 제대로 알지 못하는 듯했다.

한참이나 품에 안긴 채 끅끅거린 후에 카리나에게 찾아온 것은 약간의 후련함과 더할 나위 없는 창피함이었다. 눈이 뻑뻑하고 몸이 온통 뜨겁고 머리가 조금 어지러웠다.

'이게 대체 얼마 만에 운 거야.'

카리나가 밀라이언의 어깨에 기댄 채 생각했다.

그저 주변을 둘러싼 모든 것이 당연하다고 생각한 이후론 서글퍼할 일도 그럴 만한 이유도 없어졌다. 그래서 드디어 감정이 무뎌져, 더 이상 상처받지 않게 됐다고 생각했는데……. 사실은 그렇지 않다는 걸 새삼 확인받은 기분이었다.

"……다 울었나?"

바로 위에서 들린 목소리에 카리나가 화들짝 놀랐다. 그러고 보니 혼자서 끅끅거리는 내내 커다란 손바닥이 연신 등을 어색하게 도닥였다.

"……귀찮게 해서 죄송해요."

"그럴 땐 곁에 있어 줘서 고맙다고 하는 거다."

"……."

카리나가 놀란 눈으로 밀라이언을 바라봤다. 팔짱을 낀 채 침대 끝에 어정쩡하게 걸터앉은 그의 시선엔 귀찮음이나 짜증은 엿보이지 않았다.

"얼른."

"……고마워요."

"좋아."

밀라이언이 고개를 끄덕였다.

"미안하다는 말이나 괜찮다는 말은 쉽게 하는 게 아니야."

그가 덧붙인 말에 카리나가 눈을 연신 끔뻑거렸다. 그가 하는 말의 의미를 쉽게 이해할 수 없었던 탓이다.

그녀의 고개가 비스듬히 기울어지자 밀라이언이 잠시 고민하는 듯하더니 다시 입을 열었다.

"나를 낮추는 말은 자꾸 내뱉다 보면 상대에게도 내게도 익숙해지기 마련이야. 상대에겐 그 말이 가벼워지고 그대에겐 당연해지는 거지."

의아한 표정을 하고 있던 카리나가 망치에 한 대 맞기라도 한 듯 놀란 표정을 숨기지 못했다.

"그렇게 되면 말의 값어치가 떨어져 상대가 그 말을 우습게 알고 당사자는 더 움츠러들지. 하지만 고맙다는 말은 언제든 서로 기분이 좋거든."

그녀는 밀라이언과 다시 시선을 마주쳤다. 자신은 해 본 적 없는 생각을 자연스럽게 하는 그가 마냥 신기하게 보였다.

그녀는 조금 멍한 시선으로 밀라이언을 가만히 바라봤다.

'……그럴 수도 있구나.'

상황을 모면하기 위해서. 어쩔 수 없으니까. 이렇게 말하면 좋아하겠지 싶어서. 이제는 당연해졌으니까. 그런 이유로 내뱉었던 말들은 그의 말대로 색이 바래고 값어치를 잃어 가고 있었을지도 모른다는 생각이 문득 들었다.

처음에는 미안해하던 얼굴이 점점 말뿐인 미안함으로 번졌다. 어쩌면 그 모든 것을 당연하게 만든 것은 자신이었을지도 모른다는 생각도 머릿속을 스쳤다.

"고마워요. 각…… 아니, 밀라이언. 저도 그냥 카리나라고 불러 주면 돼요."

카리나가 슬쩍 밀라이언의 눈치를 보며 머뭇머뭇 입술을 달싹였다.

"아니면, ……리나도 좋고요."

벌겋게 물든 눈으로 푸시시 웃으며 감사의 인사를 건네는 카리나를 보며 밀라이언이 입을 다물었다. 어쩐지 어린애를 키우는 것과 다를 바 없는 기분이다.

"그리고 울 때는 엉엉 소리 내 울 것."

"……네?"

"네가 우는 거 보다가 내 숨이 다 넘어갈 뻔했다. 울 때는 물건 다 부숴 가면서 크게 소리 내서 우는 거야."

이게 무슨 소린가 싶지만…… 그가 그렇다는 데 어찌하겠는가.

"그래서 하던 얘기나 계속해 보지."

"……아. 그래서 그냥, 그런 서운한 것들이 쌓인 데다 갑자기 예술병에 관한 얘기를 듣게 되니까 무서워져서요."

얼마 남지 않은 시간이 바스러져 사라질 때 자신은 여전히 괜찮다고 하고 있을까 봐, 괜찮지 않은데 괜찮은 척 웃고 있을까 봐 그녀는 도망쳤다.

"……결국 도망쳤어요. 비겁하죠?"

"그거 아나? 내가 믿었던 오랜 지인이 있었는데, 여느 때처럼 우리 집에 놀러 와 술을 한잔하고 나서 저택의 가보를 훔쳐서 달아났어."

"네……?"

"일주일간의 추적 끝에 간신히 찾아냈더니 술에 취해서 실수로 한 일이라고 하더군. 내가 허튼소리 하지 말라고 검을 들어 올리니 이내 자기 애인이 시키는 대로 하지 않으면 죽이겠다고 해서 어쩔 수 없이 했다고 변명하더군."

"……세상에."

"문제는 그는 용병 일을 하던 녀석이라 검을 잘 다룬 반면 그의 애인은 검을 들다가 쓰러질 것처럼 연약한 사람이었다는 거지."

밀라이언이 하는 말에서 어렵지 않게 진실을 찾아낸 카리나의 입이 떡하니 벌어졌다.

밀라이언은 시시각각 변하는 카리나의 표정을 유심히 구경하며 어깨를 으쓱였다.

"그 사람, 진짜 비겁하네요."

"그래, 정말 비겁하지?"

"네, 진짜 비겁한 것 같아요."

"그런 게 비겁한 거야. 겪어 보지 않은 걸 두려워하는 건 당연한 일이야."

밀라이언이 말했다.

"만약 그대의 가족들이 그대에게 믿음을 줬다면 과연 영애가 그런 생각을 했을까?"

"……."

"두려움에 맞서는 자가 있는가 하면, 그것에서 도망쳐서 생각할 시간이 필요한 자도 있는 법이지."

카리나가 조용히 그의 이야기를 들었다.

"모두가 겪어 보지 않은 것에 맞서기를 두려워하지 않는다면 세상엔 용기 있는 사람으로 가득했겠지."

"……."

"그걸 비겁하다고 말한다면, 세상 사람의 전부가 그 범위에서 벗어날 수 없겠군."

그가 어깨를 으쓱이며 가볍게 말했다.

참 따뜻한 말을 하는 사람이라서 카리나의 입가엔 절로 미소가 떠올랐다. 카리나는 밀라이언의 사고방식이 좋았다. 말투는 험하지만, 그래도 돌리지 않고 직설적으로 말해 주는 그의 성격이 마음에 들었다.

밀라이언이 힐끗 카리나를 한 번 훑더니 잠시 망설인 끝에 다시 입을 열었다.

"참고로 나도 아버지의 서류를 실수로 물에 젖게 한 것이 무서워서 일주일 동안 가출한 적이 있어."

짓궂은 눈으로 어깨를 으쓱인 그가 한층 목소리를 낮춰 말했다.

"영애는 나를 비겁하다고 표현할 건가?"

"아뇨, 그야…… 혼나는 건 무서우니 그럴 수도 있잖아요."

"마찬가지 아니겠나. 왜 그대는 스스로에게 그렇게 박하게 구는지 모르겠군."

뒤통수를 다시 한번 거하게 맞은 듯 뒤가 얼얼했다. 카리나가 멍하니 눈을 떴다가 푸시시 입매를 무너뜨리며 옅게 웃었다.

"……그러네요, 확실히 밀라이언의 옛 지인에 비해서 전 비겁하지 않은 편인 것 같아요."

"알면 다행이군. 잊지 마, 비겁한 건 도망친 사람이 아니라 알면서도 모른 척한 사람이야."

가늘어진 붉은 눈동자가 무엇을 떠올리는지 무척 불쾌한 빛을 머금었다. 카리나는 무슨 생각을 하냐고 묻고 싶은 것을 애써 참으며 고개를 끄덕이는 것으로 대답을 대신했다.

"음……. 처음엔 사실, 예술병이 몸을 잠식하는 동안 여행이라도 할까 했는데 몸이 좋지 않아서 무리일 것 같았고 문득 당신이 떠올랐어요."

"내가?"

"저한테 싫은 게 있으면 그냥 싫다고 하라고 했잖아요."

밀라이언이 잘 기억도 나지 않는 과거의 잔상을 떠올렸다.

"그게 왜?"

"부끄럽지만 그 말을 자주 떠올렸었어요. 내가 태어나 들은 말 중에 가장 날 제대로 봐 준 말이었어요."

카리나에게 그날은 결코 잊을 수 없는 날이었다.

딱 한 번 본 약혼자에게 들은 못마땅함 가득한 목소리. 당신은 내가 괜찮지 않다는 걸 알고 있구나. 당신의 눈에는 내가 괜찮지 않게 보이는구나. 괜찮다고 말해도 괜찮지 않다는 것을 알고 있구나.

그래서 기뻤다. 그래서 늘 떠올랐다. 그리고 떠올릴 때마다 서글펐다. 처음 만난 그도 아는 것을, 어째서 평생을 함께한 사람들은 몰라주는 것일까.

"밀라이언에게는 어느 날 갑자기 떨어진 골칫덩이겠지만요."

"확실히."

밀라이언은 웃음기를 섞은 목소리로 부정하지 않았다.

'그런데도 별로 짜증이 안 나는 건 약혼녀기 때문인가?'

밀라이언은 이 상황을 그다지 골치 아프게 느끼지 않는 자신을 떠올리며 고개를 기울였다.

카리나가 밀라이언을 말없이 바라봤다. 그에게 시선이 고정되어 뗄 수가 없었다. 그는 살랑거리는 바람이 부는 드넓은 들판에 서 있는 것이 무척 잘 어울릴 것 같았다. 가만히 보고 있으면 그를 그림에 담고 싶은 충동이 속에서 들끓었다.

'태양 같은 사람이네.'

그는 스스로 빛을 낼 수 있는 존재였다. 그를 보다 보면 자신도 무언가를 해야 할 것만 같았다. 절로 새어 나오는 미소에 입꼬리를 손가락 끝으로 더듬었다.

'버킷 리스트나 작성해 볼까.'

하나씩 없애다 보면 언젠가 그 사람들에게서도 완전히 떨어져 나올 수 있을까? 그렇게 되면 이제 상처받지 않고 하고 싶은 말을 할 수 있게 될까?

밀라이언을 보다 보면 그 모든 것들이 가능할 것만 같았다.

밀라이언이 고개를 돌리자 카리나와 시선이 마주쳤다.

그의 얼굴을 뚫어져라 쳐다보고 있던 카리나가 화들짝 놀라며 황급히 고개를 돌렸다. 그녀가 손바닥으로 얼굴을 꾹꾹 누르곤 눈동자를 도르르 굴렸다. 이상하게도 얼굴이 화끈했다.

"그, 그래서 왔어요. 그러니까 때가 되면 돌아갈게요."

"어떤 종류의 예술병인지는 정말 알려 주지 않을 건가?"

"어떤 종류의 예술병이든 병을 고치기엔 늦었어요. 뭣보다 그림을 놓을 자신도 없고요."

"……"

"마지막까지, 시간이 허락하는 한 그저 그리고 싶은 걸 그리고 싶어요."

카리나가 담담하게 대답했다. 확고하고 흔들림이 없는 그 말은 죽음을 각오하고 전쟁터에 발을 디딘 장수와도 같아서 밀라이언은 아무런 말도 할 수 없었다.

"그러니까 괜찮아요. 때가 되면 돌아가서……."

달싹이던 카리나의 입술이 닫혔다.

그녀의 말이 맞다. 사실 듣는다고 해도 밀라이언은 자신이 어떻게 해 줄 수는 없다는 걸 알았다. 그러나 가만히 모른 척하자니 또 내키지 않았다.

'페리얼 칼로스의 답을 기다려야겠군.'

본인이 저렇게 확고하게 말하지 않는 데는 이유가 있을 것이 분명했으니까.

"좋아, 더 캐묻지 않을 테니 아침 식사나 하지."

"저도 같이요?"

눈을 동그랗게 뜬 카리나가 되물었다.

밀라이언이 고개를 끄덕이며 자리에서 일어났다.

"그래, 앞으로 내 식사 상대나 되어 줘. 약속한 건 제대로 받아 낼 테니 그렇게 알아."

"아! 네, 그럼요. 고마워요."

밀라이언의 허락과도 같은 말에 카리나의 얼굴이 화악 밝아졌다.

"맞다! 파혼 서류는 이미 써 왔으니까 미리 드릴게요."

밀라이언의 시선을 피한 카리나가 협탁 아래의 서랍을 뒤적거려 서류를 꺼내 밀라이언에게 곧장 내밀었다.

해맑게 웃는 그녀를 힐끗 본 밀라이언이 서류를 받아 들고 살폈다. 서류는 그의 도장만 찍으면 바로 효력을 발휘할 수 있을 정도로 완벽했다.

'……그렇게 싫었던 건가?'

아무리 그래도 파혼 서류를 저렇게 행복한 얼굴로 줄 것은 또 뭔가.

카리나로선 그저 제가 약속을 지킬 것이라는 사실을 피력하고 싶었던 것뿐이지만, 웃는 얼굴의 상대에게 파혼 서류를 받아 든 밀라이언으로선 떨떠름한 기분일 수밖에 없었다.

"준비하고 내려오도록 해."

"네, 이따 봬요."

밀라이언이 나가자 카리나가 한숨을 푹 쉬며 무릎 사이에 얼굴을 포옥 묻어 버렸다.

'……뭔가 더워.'

발갛게 물든 볼을 손부채질로 식히며 그녀는 잠시 동안 그렇게 앉아 있었다.

"아이고, 의원님께선 운이 좋았네요. 슬슬 눈구름이 보일 시기가 돼서 며칠만 늦었어도 북부 검문소는 문을 닫았을 겁니다."

"여기서부턴 걱정 없는 겐가?"

"맞습니다! 북부 검문소를 통과했으니 눈이 내리기 전에 페스텔리오 공작령까진 충분합니다."

"거참 다행인 일이군. 도와주어 고맙네."

"아닙니다. 의원님 덕에 아픈 딸이 무사할 수 있었으니까요. 은인께 이 정돈 아무것도 아닙니다."

마차에 얻어 탄 윈스턴이 웃으며 고개를 끄덕였다. 북부로 오니 확실히 날씨가 추워졌다. 잠시 마부석에 앉아 있었던 그가 출발하겠다는 마부의 이야기를 듣곤 마차에 다시 올라탔다.

마차 안으로 다시 들어간 윈스턴이 언 손을 녹이곤 가방에서 실과 바늘, 천을 꺼내 다시 자수를 놓기 시작했다.

"늦지 않아서 다행이군."

미리 가져온 북부령의 지도를 일반 손수건의 두 배쯤 되는 길이의 천에 자수로 고스란히 옮겼다. 자수 위의 지도는 섬세하고 세밀했으며 지도를 고스란히 옮겨 놓은 듯했다.

"근데 지도는 왜 천에 옮기시는 겁니까?"

"찾을 사람이 있어서 말이야."

"……?"

의미심장한 말을 내뱉은 윈스턴에 마부가 의아한 표정을 했으나 그는 아무런 말도 하지 않았다. 그저 윈스턴은 부드럽게 웃으며 얼마 남지 않은 수를 마저 놓기 시작했다.

천 위로 지도가 새겨졌다.

최근 레오폴드 저택의 분위기는 삭막함 그 자체였다. 수도에서 봤다는 소식 이후로 카리나에 관한 정보가 전혀 잡히고 있지 않았기 때문이다. 오죽하면 레오폴드 백작, 카시스 본인이 여러 친분이 있는 귀족에게 편지를 썼음에도 결과는 크게 다르지 않았다.

'……역시 페스텔리오 공작에게도 편지를 썼어야 했나?'

설마 그곳까지는 아닐 거라고 생각했지만, 지금 와서는 북부령은 물론 산간 오지까지 다 뒤져야 하는 건 아닌지 고민될 정도였다.

카시스가 천천히 달력의 날짜를 살폈다.

'……전령을 지금 보낸다고 해도 검문소가 닫히기 전엔 도착하지 못하겠군.'

북부의 검문소가 문을 닫는 시기는 제국에서도 모르는 자가 없다. 괜한 발걸음을 하지 않도록 북부 측에서 대대적으로 선전을 한

덕이기도 했다. 시기에 따라 다르지만 빠르면 11월 중순에서 늦으면 12월 중순에 북부 검문소는 문을 걸어 잠근다.

추운 겨울이 되면 마수가 여름잠에서 깨어나 배고픔에 난폭해진다. 북부에선 그때마다 정기적으로 토벌에 나서고 익숙하지 않은 이들의 쓸데없는 희생을 없애기 위해 북부 검문소를 닫아 버렸다. 종종 예외적으로 그 시기에도 검문소를 통과할 수 있는 자가 있기도 했으나 황명이 아닌 이상 대개 불가능했다.

물론 북부령의 대부분은 페스텔리오 공작의 소유였으니까 검문소의 문을 닫는 것쯤은 어려울 것도 없었다. 당연하지만 황제도 윤허한 일이었고.

사실 십수 년 전에 귀족들의 반대에 부딪힌 적이 있었다.

전대 페스텔리오 공작은 현 공작만큼 호탕하고 호전적인 사람이었다. 귀족들이 욕심과 공작에 대한 고까운 마음을 가진 것은 당연한 일이었다. 그들은 겨울엔 독단적으로 검문소를 닫아 버리는 북부령의 특혜에 대해 불만을 토하며 특혜 철회를 요구했다.

그리고 그때 회의에 참석했다가 화가 난 페스텔리오 공작이 그럼 알아서 해 보라는 말을 내뱉곤 검문소를 열어 두고 병사를 전부 공작령으로 불러들였다. 그는 비꼬는 귀족들의 말대로 모든 병사를 공작령 안으로 돌리고 오로지 공작령을 방어하는 데만 사용했다.

제국 역사상 처음으로 북부는 토벌에 나서지 않았다. 그리고 그해는 지금껏 한 번도 없었던 마수의 피해에 제국 전체가 들썩였을 정도였다. 그깟 마수라며 코웃음을 치던 다른 귀족들은 북부에서 벗어난 수많은 마수에 의해 큰 피해를 입어야 했다.

영지에 침투한 마수 덕에 사망자가 쏟아져 나왔고 귀족 중에서도 사망자가 있었다. 마수는 숲에 둥지를 틀기도 했으며 심지어 수도에도 모습을 드러냈다.

지금까지 평화롭게 산 것이 페스텔리오 공작가 북부 관문을 지켰기 때문이라는 걸 알게 된 귀족들은 몇 차례나 전령을 띄워 사과의 말과 함께 사태 해결을 요청했다.

그러나 공작은 그것을 전부 무시했다. 페스텔리오 공작은 도착한 귀족들의 편지와 전령을 읽지도 않고 전부 장작 대용으로 써 버렸다.

결국 황제는 노여워하며 북부령을 닫는 것에 불만을 표했던 귀족들에게 크게 화를 냈다. 그 결과, 반대했던 귀족들은 전원 페스텔리오 공작에게 찾아가 사과를 건네야 했다. 반대했던 전원이 와서 사과하지 않으면 북부 검문소는 내년에도 내후년에도 계속 방치할 거라고 공작이 엄포를 놓았기 때문이었다.

귀족들은 언제 어디서 덮쳐 올지 모르는 마수에 떨며 공작령까지 도착해 페스텔리오 공작에게 정중하게 고개를 숙였다. 그 뒤로 북부가 겨울에 검문소를 닫는 것을 반대하는 이는 없었다.

똑똑.

나무문을 두드리는 노크 소리에 카시스가 달력에서 시선을 떼고 감상에서 벗어났다.

"들어오게."

"실례하겠습니다."

주치의인 녹턴이었다.

카시스가 눈을 동그랗게 떴다. 혹시나 아벨리아에게 문제가 생긴 건 아닌지 굳은 표정으로 그가 입을 열었다.

"아벨리아에게 뭔가 문제라도 생겼나?"

"아닙니다. 기운이 없긴 하지만 몸 상태는 좋으십니다. 무리하게 움직이지만 않으면 간단한 나들이나 혹은 다과회 같은 연회에 참여하셔도 괜찮습니다."

녹턴이 부드럽게 웃으며 대답했다.

실제로 아벨리아는 예전보다 확실히 몸 상태가 좋아졌다. 무리하지만 않는다면 평범하게 지내는 것도 얼마든지 가능했다.

카시스가 안도의 한숨을 길게 내쉬었다.

"그거 다행이군. 자네가 신경 좀 써 주게. 많이 외로울 걸세."

"네, 물론입니다."

"달리아는 어떤가?"

"잠을 제대로 주무시지 못해서 피로가 쌓인 듯합니다. 가벼운 몸살 기운이니 약을 드시고 푹 쉬시면 금세 쾌차하실 겁니다."

"그래."

"네."

녹턴이 묵묵히 대답하며 숨을 삼켰다. 그가 한차례 주먹을 쥐었다가 펴곤 카시스의 눈치를 살폈다. 근심에 휩싸인 카시스의 표정은 무척 피로해 보였다. 녹턴이 조심스럽게 입을 열었다.

"……그, 혹시 카리나 아가씨에 대한 소식은 아직 들어온 게 없는지요?"

"카리나?"

카시스가 의외라는 표정으로 녹턴을 쳐다봤다가 이내 고개를 저었다. 소식은커녕 소문조차 듣지 못했다는 뜻이다. 카시스를 보던 녹턴의 얼굴이 한층 어두워졌다.

"갑자기 카리나에 관해선 어째서 묻는 거지?"

"아……."

녹턴의 눈동자가 한차례 불안하게 굴러갔다. 순간 드러난 당혹스러운 표정을 금세 웃음으로 지워 낸 녹턴이 천연덕스럽게 다시 입을 열었다.

"아벨리아 아가씨가 걱정하시기도 하고 저도 신경 쓰여서 여쭤봤습니다. 괜한 말씀을 드린 거라면 사과드리겠습니다."

"아니, 그런 말이 아니었네. 보이던 이가 없어졌으니 걱정할 수도 있지. 카리나에 관해선 아직 어떤 정보도 없어. 아는 거라곤 수도에서 모습을 감췄다는 것뿐이네."

"……그렇군요."

녹턴이 입을 닫았다.

윈스턴은 녹턴에게 일을 넘겨주며 지금껏 환자 기록을 함께 넘기고 갔다. 연이어 오는 손님도 있었고 정기적으로 검진이나 치료를 받는 이들도 있었으니까.

그리고 그 자료에 거짓은 없다. 그러니 기록의 카리나가 그가 생각하는 카리나가 맞는다면, 그녀는 예술병이라는 것에 걸렸다는 이야기가 됐다. 하필이면 생명을 깎아 먹는 종류였다. 어떤 소식도 달가운 소식은 아니었다.

"자네도 혹시나 무슨 소식이라도 듣게 되면 연락 좀 부탁하네."

"……알겠습니다."

녹턴이 허리를 굽혔다. 얘기를 해 줘도 옳은 것인지, 그렇지 않은 것인지 판단이 서질 않았다. 심지어 이 이야기를 아벨리아가 알게 되면 좋아진 건강 상태가 다시 나빠질 수도 있었다.

"그럼 이만 물러가 보겠습니다."

"그러게. 아벨리아에게 문제가 생기면 바로 말해 주고."

"예."

그가 몸을 돌렸다. 문고리를 붙잡은 녹턴이 잠시 망설였다.

나가지 않는 녹턴을 본 카시스가 입을 열려는 순간, 녹턴이 몸을 반쯤 비스듬히 돌렸다.

"혹시 북부 쪽으로도 수소문을 해 보셨습니까?"

"아니, 거기까지는 해 보지 않았네. 가출하며 겨우 동전 두 개를 들고 나가서 북부까지 갔을 거라곤 생각하지 않았거든."

카시스가 한숨을 내쉬며 대답했다. 물론 지금은 생각이 바뀌었다. 소식이 얼마나 빨리 닿을지는 모르겠지만, 북부에도 연락을 넣어 볼 예정이다. 더 늦는 것보단 지금이라도 움직이는 것이 나았다.

"그렇군요. 좋은 소식이 있었으면 좋겠네요."

"그래, 소식이 들어오면 알려 주겠네. 자네도 일이 끝났으면 이만 돌아가 보게."

"네."

녹턴이 허리를 굽혀 다시 한번 인사하곤 집무실을 빠져나갔다. 그가 퍽 어두운 표정으로 턱을 문질렀다. 괜한 소식을 알려 집안을 불안하게 하는 건 좋지 않았다.

'스승님께서 가셨으니 봄에는 뭔가 답을 들고 돌아오시겠지.'

애초에 카리나가 알리지 않고 갔다는 것은 그럴 만한 이유가 있었음이 분명했다. 녹턴은 그녀의 차분하고 조용조용한 성격을 잘 알고 있었다. 생각 없이 움직일 사람은 아니다.

동시에 혹시나 아벨리아가 충격을 받고 쓰러질까 봐 말하고 싶지 않다는 욕심도 그에겐 분명히 있었다.

"녹턴?"

"아, 인프릭 님."

"아버지를 만나 뵙고 돌아가는 길인가?"

"네, 이제 들어가 보려고 합니다."

녹턴이 담담하게 대답했다.

"그래, 조심히 들어가도록 해."

"네, 감사합니다."

인프릭이 묵묵히 고개를 끄덕이곤 짧게 인사를 건넸다.

녹턴이 인프릭에게 묵례를 하곤 곧장 저택을 빠져나갔다. 녹턴이 사라지는 걸 보던 인프릭이 짧은 한숨과 함께 카시스의 집무실로 들어섰다.

"아버지."

"인프릭? 네가 이 시간에 웬일이냐."

"일이 일찍 끝나 돌아왔습니다. 제 쪽에서도 지방으로 파견 나가는 동료들에게 카리나에 관해서 알아봐 달라고 부탁하고 있습니다."

카시스가 애써 담담한 표정으로 고개를 끄덕였다. 부탁하고 있다는 것은 좋은 소식은 없다는 것이다. 여러모로 답답해서 속이 쓰렸다.

카시스가 위장약을 입에 털어 넣고 물을 마셨다.

"인프릭, 도대체 카리나가 왜 집을 나갔다고 생각하느냐? 넌 짐작 가는 게 있느냐?"

카시스가 답답한 표정으로 말했다.

"딱 집히는 게 있는 건 아니지만 종종 아벨리아와 페르던에게 신경 써 줄 때 카리나가 서운한 티를 조금 내긴 했었습니다."

"……그건 어쩔 수 없는 일이 아니냐. 아픈 아이를 신경 쓰는 건 당연한 일이지. 아무리 그래도 설마 그런 유치한 일 때문에 나갔겠느냐. 뭔가 다른 이유가 있었겠지."

말도 안 된다는 듯 코웃음을 친 카시스는 인프릭의 이야기를 귀담아 듣지 않는 것처럼 보였다.

"워낙 말수가 적어서 저희가 몰랐을 수도 있습니다."

"그러니까! 불만이 있으면 말을 했으면 됐지 않나. 대체 이게……."

울컥하는 마음에 소리를 높였다.

"대체 이게 무슨 꼴이야. 무사하면 편지라도 한 통 쓸 것이지. 이게 무슨 짓거리냔 말이야. 불효도 이런 불효가 없다."

카시스의 말에 인프릭이 쓰게 웃었다. 자신들의 아버지는 솔직하지 못하고 서툴렀다. 그건 인프릭도 잘 알고 있었다. 그러나 그걸 탓하지 못하는 것은 인프릭 역시 그 서툰 손길의 애정이라도 받아 왔기 때문이다.

인프릭은 후계자라서. 아벨리아는 선천적으로 몸이 약해서. 페르던은 장난기가 많아 잘 다쳐 와서. 돌볼 이유를 찾을 수 있었던 다른 아이들에 비해 조용하고 손이 가지 않는 카리나는 신경을 써야 할 이유가 부족했을지도 모른다.

그의 머릿속엔 아주 가끔 함께 있어도 쓸쓸한 표정을 짓던 카리나를 본 기억이 어렴풋이 남아 있었다.

어린 카리나는 머리를 쓰다듬어 주면 좋아했고 사탕이라도 챙겨 주면 제법 해맑게 웃었다. 그러나 어느 순간부터 웃음이 점점 사라지고 그린 듯한 미소가 얼굴에 생겨나고 방에서 잘 나오지 않게 되고 가족 행사에도 참여하지 않게 됐다.

인프릭도 제법 바빴던 데다가 그런 표정을 하는 카리나를 어떻게 대해야 할지 몰라서 조금씩 거리를 뒀다. 정신을 차려 보니 카리나와의 거리는 손을 뻗어도 닿지 않을 만큼 멀어져 있었다.

이제 와서 조금 후회해 보자면, 아무리 불편해도 한 번씩 말을 걸고 인사를 해 주고 방에 찾아가 봤으면 좋았을 거라는 것, 그랬다면 적어도 자신에게는 일언반구라도 하고 사라지지 않았을까 같은 것이었다. 이미 어찌할 수 없게 되어 버렸지만 말이다.

"카리나가 돌아오면 혼을 내기보단 일단 대화를 해 보는 게 좋을 것 같습니다, 아버지."

"……일단 애가 돌아와야 할 것 아니냐."

카시스가 피곤한 듯 말했다. 지친 목소리를 들으며 인프릭이 입을 다물었다.

"도대체 뭐가 어디서부터 잘못됐는지 모르겠구나. 집이고 물건이고 식사고 뭐 하나 부족한 것 없이 키웠다고 생각했는데……."

카시스는 최선을 다했다고 생각했다. 적어도 그로선 그랬다. 인프릭과 다른 두 동생에 비해선 조금 덜 했을진 몰라도 부족하지 않도록 노력했다.

"어머니는요?"

"……요 며칠 잠을 제대로 못 자는 것 같더니 몸살이 났다더군."

카시스가 피곤하다는 듯 이마를 짚었다.

"녹턴이 아벨리아의 것과 함께 약을 지어 놓고 갔으니 너무 걱정하지 말아라."

달리아가 걱정된 카시스도 자리에서 일어났다. 잡히지 않는 서류를 손에 쥐고 있는 것보단 차라리 아픈 아내를 돌보는 것이 더 나을 듯했다.

"네 어머니도 걱정되니 나도 이만해야겠다."

"네, 무리 마시고 들어가 보십시오."

"그래, 너도 들어가 쉬어라."

"어머니께 얼굴 한 번만 비추고 쉬러 가겠습니다."

인프릭의 말에 카시스가 고개를 끄덕였다.

인프릭이 묵묵히 카시스의 뒤를 따랐다. 곰곰이 고민하던 인프릭이 문득 카리나가 아팠을 때를 떠올렸다.

"그러고 보니 카리나도 아플 때 한 번씩 찾아가면 놀란 표정을 짓곤 했는데요."

"카리나가 아플 때?"

카시스의 미간이 좁아졌다. 그로선 듣지도 못한 얘기였다.

"그 애가 아플 때가 있었더냐?"

"예, 아벨리아만큼은 아니지만 종종⋯⋯."

카시스의 반문에 도리어 인프릭이 놀란 눈으로 말했다.

카리나는 카시스보다는 달리아가 신경을 쓰는 편이었기에 카시스에겐 카리나가 아팠던 이야기가 제대로 전해지지 않는 경우가 많았다.

"⋯⋯그랬나?"

"네."

카시스는 묵묵히 부부가 함께 쓰는 방으로 향했다. 방에 도착해 인프릭이 달리아에게 인사를 건네고 몸을 돌릴 때까지도 카시스는 아무런 말도 없었다.

최근 카리나에겐 취미가 하나 생겼다. 매일 아침 새벽 밀라이언이 훈련하는 모습을 창문으로 바라보는 것이다.

밀라이언은 해가 뜨기도 전에 일어나 새벽 운동을 했다. 검을 휘두르는 모습이 무척 유려하고 날렵했으며 바람을 가르는 소리는 묵직했다. 그것을 바라보며 창문 밖으로 보이는 풍경을 스케치하는 것이 그녀의 새벽 일과가 되었다.

그를 보다 보면 없던 의욕도 샘솟았다. 오죽하면 평소엔 하지도 않던 새벽 기상을 할 정도였다. 문제는 새벽 기상을 하느라 잠이 부족하다는 거다. 그러다 보니 그의 일과가 끝날 때쯤에는 쓰러지듯 또 부족한 잠을 채웠다.

카리나는 정오가 되기 전에 슬슬 자리에서 일어났다. 그리고 낮에는 죽기 전에 하고 싶은 목록을 작성했다. 벌써 펜을 손에 쥔 지 3일째였지만 막상 하고 싶은 것을 적어 보려고 하니 손이 굳어 쉽게 써지지 않았다.

'3일째 한 줄이라니.'

카리나가 심각한 눈으로 노트를 바라봤다. 죽기 전에 하고 싶은 목록에 작성된 것은 누군가와 함께 피크닉에 가 보고 싶다는 것, 단 한 줄이었다.

"북부엔 볼 게 뭐가 있나 물어볼까?"

"북부에 볼 거라곤 마수밖에 더 있겠나?"

"꺄악!"

뒤에서 들려온 목소리에 카리나가 몸을 펄쩍 뛰었다.

그녀가 뒤늦게 고개를 돌려 밀라이언의 실체를 확인하곤 숨을 삼켰다.

"마수라도 본 것 같은 반응이군."

팔짱을 낀 못마땅한 기색의 밀라이언이 문에 비스듬히 선 채 그녀를 바라보고 있었다. 검은색 바지에 셔츠 하나만 걸친 가벼운 옷차림이었다.

"방에 들어올 땐 노⋯⋯."

"참고로 말하지만 노크는 다섯 번도 더 했어."

"⋯⋯."

밀라이언이 그런 일에 괜한 거짓말을 할 리는 없을 테니 저 말은 사실임이 분명했다. 그럼 결론적으론 자신이 노크 소리도 듣지 못했다는 이야기가 됐다. 그녀가 미간을 좁힌 채 손바닥으로 귀를 꾹꾹 눌렀다.

'⋯⋯설마 귀에도 문제가 생긴 건 아니겠지?'

예민한 성격 탓에 웬만큼 집중해도 소리를 잘 듣는 편이었는데, 조금 꺼림칙하긴 했다.

카리나가 애써 아무렇지도 않은 척 고개를 들었다. 그러자 어느새 다가온 밀라이언이 책상을 손으로 짚곤 허리를 숙였다.

"뭘 하고 있었어?"

"그냥, 하고 싶은 일 쓰고 있었어요. 집에서 나온 건 처음이라서 하고 싶은 건 다 해 보고 싶어서요."

"근데 종이가 어째 텅 비어 보이는데."

"막상 펜을 쥐니까 뭘 써야 할지 막막해서요. 하고 싶은 건 막연하게 많이 있었는데, 현실적으로 대입해 보니까 딱히 떠오르질 않아요."

밀라이언이 고개를 기울였다. 그가 보기에 카리나는 간단한 일을 깊게 생각하는 경향이 있었다.

'그러니 아무리 고민해도 좋은 답이 나오질 않지.'

뭐든 일단 고민보다는 던져 보는 게 좋다는 것을 그녀는 배울 필요가 있었다.

"굳이 거창한 거여야 하나?"

"아뇨, 그런 건 아니지만……."

"지붕 위에서 온종일 낮잠이나 자고 싶다거나 배가 터질 정도로 좋아하는 음식을 먹어 보고 싶다는 종류는 안 되냐는 얘기야."

"……그것도 가능하죠."

다만 그녀가 생각하지 못했을 뿐이다.

마지막을 장식하기 위해 거창한 것들을 떠올렸다. 어딘가 멀리 여행을 다녀온다거나 아니면 누구와 피크닉을 간다거나 직접 사냥을 해 보고 싶다거나. 대부분 떠오른 것은 현실적으로 불가능하고 동시에 거창한 것이었다.

"이런 건 일단 생각나는 대로 써 놓고 지르는 거야. 네 머릿속에서 먼저 재단해서 잘라 내지 말고 욕망을 고스란히 써. 그래야 진짜 하고 싶은 것들이잖나."

밀라이언이 텅 빈 종이를 손가락으로 톡톡 치며 말했다.

"머릿속으로 거르고 걸러서 나온 게 왜 하고 싶은 거야. 내 수준에 맞춰 할 수 있는 거지. 뭐든지 불가능해도 일단 써 보는 거지. 그리고 움직이면 되는 거야. 거창한 것도 소소한 것도 전부 그대가 하고 싶은 거잖아."

"……그러네요. 제가 미처 그렇게는 생각하지 못했어요. 고마워요, 밀라이언."

"천만에, 손이 많이 가는 아가씨야."

밀라이언이 키득거리며 카리나의 머리카락을 헝클었다. 병사들에게 하듯이 한 행동이었다. 그러고는 아차 싶었는지 뒤늦게 손을 냉큼 뗐다.

그러나 카리나는 그것이 싫지 않았던 듯 헝클어진 머리카락을 쓰다듬으며 포슬포슬 웃어 버렸다.

어린애로 취급받는 기분이 싫지 않다. 늘 철든 언니며 동생이고 누나여야 했으니까. 누구도 그녀의 머리카락을 이렇게 흩뜨리며 곤란하다는 표정을 한 적은 없었다.

밀라이언이 그런 웃음을 터뜨린 그녀를 보며 기묘한 표정으로 볼을 긁적였다.

'정말 애 같네.'

그는 동생이 없지만 동생이 있었으면 이런 느낌일까 싶었다.

도르르 시선을 굴리던 밀라이언이 책상 한쪽에 쌓여 있는 종이를 손가락으로 톡 튕기곤 들어 올렸다.

"이건 뭐야?"

"네, 뭐…… 잠, 그건 안 돼요!"

카리나가 벌떡 자리에서 일어나 손을 뻗었지만 밀라이언이 한 걸음 뒤로 물러나는 게 더 빨랐다.

밀라이언이 뚫어져라 종이를 바라봤다. 그의 시선이 종이에 박힌 시간만큼 카리나의 얼굴이 벌겋게 달아오르기 시작했다.

"왜 맨날 늦게 일어나나 했더니 새벽에 이런 짓을 하고 있었군."

"그……."

밀라이언의 입가에 짓궂은 미소가 번졌다. 동시에 카리나의 얼굴이 새빨개졌다.

그런 그녀를 웃으며 바라본 밀라이언이 힐끗 종이를 다시 내려다봤다. 겹쳐진 세 장의 그림에는 모두 창문에서 바라보는 풍경이 그려져 있었다. 그 아래에 매번 다른 자세로 검을 휘두르고 있는 밀라이언도 함께 그려져 있다는 것이 그녀가 볼을 붉힌 이유였다. 그림 속의 그는 당장에라도 움직일 것처럼 역동적이었다.

카리나가 그린 그림을 볼 때마다 저도 모르게 숨을 멈추고 있는 스스로를 발견하곤 밀라이언이 한숨처럼 숨을 뱉었다.

"왜 변명을 하려다 말아? 얼른 해 봐."

판을 깔아 주니 한층 더 입술이 떨어지지 않았다. 풀이 붙은 듯 딱 달라붙은 입술을 그녀가 힘겹게 떼어 냈다.

"아니, 어슴푸레한 하늘 아래에서 검을 휘두르는 밀라이언이 엄청 신비로웠거든요."

그녀가 멋쩍은 듯 뒷덜미를 매만지며 말했다. 자신과는 다르게 무엇이든 스스로 하고 의욕 넘치는, 달빛 아래에서도 태양 같은 밀라이언이 무척 멋있게 보였다.

솔직담백한 그녀의 말에 밀라이언이 눈을 끔뻑였다. 두어 번 그녀의 말을 곱씹던 그가 당혹스러운 표정으로 종이를 다시 원래대로 내려 두곤 한 걸음 물러났다.

"……그랬나?"

설마 저렇게 붉어진 얼굴로 돌직구의 말을 들을 줄은 몰랐기에 밀라이언은 되는 대로 대충 반문하곤 한 걸음 더 물러났다.

"네, 시간은 유한하고 흘러간 건 돌아오지 않으니까 저는 이렇게 기록해 두는 게 좋아요. 그러면 언제가 돼도 잊지 않을 수 있잖아요."

"그렇군."

잠시 어색한 침묵이 흘렀다.

이 흐르는 적막을 어찌하지 못하고 눈동자를 다시 도르르 굴리던 카리나가 결국 다시 입을 열었다.

"근데 여긴 어쩐 일이에요?"

"아!"

그제야 방문 목적이 떠오른 듯 밀라이언의 얼굴에 화색이 돌았다. 분위기를 깰 방법이 생긴 탓이었다.

"곧 영지 시찰을 나갈 건데 그대도 함께 가면 어떨까 해서. 계속 저택에만 있으면 그대도 답답할 것 아닌가."

"저 여기서 나가도 돼요?"

카리나의 말에 밀라이언이 당황한 시선으로 입을 벌렸다. 그의 눈꼬리가 파르르 흔들렸다. 그가 제 엄지로 눈가를 슥슥 문지르더니 벌어진 입을 간신히 다물었다.

"……카리나."

그의 부름에 카리나의 어깨가 움찔 떨렸다.

어쩐지 그가 이름을 부를 때마다 심장이 바닥으로 곤두박질치는 기분이라서 묘했다.

그녀가 애써 표정을 갈무리하곤 밀라이언을 바라봤다. 물론 오래 쳐다보지 못하고 곧장 시선을 피해 버렸다.

"그 말은 좀 이상하게 들리잖나. 내가 널 가둔 것 같잖아."

억울한 듯 덧붙이는 밀라이언을 보며 그녀는 작게 웃음을 터트렸다. 사실 정말로 가둔 것은 아니었지만 못 나가게 한 것은 사실이다. 얌전히 몸이 멀쩡해질 때까지 가만히 있으라고 했으니까.

"그리고 요 며칠 약속대로 얌전히 있었잖아."

요컨대 말 잘 들었으니 주는 상이라는 의미인 듯했다. 카리나가 웃으며 고개를 끄덕였다.

확실히 밀라이언 말대로 잘 먹고 잘 쉰 탓인지 식사를 게워 내는 횟수가 줄어들었다.

이 저택에 있으면 참을 필요도, 그렇다고 혼자 삭힐 필요도 없었다. 솔직히 말하자면, 밀라이언의 눈치는 무척 빨라서 그녀가 조금만 이상한 낌새를 보여도 돌직구로 물어 왔다. 독심술이 아닐까 싶던 의심도 점차 줄어들어서 이제는 조금 익숙해진 지경까지 됐다. 긴장하는 횟수가 줄어서 그런지 여러모로 상태가 좋았다.

'무모했지만 집으로부터 멀어지는 건 정답이었을지도.'

고개를 돌린 카리나가 설핏 웃었다.

"왜 대답이 없어?"

불쑥 고개를 들이민 밀라이언이 물었다.

카리나의 허리가 뻣뻣해졌다. 그녀가 슬쩍 뒤로 몸을 물리려고 했지만 카리나의 이마를 짚는 밀라이언의 손길이 더 빨랐다. 쿵쿵거리며 빠르게 뛰는 심장을 숨기려 카리나가 제 가슴께를 손바닥으로 꾹 눌렀다.

사실 최근엔 다른 의미로 긴장하는 횟수가 늘었다.

"열은 없는 것 같은데."

"……당연히 없죠. 열이 안 나는데. 나가면 뭘 할지 고민하고 있었어요. 공작령에 와서 바깥 구경은 처음이잖아요."

카리나의 진지한 말에 밀라이언이 키득거리다 이윽고 호탕하게 웃음을 터뜨렸다.

"큽……. 그대는 매사에 뭐가 그렇게 진지해?"

손을 뻗은 밀라이언이 카리나의 머리카락을 툭툭 두드렸다. 그녀가 싫어하는 기색을 보이지 않으니 밀라이언도 눈치를 보지 않고 그녀의 머리를 흩뜨렸다. 휘하의 기사들에게 하는 모양을 본 적이 있으니 아마도 그 연장선이 아닌가 싶다.

'……기사들과 같은 취급이라니 좀 슬프지만.'

그래도 싫지 않으니 어쩔 수 없는 노릇이다. 카리나가 올라가려는 입꼬리를 숨기려 애써 입가에 힘을 줬다.

"겸사겸사 그대 겨울옷도 좀 맞춰야 하니까. 얼른 준비하고 내려오도록 해. 밤이 되면 추워지니 그전엔 들어와야 해."

"네."

"시녀를 불러 줄게."

카리나가 순순히 고개를 끄덕였다. 예전과는 다르게 그녀도 하나하나 신경 써 주는 시녀들에게 도움을 받다 보니 또 불편하지 않게 되어 버렸다. 사람의 마음은 간사하다더니 정말이었던 모양이다.

"후아……."

밀라이언이 나가자마자 카리나가 한숨을 푹 내쉬며 책상에 엎드렸다. 발갛게 물든 볼과 부드럽게 호선을 그린 입술을 숨기고자 팔 사이에 얼굴을 묻어 버렸다.

"······말도 안 돼."

아니지?

부정하는 그녀의 심장이 여전히 콩닥콩닥 뛰고 있었다.

그녀가 시녀들의 도움을 받아 준비를 마치고 현관으로 향했다.

"컨디션은 어때?"

"괜찮아요."

카리나가 계단을 내려오자 아래에서 기다리고 있던 밀라이언이 물었다.

그는 평민과 크게 다를 바 없는, 허름하진 않지만 부티 나 보이지도 않는 튜닉과 흔하디흔한 어두운 색의 바지만을 몸에 걸치고 있었는데 그 차림새가 바람에 날아갈 듯 가벼웠다. 모르는 사람이 본다면 공작이 아니라 도리어 용병이라고 착각할 만도 했다.

"정말이지? 무리는 하지 않겠지만 몸이 이상하면 반드시 말해야 돼."

"네."

카리나가 웃으며 대답했다.

아닌 게 아니라 긴 여행을 하며 망가졌던 몸은 며칠 푹 쉬며 점점 원상 복귀 되었다. 체력 자체는 이전보다 떨어진 느낌이었지만 그 외에는 전체적으로 요 근래 중 가장 컨디션이 좋았다.

"마차를 타고 근처까지 간 후에는 걸어서 다닐 예정인데, 괜찮겠어?"

"네."

"그럼 가지."

밀라이언이 카리나를 자연스럽게 에스코트했다.

가족 이외의 사람에게 에스코트를 받아 본 적은 없지만, 밀라이언의 에스코트는 신실한 기사인 인프릭만큼이나 정중하고 흠잡을 곳이 없었다. 조금 의외였다.

"의외인 것 같아?"

카리나를 마차에 올리고 그 뒤를 따라 타며 밀라이언이 물었다.

"네?"

"마치 눈앞에서 뛰어가던 토끼가 날개 달고 날아가 버린 것 같은 표정을 하고 있어서."

그의 농담 섞인 말에 몇 차례 눈을 끔뻑이던 카리나가 짧은 고민 끝에 솔직하게 고개를 끄덕였다.

밀라이언은 그녀의 반응을 예상했다는 듯 픽, 하고 바람 빠진 웃음을 흘리더니 다시 입을 열었다.

"아버지가 어딜 가서든 파트너를 부끄럽게 해서는 안 된다고 이것만큼은 직접 가르쳐 주셨거든."

"전대 공작님께서요?"

"그래. 다른 것에는 방탕하게 놀든 뭘 하든 할 일만 한다면 내버려 뒀지만 귀족의 예절이나 에스코트의 방법, 식사 예절은 엄하게 가르쳤지."

카리나는 밀라이언이 툴툴거리면서도 열심히 포크와 나이프를 쥐는 모습을 상상했다. 이 장난기 많아 보이는 열정적인 사내는 불만을 토하면서도 책임감 있게 제 할 일을 끝냈을 것이다. 카리나가 입을 가린 채 키득거렸다.

어쩐지 묘하게 조용한 분위기에 고개를 들자 밀라이언이 물끄러미 자신을 바라보고 있다는 것을 깨달았다. 카리나가 다급히 헛기침을 하며 고개를 돌렸다.

"훨씬 낫네."

"네?"

"처음 만났을 때 그대는 늘 우중충한 얼굴을 하고 있었으니까. 그것보단 지금이 더 좋아."

밀라이언의 말에 카리나의 목덜미가 새빨갛게 달아올랐다.

그녀가 다급히 창문 밖으로 얼굴을 돌렸다. 별것도 아닌 말에 목이 왜 이렇게 뜨거워지는 것인지. 카리나는 있지도 않은 수통을 찾아 주변을 더듬거리다가 이내 고개를 푹 숙였다.

"그대는? 예절은 백작 부인이 가르쳐 준 건가? 움직임이 완벽하던데."

밀라이언은 그녀의 한 점 흔들림 없는 행동거지를 떠올리며 말했다. 손가락 움직임 하나하나, 식기를 잡거나 컵을 쥐는 습관 하나하나가 귀족가 아가씨 그 자체였다. 걸음걸이는 물론이거니와 서 있을 때의 자세도 흔들림 없이 곧았다.

"전 선생님께 배웠어요."

"선생님?"

"네, 제 경우엔 자작 부인께 배웠는데……."

입술을 달싹이던 그녀가 돌연 입을 다물었다. 카리나의 눈썹이 잘게 떨리며 느릿하게 아래로 내리깔렸다. 밀라이언이 그런 그녀를 가만히 바라보며 묵묵히 기다렸다.

"여동생은 어머니께서 가르쳐 주셨고 오라버니랑 남동생은 아버지께 배웠어요."

"왜 그대에겐 선생을 붙였으면서?"

"오라버니는 후계자였으니 당연했고 제가 한창 배울 땐 동생들이

어렸거든요."

카리나가 그때의 일을 상기시키듯 숨을 들이켰다. 그러나 떠오르는 건 필사적으로 노력했던 스스로뿐이다.

"칭찬을 받고 싶었던 것 같은데……."

중얼거렸던 그녀의 눈동자가 흐려졌다.

"그땐 동생이 무척 아팠어요. 저한텐 신경 쓸 겨를이 없었나 봐요."

아무리 노력해도, 아무리 선생님의 칭찬을 받아도 정작 바라는 사람들에겐 한 번도 칭찬을 받은 적이 없었다. 식사 시간에 배운 것을 십분 활용하려고 노력했고 평소의 행동거지도 배운 대로 하려고 애썼지만 누구의 눈에도 들 수 없었다.

"한 번 놀라지를 않으시더라고요. 전 엄청 발전했다고 생각했는데."

반으로 접힌 눈이 흐릿했다.

밀라이언은 아무런 말없이 그녀의 이야기를 경청했다. 사람이 웃는 게 저렇게 처연하고 기뻐 보이지 않을 수가 있을까. 밀라이언은 지금껏 수많은 사람의 웃음을 봐 왔지만 저런 서글픈 종류의 웃음을 본 적은 없었다.

'사람의 상처는 함부로 가늠하는 게 아니라고 하지만…….'

그녀의 아픔은 특히나 그랬다. 그건 밀라이언이 완벽히 이해할 수 없는 종류의 것이었다. 그러니 그는 말을 아꼈다.

어떠한 말이나 위로는 도리어 상처가 되기도 한다. 가끔은 그저 가만히 들어 주는 것이 위로될 때도 있는 법이다.

자신이 당연하다고 생각하는 것이 타인에겐 도저히 이해할 수 없는 것인 경우는 많았다. 그렇게 생각하고 살아온 적이 없으니 모르는 것이다. 그것을 옳다고 강요하는 것은 또 다른 폭력이었다. 밀라이언은 성격대로 괜한 말을 하지 않기 위해 입안의 살을 깨물었다.

"어릴 땐 동생이 무척 싫었어요. 동생은 제가 나가는 걸 싫어했고 부모님은 당연히 제가 동생의 말을 들어주길 바랐거든요."

아벨리아는 그녀가 어딘가를 간다는 말을 하면 늘 불만스러운 표정을 했고 가지 말라고 떼를 쓰거나 종종 꾀병을 부리기도 했다.

당연하지만 가족들은 늘 아벨리아의 편이었다. 덕분에 카리나는 이 나이가 되도록 변변한 친구 하나조차 사귀지 못했다.

"그래서 친구도 사귀지 못했고 사교계 파티나 다과회 초대장도 거절해야 할 때가 많았어요."

담담하게 읊조리는 카리나의 말을 듣던 밀라이언은 터져 나올 것 같은 한숨을 속으로 삼켰다.

"모든 사람이 저에게 동생이 아프니까 네가 이해해야 한다고 했어요. 난 그걸 이해하려고 필사적이었고요."

"……."

"이기적이겠지만 전 동생이 아픈데 대체 내가 왜 이해해야 하는지 도저히 이해가 되지 않았어요."

사실 지금도 잘 이해는 되지 않았다.

동생이 아픈 것이 자신의 시간과 관계를 빼앗는 이유가 되는가? 동생을 위해 친구를 사귀고 취미를 만들 모든 시간을 포기해야 하는가?

그래서 집을 나오면서 가장 먼저 털어 버린 것이 그것이었다. 더 이상 스스로를 버려 가며 아벨리아를 이해해 주고 싶지 않았다.

마차가 한 차례 덜컹거리며 멈췄다. 동시에 카리나의 말도 멈췄다.

조금 더 기다리던 밀라이언이 곧 조용히 마차 문을 열고 먼저 내렸다. 먼저 땅을 밟은 그가 카리나를 향해 자연스럽게 손을 내밀었다. 벌써 목적지에 도착했다.

"카리나."

"네?"

"세상은 넓어. 남부의 백작령이 전부가 아니야. 마음을 터놓을 누군가가 있었다면 넌 조금 더 행복했을 거야."

"……."

카리나는 마차에서 내린 채 고개를 젖혀 밀라이언을 바라봤다. 그는 늘 마음을 읽은 것처럼 그녀가 듣고 싶은 말을 해 주곤 했다. 꼭 맞잡은 손에서 느껴지는 단단한 온기가 그가 해 준 말에 확신을 더했다.

"분갈이를 해 줘야 할 나무를 여전히 작은 화분에 가둬 길렀어. 뿌리를 깊게 박아 스스로 성장해 나가야 하는 이의 기회를 앗아갔지."

카리나는 멍하니 밀라이언의 말을 듣다가 입꼬리를 말아 올렸다.

그가 하는 말 한마디 한마디가 스며들었다. 하나하나 메모하고 싶은 심정이었다. 그의 말은 언제나 그녀에게 힘이 됐다.

"그대가 결국 참다못해 화분을 뛰쳐나올 때까지. 그건 네 탓이 아니야."

꿈에 그렸던 말을 들은 카리나의 눈이 크게 뜨였다. 그녀가 천천히 입을 다물었다.

정적이 흐른 후 한참 만에 카리나는 키득키득 웃음을 터뜨렸다.

"왜 웃어?"

"나무에 발이 달린 상상을 해 버렸어요."

화분에 잘 박혀 있던 묘목이 뿅! 하고 튀어나와 두 다리로 성큼성큼 걸어가는 것을 생각하니 웃음이 절로 새어 나왔다.

"……."

"……."

나름대로 분위기를 잡고 건넨 말끝에 터진 웃음이라니.

괜히 열이 오르는 느낌에 밀라이언이 붉어진 귓불로 뒷덜미를 매만지며 고개를 돌렸다.

카리나가 조금 민망한 눈으로 고개를 푹 숙였다. 고마워요. 작게 속삭인 그녀가 볼을 붉힌 채 성큼성큼 북부의 중심가를 향해 걸어 들어갔다. 제멋대로 날뛰는 가슴을 손으로 지그시 누르면서.

"풍요의 축제?"

먹물로 큼직하고 호쾌하게 글씨가 적힌 천이 입구에서 펄럭거렸다. 이제 곧 겨울인데 풍요의 축제라고? 수확제라면 가을의 시작쯤에 하는 것으로 알고 있다.

'겨울이 풍족하진 않을 텐데?'

특히 북부의 겨울은 다른 곳보다도 훨씬 더 혹독하다고 들었다. 풍요와는 거리가 멀 터였다.

"본격적으로 북부 검문소를 닫을 때쯤 되면 북부령은 축제를 열어."

"……겨울이 풍요롭진 않잖아요?"

"겨울엔 북부의 문이 닫혀 있으니 소문이 잘 나진 않지만 북부령의 겨울은 달라. 북부령에선 겨울에 고기를 실컷 먹을 수 있거든."

밀라이언이 카리나의 옆에서 걸음을 옮기며 말했다.

고기? 겨울엔 대부분의 동물이 겨울잠을 자지 않던가?

카리나의 고개가 비스듬히 기울어지자 밀라이언이 웃었다.

'뭐가 이렇게 다 티가 나?'

예전에는 가짜 미소로 다 무마하려고 하더니, 그게 없어지니 이제는 표정과 행동으로 다 드러난다. 이래서야 어느 쪽이 좋다고 확실히 말을 할 수가 없다.

"카리나."

"네."

순간 불린 이름에 찌르르 떨린 심장을 애써 모른 체하며 그녀가 묵묵히 대답했다.

"누가 사탕을 주거나 신기한 걸 보여 준다고 해도 따라가면 안 되는 거 알지?"

"⋯⋯네? 네."

"절대로 안 돼."

"네."

대답은 했지만 기분이 묘했다. 그의 눈에 자신이 그렇게 어리게 보이나 싶어서였다.

나이야 그가 서너 살 많았지만, 그녀는 어딜 가든 어른스럽단 말을 질리도록 들은 적은 있어도 어린아이 같다는 말은 들어 본 적이 없었다.

'⋯⋯좋아해야 하는 건가?'

아니면 씁쓸하게 생각해야 하는 걸까.

새삼 진지한 밀라이언의 표정을 보며 카리나는 결국 모호한 표정으로 웃어 버렸다. 다행히 그는 못 미더운 듯한 얼굴을 하면서도 고개를 끄덕였다.

한창 축제의 준비 중인 것인지 영지의 중심인 시장 내부는 어수선했다. 근육질의 사람들이 긴 통나무나 각목을 옮기고 또 천막을 치고 있었고 가게에 뭔가를 붙이고 홍보지를 나눠주는 이들도 많았다.

"무슨 고기를 먹기에 그래요?"

"마수."

"……네?"

"문 닫은 북부에서 식량이 어디서 나오겠어. 당연히 마수지."

마수를 먹는다고? 대체 무슨 소리를 하는 거야? 카리나가 벌어진 입을 가릴 생각도 하지 못하고 밀라이언을 바라봤다.

"예전에 아버지가 열 받아서 북부 검문소를 열어 둔 채로 토벌을 안 나간 적이 한 번 있는데 그때는 다들 배를 곯았어."

"아……."

그녀가 미간을 좁힌 채 뒤늦게 입을 다물곤 눈동자를 도르르 굴렸다.

'……내가 좁은 세계에서 살긴 살았네.'

그녀의 세계는 좁았다. 상식도 아는 것도 전부 책에 한정되어 있었으니까.

카리나가 놀란 기색을 애써 감추고 고개를 끄덕였다.

"근데, 북부 검문소만 닫고 페스텔리오령은 문을 안 닫지 않나요?"

"아니, 눈이 내리면 이쪽도 닫을 거야. 북부 검문소는 오늘 닫을 테니, 마지막으로 검문소를 통과한 이들이 이곳이든 타 영지든 무사히 도착할 때까진 기다려야지."

"아아."

가볍게 수긍한 그녀가 고개를 들었다. 두껍지 않은 긴 팔의 옷이면 충분한 남부령의 겨울과는 다르게 북부령은 아직 겨울이 오지 않았는데도 두툼한 겉옷을 걸치지 않으면 추위가 뼛속까지 스며들었다.

새파랗게 시린 하늘을 올려다보던 그녀가 밀라이언을 힐끗 바라봤다. 카리나의 볼이 추위 때문인지 또 다른 이유 때문인지 살짝 상기되어 있었다.

"여기가 페스텔리오 공작령입니다, 의원님."

"아, 고맙네."

윈스턴이 제법 긴 시간 신세를 진 마차에서 훌쩍 내리며 말했다.

거세게 불어오는 바람에 그가 중절모를 손으로 꾹 누르며 한 손에는 가방을 든 채 고개를 젖혔다.

"이 시기에 축제인가?"

"네, 이맘때의 북부는 언제나 축제 분위기입니다. 마수 사냥을 나가기 전의 의식 같은 거라고 보시면 됩니다."

"고맙네, 조심히 들어가시게."

"예, 다시 한번 도움을 주셔서 감사했습니다."

"아닐세, 의원이 해야 할 일이지."

윈스턴은 손사래를 치곤 마부와 가벼운 인사를 끝냈다. 북부령 내에서 조금 더 동쪽으로 간다는 마부는 두어 번 더 허리를 굽혀 보이곤 훌쩍 마차에 올라타 멀어졌다.

윈스턴이 신분패를 보이곤 어렵지 않게 페스텔리오 공작령으로 들어갔다. 제국 의원 협회에서 나온 자격증이란 신분을 증명할 때 가장 쓸모가 있었다.

"실력이 녹슬지 않았어야 하는데."

윈스턴이 가슴 안쪽 주머니에서 성냥을 꺼내 불을 붙이곤 그것을 오는 길 쉬지 않고 수놓은 북부령의 지도가 새겨진 천에 가져다 댔다.

천이 순식간에 불타기 시작했다. 애초에 잘 타는 재질의 천에 수를 놓은 탓에 성냥불은 순식간에 지도가 새겨진 천을 집어삼켰다.

윈스턴이 남은 부분이 얼마 되지 않았을 때 그것을 하늘로 던지자 허공에서 천이 잿가루가 되어 버렸다.

이변은 거기서 일어났다. 바람에 날아가야 했을 잿가루가 뭉쳐 이윽고 초록색의 빛무리가 되더니 윈스턴의 손바닥에 내려앉았다.

"자, 아가씨를 찾아라."

윈스턴이 손에 쥔 그것을 하늘로 던졌다. 빛무리가 망설이는 듯 허공을 몇 차례 이리저리 배회하더니 이윽고 어딘가로 천천히 날아가기 시작했다.

윈스턴이 가방을 단단하게 챙기며 빛무리를 따라 천천히 걸음을 옮겼다. 그의 옅은 회색 눈동자의 위에 서서히 다른 색이 덮이기 시작했다. 이윽고 그의 눈동자가 타오르는 듯한 금빛으로 물들어 기이하게 반짝거렸다.

"우와."

"세상에."

"헉."

밀라이언이 눈을 반짝이는 카리나를 보며 웃지 않기 위해 입안의 살을 깨물었다. 입술과 입꼬리에 힘을 주고 주먹을 꽉 쥐고 뭉툭한 손톱을 손바닥에 막아 넣었다. 그럼에도 부들부들 떨리는 입꼬리를 숨길 수가 없어서 그는 결국 헛기침을 하는 척 손으로 입을 막아야 했다.

북부령의 축제는 수도의 축제나 남부의 축제와는 그 느낌부터 달랐다. 축제답게 사람들이 들떠 있긴 하지만 축제 비주얼 자체는 사실 살벌했다. 곳곳에 마수의 시체가 자랑스럽게 널려져 있고 상인들은 토막 난 마수의 꼬치구이나 고기 등을 판매하고 있었다. 눈앞에서 보이는 마수 해체 쇼는 특히나 카리나의 시선을 사로잡았다.

마수의 활동 시기는 대개 겨울이지만 빠른 녀석들은 가을이 되자마자 긴 여름잠에서 깨어나기도 한다. 그 때문에 북부령에선 늦가을이 되면 자기 영지 주변을 돌며 한 차례 가벼운 토벌을 하는데, 그때 잡은 마수는 축제에 이용하곤 했다.

"그렇게 신기해?"

"네, 되게…… 노골적이네요."

카리나가 제 키의 두 배는 될 법한 마수의 온전한 가죽을 보며 대답했다. 마치 살아 있는 것 같은 생생함이 있었다.

도르르 굴러간 눈동자가 신기함에 물들었다. 밀라이언이 그녀의 옆얼굴을 슬쩍 보곤 부드럽게 웃었다. 웃음이 나지 않을 수가 있을까. 카리나는 숨을 훅 뱉으면 입김이 솟아오르는 날씨를 보는 것도 신기해했으니 말이다.

"뭐 가지고 싶은 건 없고?"

"네."

카리나가 담담히 대답했다. 딱히 원하는 건 없었다. 축제라 그런지 대부분은 먹거리였고 카리나는 자극적인 음식을 웬만해선 피하고 있는 터였다. 길거리 한복판에서 웩웩 게워 내는 일도 하고 싶지 않았다.

'……그리고 밀라이언도 있고.'

그녀가 기-승-전-밀라이언으로 이어지는 사고를 뒤늦게 눈치채곤 제 손바닥에 이마를 쿵 부딪쳤다. 카리나가 발갛게 달아오르는 볼을 숨기며 손을 휘휘 저었다.

밀라이언은 함께 다니기 무척 편한 상대였다. 쉴 새 없이 말을 시키지는 않지만 종종 그녀에게 말을 건네고 설명을 해 주며 묵묵히 곁을 지켰다. 사람이 많아 카리나가 휩쓸리려고 하면 빠르게 눈치채곤 손을 뻗어 그녀를 끌어당기기도 했다.

그는 확실히 스스로 말했던 대로 파트너를 부끄럽게 하지 않는 사람이었다. 아닌 듯 보였지만 에스코트하는 것이 몸에 자연스레 배어 있었다. 자주 사교계 파티를 참석하는 인프릭보다도 더 부드럽고 유연했다.

'용병이 많은 북부 출신이라서 그런가……?'

같은 검을 쓰는 사람인데도 불구하고 눈치가 빠르고 움직임이 유려했다.

땡-! 땡-! 땡-! 땡-!

어디선가 다급한 경종 소리가 울렸다.

어찌나 다급한지, 종을 울리는 소리가 숨이 깔딱깔딱 넘어가는 것처럼 들릴 정도였다.

카리나가 걸음을 뚝 멈췄다. 축제를 즐기던 사람들도 하나같이 걸음을 멈추곤 한숨을 푹푹 내쉬었다. 물론, 그들 중에 누구도 곤란한 표정을 짓는 사람은 없었다. 단지 조금 질려 보이긴 했다.

"······밀라이언?"

"마수가 근처까지 왔나 보군. 성 밖으로 잠시 나가 봐야겠어."

"직접 나가요?"

"내가 가는 게 제일 빨라."

어깨를 으쓱이며 담담하게 대답한 밀라이언이 성큼성큼 마을 입구를 향해 걸어갔다.

잦은 마수의 침략 때문에 성벽으로 둘러싸인 밀라이언의 영지는 웬만해선 마수가 침입할 수 없을 정도로 단단했다.

밀라이언의 뒤를 쫓아가던 카리나는 그가 성벽 앞에서 뚝 멈추는 것을 보고 그의 두어 걸음 뒤에서 똑같이 걸음을 멈췄다.

"따라 나올 생각은 아니겠지?"

"네, 방해가 될 일은 하지 않아요."

"밖이 구경하고 싶으면 성벽 위로 올라가 봐. 내가 지키는 한 이곳은 안전할 테니. 성벽을 넘어서지만 않으면 돼."

당장 돌아가거나 안전한 곳에서 기다리라고 할 줄 알았던 카리나는 생각지도 못한 그의 말에 연신 눈만 끔뻑였다. 뭐라도 대답하려고 입술을 우물거리던 그녀가 결국 고개를 끄덕이는 것으로 대답을 대신했다.

"거기."

"뭐…… 여, 영주님! 예!"

피곤한 듯 창을 세워 거기에 기댄 채 흐물흐물하게 서 있던 병사가 밀라이언을 보곤 허리를 바짝 세웠다.

밀라이언은 그 행태가 마음에 들지 않는 듯 잠시 미간을 좁혔으나 이윽고 카리나를 가리켰다.

"이쪽은 내 손님이다. 내가 돌아올 때까지 그녀를 경호해라. 성벽 위에 데려다줘."

"헉, 알겠습니다! 영주님께선 어디 가십니까?"

"사냥."

밀라이언이 가볍게 목을 좌우로 꺾어 몸을 풀곤 느릿하게 검을 뽑았다.

배부른 맹수가 아주 천천히 몸을 펴 몸을 부풀리고 발톱을 세우는 것처럼 그는 무척 여유롭고 동시에 기묘하게도 권태로워 보였다.

모로 고개를 숙인 밀라이언을 카리나는 조심스럽게 감상했다. 날렵한 콧대를 따라 그녀가 시선을 움직였다. 언제나처럼 꾹 다물린 것이 아니라 살짝 풀어져 아래로 반원을 그리고 있는 입매가 유독 도드라져 보인다. 북부에서 자라서 그런지 피부가 생각보다 새하얀 것도 신기했다.

뭣보다 가장 눈을 사로잡는 것은 검을 쥔 손등에 불거진 핏대였다. 그저 그 모든 것이 어우러져 밀라이언이라는 남자를 이루고 있는 듯 그에게 어울렸다. 불어오는 싸늘한 바람조차도 밀라이언을 위한 것인 듯했다.

그가 검을 아래로 내리곤 카리나를 한 번 쳐다봤다. 살짝 풀린 동공을 마주하며 그녀가 침을 꼴깍 삼켰다. 당장에라도 검을 들고 뛰쳐나갈 것 같은 기묘한 핏빛 욕망이 그의 붉은 눈동자에서 느껴진 것도 같았다.

"올라가. 무서우면 눈 감고."

"……."

카리나는 그 가벼운 목소리에 대답 대신 고개를 끄덕였다.

밀라이언이 손을 뻗어 카리나의 머리칼을 두어 번 쓰다듬곤 그대로 성문을 열라고 지시했다.

거대한 성문은 사람 하나가 비집고 나갈 정도의 틈만 만들곤 다시 굳게 닫혔다.

Chapter 4

"이쪽입니다, 아가씨!"

"아, 응."

카리나가 순순히 고개를 끄덕이곤 병사의 뒤를 따라나섰다.

성벽으로 올라가는 길은 성문 옆에 나 있었다. 한 차례 둥글게 꼬아진 돌계단을 따라 길을 오르자 위에는 투박한 갈색의 긴 외눈 망원경을 든 정찰병이 있었다.

"뭐야? 뒤에는 누구시고?"

"영주님 손님. 영주님께서 사냥 나가셨으니까 잠깐 여기 구경시켜 주라고 하시더라고."

"아."

그제야 정찰병은 묵례하며 그녀에게 인사를 건넸다.

카리나가 설핏 고개를 끄덕이곤 고개를 돌려 밖에서 쿵쿵거리는 마수를 바라봤다. 몇몇 병사와 기사들이 마수를 상대하고 있었고 그사이를 밀라이언은 검을 쥔 팔을 늘어뜨린 채 유유히 걸어갔다.

"운이 좋으시네요. 영주님께서 직접 사냥하는 모습은 토벌 때가 아니면 보기 힘든데."

"그래?"

"네, 저도 딱 두 번 봤는데 얼마나 멋있었는데요. 아가씨께서도 꼭 잘 보세요."

"아서라, 토벌은 무리야."

"왜?"

"저거 이번에 새로 튀어나온 그놈들이야. 이번에도 잡긴 힘들 것 같은데. 물론, 영주님이라면 쫓아내긴 하시겠지만."

정찰병이 묵묵히 말했다. 표정 변화가 극히 적어 보이는 정찰병은 목소리마저 무미건조하기 짝이 없었다.

카리나는 밀라이언의 뒷모습에 시선을 고정한 채 그를 둘러싼 쪽빛의 기묘한 마수들을 바라봤다.

그들은 온몸에 철갑을 두른 것처럼 보였다. 번들거리는 피부는 멀리서 보기에도 단단해 보였고 남색의 몸통은 햇빛에 연신 반짝거렸다. 철갑 피부는 사방이 산등성이처럼 약간 뾰족하게 튀어나와 있었다. 심지어 회색빛의 날카로운 뿔은 언젠가 책에서 본 유니콘처럼 날카롭게 튀어나와 있었는데, 한 번 찔리면 바로 죽지 않을까 싶을 정도로 위험해 보였다.

거기에 덩치는 또 어떤가. 병사 두셋이 모여 덤벼도 상대가 되지 않았다. 그나마 이후로 경종 소리를 듣고 여기저기서 하던 일을 중지하고 지원을 나온 기사들이 그 자리를 차지하니 더 이상 부상자는 없어 보였다.

이번에 몰려온 마수의 크기는 오래된 고목만 했다. 뭣보다 가장 위험해 보이는 것은 사람을 향해 돌진하는 저 추진력이었다. 밀라이언은 달려드는 마수를 몸을 조금씩 비트는 것으로 여유롭게 피했지만, 카리나는 손에 땀을 쥔 채 윽윽, 소리를 내며 쿵쿵 뛰는 심장으로 일련의 사태를 바라봐야 했다.

'……이럴 때 도움 될 만한 그림이라도 가지고 나올걸.'

뭔가 도움이 될 만한 기적을 일으켰으면 좋았을 거다.

카리나는 두 손을 꼭 쥔 채 밀라이언이 검을 휘둘러 위협하고 단단해 보이는 뿔을 잘라 내는 것을 멍하니 바라봤다. 횡으로 그은 검에 위협을 느낀 마수가 뒤로 물러났다. 그러다가 또 다리에 힘을 주고 밀라이언에게 돌진했다.

밀라이언은 단 한 마리의 마수에만 집중했다. 가장 덩치가 큰 마수였다. 밀라이언의 검이 마수의 뿔과 부딪치며 날카로운 소음을 냈다.

"저 마수는 헤르타라고 해요. 최근에 나타난 마수인데, 온몸을 두르고 있는 철갑 때문에 죽이는 게 어려워요. 게다가 호전적인지 영지를 직접 습격하는 놈들이고요."

"그렇구나."

"네, 일단 토벌을 하려면 약점을 알아야 할 텐데 아무래도 상급 마수 종류인지 사고 능력이 뛰어나서 한 마리를 생포하기도 어려워서 골머리를 썩고 있죠."

"아……."

그녀가 고개를 끄덕였다.

밀라이언은 제법 힘겹게 힘겨루기를 하며 마수의 이곳저곳을 검으로 내려치고 있었지만, 확실히 경비병의 말대로 상처 하나 없는 마수는 도리어 흥분만 하는 듯 기세가 쉽 없이 사나워졌다.

가만히 밀라이언과 마수의 전투를 바라보던 카리나가 품에서 손바닥만 한 종이 뭉치 수첩과 연필을 꺼냈다. 그림에 취미를 두고 나서는 언제나 들고 다녔던 수첩과 연필이었다. 풍경을 잊지 않기 위한 크로키용이었다.

그녀가 마수의 특징을 눈에 담고 빠르게 그려 냈다. 날카로운 뿔. 등을 감싼 철갑. 태양에 반짝이는 쪽빛의, 산등성이가 수십 개가 모여 있는 듯한 등껍질. 단순히 선 몇 번에 그녀의 수첩에는 흑백의 투박한 마수가 그려졌다.

'도움이 됐으면 좋겠는데.'

그림을 그리는 건 다 좋은데 완성하지 못하면 기적이 일어나지 않는 게 아쉽다. 그리고 완성을 위해선 색을 칠해야 했으나 그녀에겐 지금 도구가 부족했다.

아쉬움에 흑백으로 스케치한 노트를 몇 번이고 입맛을 다시며 바라봤다.

쿵-!

이윽고 밀라이언이 마수를 뒤집어엎었다. 거대한 몸이 바닥을 뒹굴었다. 밀라이언이 검을 치켜세우자 마수가 허공에 뜬 네발을 버둥거리며 간신히 일어나더니 이윽고 제가 이끌고 온 무리를 데리고 순식간에 험악한 북부의 숲속으로 모습을 감췄다.

"매번 이렇게 쫓아내는 게 한계예요."

"얼른 약점을 찾았으면 좋겠네."

그녀가 말하며 자연스럽게 수첩을 다시 품 안에 밀어 넣었다.

카리나가 짧은 시간 그린 스케치를 눈치챈 사람은 없어 보였다. 딱히 숨기고자 하는 건 아니지만 굳이 이런 상황에서 그림을 그린다는 시선을 받고 싶지도 않았다.

'밀라이언에게 들키면 혼이 날 것 같기도 하고.'

밀라이언이 몸을 돌리는 것을 지켜본 카리나도 성벽 아래로 걸음을 돌렸다.

"쯧, 틈이 없어. 도대체 저건 어떻게 헤집어야 죽일 수 있는 거지?"

계단을 내려가는 도중에 들린 밀라이언의 거친 음색에 카리나가 고개를 기울였다. 아는 목소린데, 말투가 그녀가 아는 것보다 훨씬 더 거칠었기 때문이다. 첫 만남 때보다도 더 심했다.

"생식기를 헤집어 놓을까 했더니 그것도 안 보이고, 차라리 눈을 파 버릴 걸 그랬어."

밀라이언이 아쉬운 듯 혀를 찼다.

"그나저나 본격적인 토벌에 나서면 저것보다 더한 무리가 있을 텐데 걱정입니다."

"망할."

심지어 그에 더해 들려온 욕설에 카리나가 눈을 끔뻑였다. 아무래도 귀족가와 사교계만 왔다 갔다 하던 그녀는 사람이 욕하는 걸 들어 본 적은 별로 없었기에 무척 새롭고 생소했다.

"몸 풀기라도 할 수 있을 줄 알았더니 괜히 스트레스만 쌓였어. 무슨 공격을 해도 다 튕겨 나오니. 쯧, 그래서 다친 자는?"

"요령껏 대처해서 골절 같은 경상자는 있지만 중상은 없습니다."

"아, 그래."

나른한 목소리가 들렸다.

카리나가 멈췄던 걸음을 다시 움직였다.

계단을 내려오는 그녀를 가장 먼저 눈치챈 것은 성벽에 기대어 궐련을 입에 물고 있는 사내였다.

"아, 영애."

살짝 풀린 눈으로 그가 한숨을 푹 내쉬었다. 그가 반사적으로 피다만 궐련을 비벼 끄곤 그녀의 앞에 성큼성큼 다가왔다.

"별문제는 없었나?"

"네."

"북부령엔 이런 일이 잦아. 겨울을 보낼 거라면 단단히 각오해 두는 게 좋아. 물론, 여태 이 안까지 침입한 마수는 없으니 안심해도 좋다."

손을 뻗은 밀라이언이 안심하라는 듯 그녀의 어깨를 두드렸다. 궐련 특유의 쌉싸름하면서도 살짝 달콤한 향이 코끝을 스쳤다.

"방금 저건……."

그가 뒤늦게 상황을 설명하려는 듯 입을 열었다.

"헤르타라는 마수라고 들었어요. 최근에 나타나서 골머리를 썩이고 있다고……."

카리나가 힐끗 경비병을 바라봤다.

"설명을 들었어요."

"그렇군. 본격적으로 토벌에 나가서 제대로 부딪히면서 하나하나 공략하면서 약점을 알아 가야겠지."

"공략이요?"

"그래. 새로운 마수의 약점을 알아내는 걸 우리는 공략한다고 표현해. 어디서 오는 건지 드물게 한 번씩 본 적도 없는 새로운 마수가 나오는데 그때마다 피해가 상당해. 이번 것도 만만치 않아서 곤란하고."

가볍게 설명한 그는 궐련이 아쉬운 듯 몇 차례 입술을 매만졌다. 이윽고 기사들에게 경비를 강화하라는 말을 끝내곤 몸을 돌렸다. 졸졸졸 제 뒤를 쫓아오는 카리나를 보며 밀라이언이 쓰게 웃었다.

"미안하네, 제대로 즐기게 해 주지 못해서."

"아뇨, 괜찮아요."

진심으로 괜찮았다. 그러나 동시에 얼른 저택에 돌아가서 마수를 그려 보고 싶었다. 그녀라면 그들이 원하는 약점을 찾아낼 수 있을 테니까. 그렇게 해서 그의 도움이 될 수 있다면 더할 나위 없이 행복할 것 같았다.

카리나가 생각에 잠겨 제자리에서 움직이지 않자 밀라이언이 손을 뻗어 카리나의 이마를 짚었다.

"몸이 차. 축제는 내일 다시 구경하는 걸로 하지."

"네."

카리나는 그에 말을 덧붙이지 않았다. 실제로 나른한 피로감이 묵직하게 몰려왔기 때문이다.

밀라이언이 앞서 걸었다. 카리나는 그 옆을 따라 걸으며 그의 손을 힐끗거렸다. 조금만 뻗으면 잡을 수 있을 것 같은데, 마땅한 변명 거리가 떠오르지 않았다.

[좋아하는 사람의 손 잡아 보기.]

그의 말을 듣고 두 번째로 적은 버킷 리스트의 한 줄을 떠올리며 그녀가 고개를 푹 숙였다.

손가락을 한참이나 꼼지락거리다 보니 이내 마차가 코앞이었다.

"먼저 타, 영애."

"아! 네에……."

그녀가 퍽 실망한 기색으로 마차에 올랐다. 망설임의 시간이 너무 길었던 탓이다.

한 마차에 있는 내내 그녀의 머릿속은 온통 마수로 가득했다. 제 능력으로 누군가에게 도움을 줄지도 모른다는 기대감이 가슴을 콩닥콩닥 뛰게 했다.

심지어 그는 그녀가 그림으로 기적을 일으킬 수 있다는 사실을 아는 사람이었다. 예술병에 대해서도 자세히 캐묻지 않는다. 그녀는 그에게 도움이 되고 싶었다. 난생처음으로 온전한 제힘으로, 제 의지로.

"아, 몬스터 하니 떠오른 건데…… 별건 아니지만 이걸 주지."

밀라이언이 품 안을 뒤지더니 무언가를 내밀었다. 꽉 쥔 그의 주먹 밑에 카리나가 손바닥을 펼치자 그가 주먹을 폈다.

툭, 조금 묵직한 것이 손바닥 위에 떨어졌다. 반투명한 회색빛의 돌이었다. 안에는 오로라처럼 반짝이는 보석이 가득 박혀 있었다. 한 번도 본 적 없는 보석처럼 생긴 돌이었다. 투박한 가죽 끈에 달려 있는 모양새를 보아하니 아마도 목걸이인 듯했다.

"돌……?"

카리나가 의아한 표정으로 돌을 손에 쥐었다.

순간, 화악- 몸속에 무언가 퍼지는 듯하더니 이내 쓰러질 듯 나른했던 몸이 조금 편안해졌다.

'……뭐지?'

카리나가 의아한 눈을 하자 밀라이언이 입을 열었다.

"마수를 토벌하고 시체를 가르면 드물게 나오는 물건인데, 우리는 '하론'이라고 부르고 있어."

"네에……."

근데 그걸 왜 제게 주는 것인가?

카리나가 의문스럽게 바라보자 그가 어깨를 으쓱였다.

"북부의 풍습이야. 몸이 약한 사람에게 주면 건강하게 된다는 미신이 있거든."

"……아."

"그대가 건강해지길 바라."

투박한 그 한마디에 그녀의 눈이 크게 뜨였다. 가슴 속에 무언가 따뜻한 것이 퍼지는 듯했다.

설핏 웃은 카리나가 손을 펴 돌을 이리저리 살폈다.

"고마워요, 기뻐요."

화악 밝아진 얼굴로 웃은 카리나가 곧바로 그것을 목에 걸었다. 가죽 끈이 투박하게 보이지만 오히려 그래서 회색빛의 돌과 더 잘 어울리는 것도 같았다.

푸시시 웃음을 흘리는 카리나를 본 밀라이언이 간질거리는 귓불을 손끝으로 긁곤 고개를 끄덕였다.

"……지금 가진 건 그것밖에 없지만, 다음에 토벌에 다녀올 땐 더 큰 걸 찾아와서 아예 팔찌를 만들어 주지."

"네."

옅게 웃은 카리나가 살짝 붉어진 볼로 고개를 끄덕였다.

"언젠가, 그대가 지금보다 조금 더 건강해지면 북부령의 설산에도 데려가 줄게."

"설산이요?"

"그래. 눈으로 뒤덮인 산이야. 꼭대기에는 아름다운 호수가 있어. 나는 세상에 태어나 그보다 아름다운 풍경을 본 적이 없어. 그림을 그리는 그대라면 분명 좋아할 거야."

"와아…… 꼭 한번 가 보고 싶네요."

그런 날이 오는 것은 불가능에 가까운 일이었지만, 그가 건네준 미래를 약속하는 그 말 하나가 기뻐서 카리나가 발갛게 볼을 붉히며 대답했다. 그녀의 미소에 마주 옅게 웃은 밀라이언이 고개를 끄덕였다.

짧은 대화의 끝에 마차 안은 다시 조용해졌다. 서늘하게 가라앉은 밀라이언 눈동자는 아직도 몬스터와 전투를 벌일 때의 흥분과 짜증이 다 가시지 않은 듯했다.

목에 찬 목걸이가 묵직한 존재감을 뽐냈다. 그것만으로도 기분이 좋아서 그녀는 굳이 밀라이언의 사색을 방해하지 않으며 순순히 입을 다물었다. 적막 속에서 마차는 금세 공작저에 도착했다.

마차가 멈춰서기도 전에 저택의 대문에서 소란이 있는지 웅성거리는 소리가 들렸다. 철창에 가로막혀 들어가지 못하는 사람과 경비 병들의 실랑이가 벌어진 듯했다.

"그러니까, 저택에 그런 환자는 없습니다. 잘못 찾아오신 거 아닙니까?"

피곤한 듯 눈을 감고 있던 밀라이언이 그 소란에 한숨을 내쉬곤 손수 마차에서 내렸다.

카리나는 창문을 열고 눈을 빼꼼 내밀었다.

"무슨 일이지?"

"아, 이 노인께서 리나라는 환자를 만나야 한다고 자꾸 고집을 피우셔서……. 그런 환자는 없다고 했는데도 물러서질 않으십니다."

밀라이언이 경비병에게 설명을 듣고 고개를 돌렸다. 그의 가슴팍에나 오지 않을까 싶은 하얀 가운을 입은 노인이었다. 모습은 의원이었지만, 저택에 리나라는 이름의 환자는 없다.

"……의원님?"

익숙한 목소리를 눈치챈 것은 마차 안에서 고개를 내밀었던 카리나였다.

문지기와 꽤나 실랑이를 했던 의원이 대번에 반색하며 마차 앞으로 후다닥 다가왔다. 그러고는 물끄러미 카리나를 바라보곤 이내 만족스럽게 고개를 끄덕였다.

"혈색이 좋아졌구먼. 오랜만이네, 아가씨."

"아, 네. 오랜만에 뵙…… 아니, 근데 왜 여기 계세요?"

너무도 자연스러운 인사에 마주 인사를 건네던 카리나가 멈칫하곤 멍하니 되물었다.

윈스턴이 씩 이를 드러내곤 장난스럽게 웃어 보였다.

"추운데 일단 들어가게 해 주면 안 되겠나? 늙은이 얼어 죽겠구먼."

윈스턴이 능청스럽게 말했다.

페리얼 칼로스는 아침부터 저택, 햇볕이 잘 드는 창틀에 앉아 털을 고르는 매를 보며 눈을 가늘게 떴다.

매는 무척 이른 아침에 모습을 드러냈다. 그것도 하필이면 아침 식사를 시작한 식당에 침입해 당당히 고기 몇 점을 뜯어먹지 않았던가. 그러고는 편지가 들어 있을 법한 작은 나무통을 던진 후 지금처럼 털을 고르기 시작한 것이다.

"하여튼, 하는 짓도 제 주인을 닮아선."

페리얼 칼로스가 코웃음을 쳤다.

도대체 얼마 만에 전해 오는 전령인지. 살았는지 죽었는지 필요할 때가 아니면 연락도 하지 않는 박정한 친우가 전한 나무통을 노려보며 한숨을 삼켰다.

긴 장발의 사내는 눈매가 무척 유려하게 쭉 뻗어 있었다. 반짝거리는 아름다운 은발은 허리께에서 흔들렸고 목소리는 누군가의 귀를 녹여 버리기라도 하려는 듯 달콤했다.

그는 아름다운 사내였다. 지상에 내려온 천사. 미의 신의 가호를 받은 자. 세기의 천재. 신의 완벽한 피조물.

오랜만에 연락했다는 건 친우가 급하게 필요한 일이 있다는 것이겠지만 페리얼 칼로스는 밀라이언이 상당히 고까웠다.

한 한 달쯤 박아 놨다가 읽고 싶었지만 지금은 시기가 좋지 않았다. 북부령이 문을 닫는 시기에 굳이 전령새까지 사용해서 연락을 취했다는 건 급히 답을 받아야 할 필요가 있다는 것이다.

팔짱을 낀 페리얼이 통을 노려봤다. 긴 손가락으로 나무통을 느릿하게 쓸어 낸 페리얼이 뚜껑을 열고 통을 뒤집어 내용물을 꺼냈다. 안에서 나온 것은 편지와 그림이 그려진 종이 한 장이었다. 그나마도 완성되지 않은 스케치뿐인 그림.

"……실력이 제법인데."

자세히 보지 않았음에도 연필이 스쳐 지나간 곳 하나하나가 섬세하고 꼼꼼했다.

페리얼은 그림을 자세히 보는 것보단 일단 친우가 쓴 편지를 눈으로 천천히 읽었다.

요는, 레오폴드 백작가의 한 영애가 그린 그림인데 그녀가 예술병을 앓고 있는 것 같다는 것. 그런데 어떤 예술병인지 얘기를 해 주지 않는다는 것. 예술병의 종류를 알아보는 방법이 있다면 알려 줄 것과 치료법이 있는지에 대한 물음이었다. 또한 레오폴드 백작에게 딸을 이쪽에서 데리고 있다는 말을 전해 달라는 것 정도였다.

"허, 이게 전부야?"

페리얼이 한 장짜리의 짧은 편지를 이리저리 휙휙 돌려보더니 헛웃음을 흘렸다. 흔히 머릿말에 다는 인사나 안부를 전하는 말 한마디도 없는 투박한 편지에는 오로지 제 용건만 쓰여 있었다.

마지막은 한층 더 가관이었다.

[시간이 된다면 그 잘난 기적을 좀 써서 얘 좀 봐줘 봐.]

흘겨 쓴 마지막 한 줄은 누가 봐도 생각 없이 써 넣은 것이 분명했다.

"이 싸가지 새끼."

아름다운 얼굴로 입꼬리를 끌어올린 페리얼이 거친 언사를 뱉었다.

페리얼이 편지를 던지듯 내려놓고서 그림을 손에 쥐었다. 그는 이곳이 어딘지 단번에 알아챘다. 무척 춥고 쌀쌀한 바람이 불어오는 아침이었을 것이다. 그리고 그림을 그린 주인은 한참이나 멍하니 그 풍경을 바라보다가 외로움을 느꼈다는 것도 고스란히 그림을 통해 느껴졌다.

무채색의 그림에서 느껴지는 감정은 차마 형용할 수 없을 정도로 다채로웠다. 겨우 스케치에서 이런 느낌을 받는데 만약 이걸 완성했다면 어떤 느낌이었을까?

심장이 뛰었다. 같은 예술가로서 이것의 완성품을 보고 싶었다.

"왜 하필이면 예술의 '예'자도 모르는 그 무식한 놈한테 간 거지?"

그가 진심으로 아쉬운 듯 투덜거렸다. 밀라이언이 보여 준 것은 원석이었다. 이 그림을 그린 주인을 만나 보고 싶다. 입꼬리가 둥글게 말리며 유려한 곡선을 그렸다.

최근 분위기가 좋지 않은 레오폴드 백작가에 손님이 찾아왔다. 이른 아침 방문을 알리는 급한 전령이 오긴 했지만, 사실 제대로 된 손님맞이를 준비하기엔 턱없이 부족했다. 전령이 도착하고 한 시간도 되지 않아 예의 그 손님이 찾아왔기 때문이다.

응접실에 마주 보고 앉은 레오폴드 백작은 희귀한 은발을 길게 늘어뜨린 사내를 가만히 바라봤다.

"갑작스러운 연락을 받고 놀랐습니다."

적막 속에서 레오폴드 백작, 카시스가 먼저 운을 띄웠다.

"아, 죄송합니다. 조금 막무가내였던 점은 사과드리죠. 당황스러우셨을 것 같군요. 급히 확인해야 할 게 있어서요."

"아닙니다. 칼로스 공작가의 일이니 무언가 사정이 있었을 거라고 생각하도록 하겠습니다."

"이해해 주셔서 감사합니다."

판에 박힌 형식적인 인사가 오갔다.

레오폴드 백작은 연회나 회의장에서나 가끔 오가며 인사만 나눈 사내가 이렇게 집까지 찾아온 사실이 조금 놀라웠다.

페리얼 칼로스 공작. 그는 페스텔리오 공작과 마찬가지로 이른 나이에 작위를 물려받은 젊은 공작으로, 사교적이고 성격이 좋은 데다가 수완가로 유명했다.

예술적 재능이 있는 이들을 후원해 주기도 하는 그는 제국의 예술 사업의 태반을 틀어쥐고 있다고 해도 과장이 없었다. 물론 그 스스로 뛰어난 예술가이기도 했다. 그의 피리가 불어 내는 음률은 기적을 일으킨다. 레오폴드 백작도 그 기적을 목격한 사람 중의 한 명이었다.

제국에는 예술을 업으로 삼는 사람이 많지만 개중에도 유독 뛰어난 자들이 있었다. 그 필두에 선 사람이 바로 눈앞의 아름다운 사내였다. 심지어 아름다운 외모에 더해 혼기도 꽉 찼기에 지금 사교계에서 가장 뜨거운 감자가 바로 그가 아닐까 싶었다.

"제가 시간이 없어서 단도직입적으로 몇 가지 여쭤도 괜찮을까요?"

다리를 꼰 여유 만만한 사내가 홍차를 한 모금 마시며 물었다.

의아했지만 레오폴드 백작은 대답 대신 고개를 끄덕였다.

"백작가에 그림에 뛰어난 재능을 가진 영애가 한 명 있다는 얘기를 들었는데, 사실인가요?"

"……그림 실력이 뛰어난 아이 말입니까?"

레오폴드 백작이 조금은 멍청하게 눈을 끔뻑였다.

그 멍한 눈을 바라보며 페리얼 칼로스가 고개를 기울였다. 그의 기울어지는 고개를 따라 아름다운 은발이 흐드러졌다.

"그런 아이는 없습니다."

짧은 고민 끝에 레오폴드 백작이 대답했다.

"……없다고요? 예술병에 걸린 영애는요?"

"없습니다. 막내 아이가 태어날 때부터 몸이 약하긴 하지만 예술병의 종류는 아닙니다."

깊게 생각할 것도 없다는 듯 단호하고도 담담하게 나온 레오폴드 백작의 목소리에 페리얼 칼로스가 꼬았던 다리를 풀고 소파에 기댔던 상체를 바로 세웠다.

그는 머릿속을 뒤적여 어젯밤 읽었던 편지의 내용을 떠올렸다. 분명 예술병이라고 했다. 어떤 종류의 예술병이든 예술병에는 전조가 있다. 아프거나 평소와 같지 않거나 때때로 팔다리나 장기 중 한 곳에 마비 증상이 온다거나 하는. 그건 같이 사는 부모가 모를 수 있는 종류의 것이 아니다. 심해지면 일상생활에 지장이 올 정도가 되니까.

'……레오폴드 백작가가 다른 곳에도 있나?'

그럴 리가.

스스로에게 질문을 던졌지만 답은 금세 나왔다. 페리얼 칼로스가 고개를 저었다.

같은 이름을 사용하는 가문은 제국에 없다. 그럼 다른 가문을 잘

못 안 건가? 아니면 귀족 사칭? 밀라이언 페스텔리오가 그런 거짓말에 속을 정도로 멍청하고 둔한 인물이던가?

그럴 리도 없다.

생각할수록 페리얼 칼로스의 표정이 점점 떨떠름하게 굳어 갔다.

'이 새끼가 설마 제대로 알아보지도 않고 보낸 건 아니겠지?'

거기까지 생각이 미친 페리얼 칼로스의 수려한 얼굴이 대번에 사납게 일그러졌다.

페리얼 칼로스가 가져온 그림을 느릿하게 내려놨다. 레오폴드 백작의 표정이 미묘해졌다.

"이 그림, 누가 그렸는지 모르시겠습니까?"

"……잘 모르겠습니다. 둘째 아이가 그림을 조금 그렸던 것 같지만 이만한 실력이 되지는 않습니다."

레오폴드 백작이 그림을 살피며 말했다.

저택에 있는 그림은 확실히 잘 그리긴 했지만 이것처럼 깔끔하거나 단정한 느낌은 없었다. 같은 사람이 그린 그림이 아니라고, 백작은 확신했다.

"둘째?"

페리얼 칼로스가 그의 말을 곱씹었다.

'……약혼녀. 약혼녀였군!'

몇 년 전 밀라이언이 레오폴드 백작가와 약혼을 했다는 소식이 있었다.

왜 잊었을까!

머릿속에 불이 들어온 페리얼 칼로스가 곧장 고개를 끄덕였다.

"아마도 그 영애가 맞는 듯합니다."

페리얼 칼로스가 빙긋 웃으며 입술을 달싹였다.

"실례가 되지 않는다면 혹시 그 영애의 그림을 보여 줄 수 있겠습니까?"

레오폴드 백작이 근처에 있던 집사를 불러 카리나의 방에 있는 그림을 가져오도록 명령했다.

"아, 혹시 그림 사이에 빈 종이나 탄 종이, 어쨌든 온전치 않은 것이라도 끼어 있다면 그것도 전부 가져오게."

나가려는 집사에게 페리얼 칼로스가 말을 덧붙였다.

레오폴드 백작이 그를 기묘한 눈으로 바라봤다. 갑작스럽게 찾아와 카리나의 그림을 찾는, 접점이라곤 전혀 없었던 예술 가문의 공작이라니.

'모르는 사이에 무언가 접점이라도 있었던 건가?'

그렇다기에 카리나는 사교 활동을 적극적으로 하지 않았다. 애초에 소식도 없이 가출하지 않았던가. 지금까지도 소리 소문이 들려오지 않을 정도다.

레오폴드 백작의 미간에 깊게 주름이 파였다.

"그런데 왜 이 그림을 카리나가 그렸다고 생각하셨습니까?"

흐르는 적막을 견디지 못한 레오폴드 백작이 반쯤 식은 홍차 잔을 입술에 대며 물었다.

"아, 친우가…… 아니, 지금 영애께서 북부에 가 있지 않습니까."

"……예?"

"그곳에 있는 페스텔리오 공작에게서 서신을 받았거든요."

홍차로 목을 축인 페리얼 칼로스가 마저 덧붙였다.

"그가 예술병에 관한 자료를 요구하기에. 그녀가 어떤 상태인지 알아야 하기도 하고, 어떤 종류인지 알아보려면 기적이 사용된 흔적이나 완성된 그림을 눈으로 봐야 할 것 같아서 조금 무리해서 찾아왔습니다."

페리얼 칼로스의 말이 이어지면 이어질수록 레오폴드 백작의 표정이 점점 이상하게 일그러졌다.

그는 눈앞의 사내가 하는 말을 도저히 이해할 수가 없었다.

대체 무슨 말을 하는 거지? 예술병은 뭐고 북부에 있다는 건 또 뭔가? 카리나가 지금 페스텔리오 공작가에 있다는 것인가?

"말이 나왔으니 말인데, 영애께서 예술병에 걸렸다면 북부로 보내는 것보단 칼로스 가문에 도움을 요청하는 편이 더 좋았을 겁니다."

허리를 앞으로 숙인 페리얼 칼로스가 느릿하게 말했다.

다시 생각해도 코앞에 있는 제 가문을 두고 왜 예술에 관심은 물론 마땅한 치료 인력도 없는 북부로 보냈는지 이해가 되질 않았다.

'……그다지 약혼한 사이로서의 교류는 없어 보였는데.'

오히려 어찌나 담백했던지, 약혼했는데도 불구하고 사교계에선 들려오는 소식이 하나도 없을 정도였다.

페리얼 칼로스가 머릿속을 뒤져 흐릿한 인상의 다갈색 머리카락을 가진 조용한 영애를 떠올렸다.

언제나 제 여동생의 옆에만 붙어 있던 수수한 인상의 영애였다. 오죽 사이가 좋아 보였으면 사교계에 도는 백작가의 소문의 대부분은 자매간의 우애였을 정도다.

늘 한곳에 자리 잡고 앉아 있거나 서 있는 병약한 막내 영애와 음식을 가져다주거나 손수건을 내밀어 주는 그의 하나뿐인 언니. 밝은 막내 영애의 곁에는 그래도 사람이 모였지만 그 곁을 떠나지도 않고 묵묵히 서 있던 카리나의 모습이 유일하게 인상에 남은 기억이었다.

'그런 눈을 하고 이런 세상을 보고 있었을 줄은 몰랐지만.'

가끔 페리얼 칼로스는 궁금했다. 이런 그림을 그리는 이들의 세상은 어떻게 보이는 걸까, 하고.

"······예술병이라니, 그 애는 건강합니다. 아니 애초에, 북, 그 애가 북부에 있다는 말입니까? 어디에요? 페스텔리오 공작이 데리고 있다고 합니까?"

당황한 듯 흔들리는 동공으로 레오폴드 백작이 더듬더듬 물었다.

즐거이 제 머릿속의 기억을 하나하나 끄집어내 구경하던 페리얼 칼로스의 눈동자가 살짝 크기를 키웠다.

"······모르셨나요?"

"잘못 아신 거 아닙니까? 그 애는 몇 달 전에 가출했습니다. 전혀 행방을 알 수가 없었고요."

"가출이라니, 왜요?"

"글쎄요. 이유도 없이 어느 날 갑자기 뛰쳐나가서요. 사소한 문제가 있었는데 그것에 기분이 상한 것인지, 그도 아니면 다른 종류인지."

페리얼 칼로스는 소파의 팔걸이에 팔꿈치를 올리고 손등에 턱을 괴었다. 그의 눈이 한층 가라앉았다.

"말을 해 주지 않으니 알 수 있겠습니까."

"말을 하지 못하게 압박한 건 아니고요?"

"단연코 그런 적은 없습니다."

레오폴드 백작이 불쾌하다는 듯 곧장 대답했다.

페리얼 칼로스의 눈이 가늘어졌다.

"그럼 어디 아픈 곳이나 혈색이 안 좋은 경우는 없었나요? 팔다리가 저리다거나 숨이 잘 안 쉬어진다거나, 어떤 거라도요."

"아뇨, 카리나는 건강했습니다."

단호한 대답에 페리얼 칼로스의 입술이 비뚜름하게 올라갔다.

그는 다행히 기적을 지녔음에도 예술병에 걸리지 않은 운이 좋은 경우였지만 기적을 지닌 자들의 열 명 중 한 명은 예술병에 걸릴 정도로 그 확률이 낮지 않았다.

페리얼은 밀라이언을 그렇게 좋아하진 않았으나 신뢰했다. 괜한 말을 할 사람도 아니고 웬만한 일이 아니고서야 한창 토벌 준비로 바쁠 시기에 전령을 띄울 사람도 아니다. 즉, 그의 판단이 옳다고 가정했을 때 틀린 건 그의 앞에 앉은 사람이다.

"그럴 리가요."

"제 딸아이의 상태는 제가 더 잘 압니다."

비웃음이 섞인 목소리에 레오폴드 백작이 울컥하며 고개에 힘을 주곤 턱을 치켰다. 힘줄이 툭 튀어나온 그의 목덜미를 바라본 페리얼 칼로스가 한숨을 삼켰다.

"그럼 앞으로 조금 더 아셔야겠습니다. 내 친우가 거짓말로 전령을 띄울 리는 없으니."

"갑자기 찾아오셔서 이런 말씀을 하는 이유를 모르겠습니다. 솔직히 말하자면 무척 무례하고 불쾌합니다."

"그런가요."

"그림을 보신다면 바로 돌아가 주십시오. 다음부터 이런 일로 찾아오지 않으셨으면 좋겠습니다."

"예, 그러겠습니다. 어차피 그거 외에 더 알아낼 것도 없을 것 같고요."

연신 심드렁한 목소리였다. 조금 전까지 차리던 예의는 어디로 벗어던졌는지 그는 퍽 권태로운 표정으로 소파 팔걸이에 턱을 괸 채물끄러미 그림만 내려다보고 있었다.

레오폴드 백작은 주먹을 꽉 쥐었다. 아무리 작위가 더 높다고 하더라도 이런 무례한 짓을 하다니!

"그래도 그 아이가 있는 곳을 알려 주신 것만은 감사하군요. 나중에 사례하겠습니다."

"재밌네요."

그의 입술이 부드럽게 호선을 그렸다. 아까와 같은 미소가 분명한데 왜 등줄기가 섬뜩한지 모를 일이었다. 카시스는 불쾌한 표정을숨기지 않으며 그와 시선을 마주했다.

"뭐가 말입니까?"

"내가 그녀의 병에 관해 언급한 것은 믿지 않으면서 그녀가 북부에 있다는 건 믿는 겁니까?"

"……무슨."

"그것참, 듣기 좋고 믿고 싶은 것만 듣는 귀로군요."

페리얼 칼로스가 느릿하게 입술을 달싹였다. 솔직히 안 봐도 뻔했다. 그는 내로라하는 예술 가문의 가주이자 예술인들의 후원자다. 예술병에 걸린 이들 중 자신의 병에 관한 것을 가족에게 말하지 않는 경우도 종종 봐 왔다. 그 이유로 꼽히는 것은 대개 가족 간에 유대감이 형성되지 않았거나 애착이 없는 경우다.

'그래도 설마 예술 그 자체를 숨길 줄이야.'

보고서에는 수수하고 순진한 사람이라는 내용이 있던데 그것과는 다르게 무척 재밌는 사람이 아닌가. 아니면 그것조차도 말할 수 없을 정도로 벼랑 끝에 몰려 있었거나.

페리얼 칼로스는 수많은 이들을 봐 왔다. 억눌려 자란 이들은 커서도 억눌림에서 쉽게 벗어나지 못했다. 밀라이언이 관심을 가지는 이유도 알 것도 같았다. 그는 예전부터 작고 연약한 것을 그냥 두고 보지 못하는 성격이었으니까.

"공작! 무례하십니다!"

똑똑. 언성을 높인 백작이 자리에서 일어난 순간 타이밍 좋게 집사가 들어왔다.

집사의 품에 가득한 종이를 본 페리얼 칼로스의 표정이 대번에 밝아졌다. 그가 손을 뻗어 종이 뭉치를 받아 천천히 그것을 훑었다. 스케치만 된 것이 대부분이다.

그리고 빈 종이도 상당했다. 기적을 일으킨 작품은 대개 사라진다. 음률은 흩어지지만 그렸던 그림은 자취를 감추거나 혹은 작품 자체를 불에 태우는 것이 기적을 일으키는 매개가 되는 경우도 있다.

'……좋지 않은데.'

종이만 남아 있다는 건 내용물은 빠져나갔다는 얘기다. 그렇다면 생각할 수 있는 종류는 하나다.

창조의 기적.

가장 까다롭고 가장 강력하면서도 대개는 볼 것도 없이 결말이 정해진 기적의 종류였다. 그가 속으로 혀를 찼다. 밀라이언이 다급했던 이유가 있었다.

'예전부터 촉은 좋았으니.'

어쩌면 그녀에게서 풍기는 죽음의 냄새나 좋지 못한 징조를 발견했을 수도 있다. 찾아와서 봐 달라는 말은 괜한 말이 아니었다.

종이를 넘기며 빠르게 그림을 눈으로 훑은 페리얼이 종이 뭉치를 내려놨다.

"어쨌든 백작의 주장은 영애는 건강하다 이거군요."

"네."

페리얼 칼로스의 눈매가 비딱해졌다. 팔짱을 낀 그가 한숨을 내쉬며 느릿하게 자리에서 일어났다.

"실례했군요, 이만 가 보겠습니다."

"그러십시오."

딱딱한 목소리에서 적대감이 느껴졌다.

페리얼이 어깨를 으쓱이곤 몸을 돌렸다. 그의 긴 은발이 허리께에서 흔들렸다.

"아, 만약 내게 아이가 있었다면, 누군가 내 자식이 병에 걸렸다고 한다면 어디가 어떻게 아픈지, 왜 아픈지, 무슨 문제가 있는지를 먼저 물었을 것 같군요."

응접실 밖으로 나가는 문을 연 페리얼 칼로스가 나직하게 말했다.

눈을 부릅뜬 레오폴드 백작의 시선이 형형했다.

"애초에 집을 나간 시점에서 흔적을 찾아 전국을 돌아다니느라 제정신이 아니었을 것 같긴 하지만요."

목소리에 의아함이 묻어났다.

"카리나도 내 아이입니다! 일이 많아 움직이지 못한다고 해도 내가 그 애를 걱정하지 않는 게 아닙니다! 나는 내 아이를 충분히 걱정하고 있습니다! 무례하다고 몇 번을 말씀드려야겠습니까!"

"저런."

혀를 차는 모양새가 샐쭉했다. 레오폴드 백작은 속에서 오르는 욕지기를 간신히 억눌렀다.

"이렇게 걱정을 하는 가족을 두고 왜 생판 교류도 없던 약혼자에게로 갔는지 당최 저는 모르겠군요."

"카리나가 아직 어려서 그렇습니다. 이맘때 애들이 다 그렇듯 세상 물정을 모르는 겁니다. 치기 어린 반항이 아니겠습니까. 이번에 고생했으면 철이 들겠……."

"정말 그렇게 생각합니까?"

말을 끊고 되묻는, 싱그러운 미소 사이로 비웃음이 엿보였다. 믿지 않는 기색이 분명했다. 그것을 느낀 레오폴드 백작의 표정이 완전히 일그러졌다.

"모든 것은 철없는 영애의 탓이네요. 부모의 생각대로 움직이지 않은 것은 철이 없는 반항이군요."

마지막 한마디를 남긴 채 소리 없이 응접실 문을 닫은 페리얼 칼로스는 금세 백작저를 뒤로했다. 그가 마차에 오르자 마차가 공작가를 향해 다시 출발했다.

'이미 늦었을 수도 있겠어.'

쯧, 페리얼 칼로스가 혀를 찼다. 시간 낭비만 했다고 해도 무방할 정도로 소득이라곤 거의 없는 방문이었다.

"그대가 카리나의 주치의라고?"

"네, 윈스턴이라고 합니다. 공작 각하."

미심쩍은 밀라이언의 시선에도 윈스턴은 연륜만큼이나 여유롭게 웃으며 손을 내밀었다.

밀라이언이 눈을 가늘게 떴다가 카리나에게 시선을 돌렸다. 그의 시선의 의미를 깨달은 카리나가 곧장 고개를 끄덕이며 수긍했다. 그제야 밀라이언의 손이 윈스턴의 주름진 손을 맞잡았다.

"밀라이언 페스텔리오다."

카리나에게 확답을 받은 밀라이언은 망설였던 것치곤 제법 호탕하게 손을 마주 잡으며 인사를 건넸다. 윈스턴이 다시금 사람 좋게 웃었다.

카리나는 밀라이언의 옆에 앉아 얼떨떨한 기분으로 찻잔만을 매만졌다. 밀라이언과 몇 마디 대화를 나눈 윈스턴의 시선이 지체 없이 카리나에게 향했다.

"아가씨께서도 궁금한 게 많은 것 같은데, 나도 궁금한 게 많으니 먼저 물어보시게."

"음."

미소 띤 그의 얼굴을 물끄러미 바라보던 카리나가 곤란한 듯 입술을 달싹이다가 밀라이언을 힐끔거리며 눈치를 살폈다. 밀라이언은 물러나 줄 기미가 전혀 없어 보였다.

윈스턴은 카리나의 현재 상태에 대해 누구보다 잘 알고 있는 사람이었다. 병에 대한 사실을 숨기고 이곳에 의탁하고 있는 카리나로선 무척 당황스러울 수밖에 없었다.

카리나가 윈스턴을 향해 조심스럽게 말문을 열었다.

"여긴……."

한참이나 굳어 있던 탓인지 목이 무거운 목소리를 냈다. 긴장에 잔뜩 수축했는지 목구멍이 뻐근했다.

카리나가 손을 들어 목을 매만졌다. 긴장을 삼키듯 그녀의 목울대가 크게 일렁였다.

"어떻게 아시고 오셨어요?"

"기적의 힘을 빌렸지."

"……기적이요?"

"이래 봬도 내가 자수 실력이 뛰어나거든."

가방을 뒤적거려 실과 바늘을 꺼내 보인 윈스턴이 덤덤한 목소리로 말했다. 그가 의미하는 바를 카리나는 어렵지 않게 깨달았다.

"세상에……."

그녀의 입에서 비명처럼 새어 나온 한마디에 윈스턴이 부드럽게 웃었다.

"나도 젊었을 땐 자신만만해서 흉악한 범죄자를 찾거나 탈옥범을 찾으며 종종 경비대의 일을 돕기도 했었지."

"과거형이라는 건 그대도 예술병에 걸린 건가?"

밀라이언이 물었다.

대답하기 전 윈스턴은 카리나를 슬며시 살폈다. 카리나가 옆에 앉아 아주 작게 고개를 내젓자 윈스턴은 이해했다는 듯 부드럽게 웃으며 고개를 끄덕였다.

"네, 맞습니다. 좋지 않은 쪽이었지요."

윈스턴의 목소리가 부드럽게 울렸다. 연륜이 느껴지는 목소리에는 상대를 깔보는 기색도, 그렇다고 아부를 하려는 기색도 없었다.

밀라이언의 시선이 흥미를 담고 윈스턴에게 고정됐다.

"기적을 행하는 자들 중에서도 드물게 걸린다는 예술병에 걸린 것도 모자라, 발병 부위가 눈이었지요."

"눈이라면?"

느릿하게 몸을 앞으로 숙인 밀라이언이 물었다.

"전 서서히 시력을 잃어 가는 쪽이었습니다. 신이 존재한다면 잔인하기도 한 처사였지요. 자수를 놓는 사람에게 있어 눈은 생명과도 다름없으니."

색 바랜 기억을 떠올리기라도 하듯, 윈스턴의 눈은 초점이 흐려져 조금 몽롱했다.

카리나는 시선을 내려 윈스턴의 허벅지 위에 올라간 손을 바라봤다. 주름진 손끝에는 단단한 굳은살이 자리 잡고 있었다. 탁자 위에 놓인 바늘은 오래 사용한 듯 제법 손때가 묻어 있었고 실을 꿰는 구멍은 투박한 검은색에 가까웠다. 바늘은 직접 갈아서 사용하는 듯 끝이 날카로웠으나 평범한 바늘에 비해 길이는 조금 짧았다.

"……시력을 잃었다고요?"

"잃을 뻔한 거지. 멀쩡히 이 먼 북부까지 찾아왔으니 잃은 건 아니네."

카리나의 말을 윈스턴이 부드럽게 정정했다.

"그나저나 첫 만남이 의사와 환자였으니 이제 와서 어색해서 그러네만……."

"네?"

"보아하니 아가씨는 높으신 분이 아닌가 싶은데, 말은 이대로여도 괜찮은 겐가?"

"네, 물론이죠. 괜찮아요."

아무리 그녀가 귀족가에서 자랐다고 하더라도 윈스턴과는 레오폴드 백작가의 여식이 아니라 그저 카리나라는 한 명의 인물로서 맺은 인연이었다. 당연하게도 그 위에 권력이나 신분을 끼얹고 싶진 않았다.

"그거 다행이구먼."

허허롭게 웃는 윈스턴에게서 시력을 잃을 뻔했다는 긴장감은 전혀 느껴지지 않았다. 그렇다고 앞이 보이지 않는 것 같지도 않고.

"그대의 예술병은 나았나?"

카리나가 물을까 말까 고민하던 것을 밀라이언은 조금의 망설임도 없이 곧장 혀끝에 올렸다.

밀라이언은 예술병에 지대한 관심을 보였다. 그에겐 별로 아는 게 없는 쪽의 정보이기도 했지만 카리나가 일언반구도 하지 않으니 반쯤은 오기도 생긴 탓이다.

"아뇨, 솔직히 말해서 예술병에 명확한 치료법은 없습니다."

"치료법이 없다? 그대의 말대로라면 그대는 시력을 잃지 않은 걸로 보이는데."

밀라이언의 의문에 윈스턴의 입가에 미소가 맺혔다. 오랜 시간 세월에 무뎌진 수십 번은 더 들어 봤을지도 모르는 질문에 익숙하게 미소 짓고.

"자수를 손에서 놨지요."

담담하게 대답하기까지는 얼마만큼의 시간이 필요했을까.

카리나가 말없이 윈스턴의 맺혔다 사라지는 미소를 바라봤다.

자기라면 삶의 끝을 인정하고 가족들의 앞에서 아무렇지 않은 척할 수 있을까? 제 입으로 끝을 담담하게 말할 수 있을까?

의문만이 머릿속을 떠돌 뿐 해답은 없었다.

"그 예술병이라는 것을 치료하기 위해선 반드시 예술을 손에서 놓아야만 하는 건가?"

"가장 간단하고 빠른 해결법은 그렇습니다."

윈스턴이 수긍했다.

"아까 말했다시피 예술병이라는 게 모든 사람이 걸리는 것은 아닙니다. 기적을 일으키는 사람 중에서도 겨우 1할의 확률이지요."

"열 명 중 한 명꼴이군."

"그렇습니다. 기적을 일으킬 정도로 뛰어난 예술가는 대략 5, 60년을 기준으로 100명을 넘은 경우가 없지요. 그러니 50년을 기준으로 뒀을 때 아주 많으면 열에서 열두 명이 예술병에 걸립니다."

오랫동안 알아보기라도 한 것처럼 윈스턴의 입에선 그들이 모르는 정보가 술술 흘러나왔다.

손가락을 접어 가며 보여 주는 그의 모습에 카리나는 그제야 자신이 걸린 병의 희소성이 실감 났다.

"그 희박한 확률 중에서도 가장 희귀한 건 눈이나 감각이 아니라 기적의 대가로 생명을 빼앗기는 경우입니다."

"그건 어느 정도의 확률이지?"

"지금까지의 통계로 따지자면 예술병에 걸린 사람 100명 중 한 명에게 나타나는 정도의 증상이지요. 5, 60년에 나타나는 모든 예술병에 걸린 예술가 중 한 명만이 걸리는 낮은 확률입니다."

이야기를 듣는 밀라이언의 눈에 옅은 안도감이 번졌다.

밀라이언의 눈빛에 감도는 안도를 확인한 윈스턴의 시선은 굳어 있는 카리나에게 향했다.

카리나가 침을 삼켰다. 긴장을 참아 내느라 힘을 준 목구멍이 뻐근하게 아팠다. 윈스턴의 걱정스러운 시선을 마주한 카리나가 저도 모르게 주먹에 힘을 주었다.

새하얗게 질린 그녀의 손을 보며 윈스턴이 한숨을 삼켰다.

"그래서 더 궁금한 게 없다면 내가 질문을 해도 되겠는가, 아가씨?"

"……네."

카리나의 대답이 끝나기가 무섭게 윈스턴의 입술이 벌어졌다.

차마 밀라이언에게 돌리지 못한 카리나의 시선이 윈스턴에게 고정됐다. 축축해지는 손바닥의 열기를 식히기 위해 주먹을 몇 차례나 쥐었다 펴던 카리나가 결국 눈을 질끈 감았다가 떴다.

가볍게 생각했던 상황이 걷잡을 수 없이 커져 버린 감정과 함께 죄책감이 되어 그녀를 짓눌렀다. 이렇게 될 줄은 몰랐다. 밀라이언의 시선 하나하나에 신경을 쓰게 될 줄도, 숨기고 있는 사실을 밝힐 수 없다는 것이 이토록 무겁고 버거운 일이 될 거라는 것도 알지 못했다.

"다만, 제 방에서 대화를 나누시는 게 어떨까요?"

아파져 오는 목구멍에서 카리나가 간신히 말을 끄집어냈다. 그 명백한 선 긋기에 가만히 앉아 있던 밀라이언의 등허리가 굳었다.

딱딱하게 굳은 눈매의 그가 천천히 고개를 돌려 카리나를 향해 시선을 내렸다. 조금쯤은 흐릿해졌다고 생각했던 벽이 한층 더 견고해져서 그의 앞에 나타났다.

카리나가 슬쩍 시선을 피하며 고개를 숙였다.

"나는 상관없네."

맞은편에 앉아 두 사람을 번갈아 보던 윈스턴이 나직하게 대답했다. 윈스턴의 대답에 카리나가 고개를 끄덕이곤 천천히 자리에서 일어났다.

"……오늘 즐거웠어요."

자리에서 일어난 카리나가 새하얗게 질릴 정도로 옷자락을 꽉 쥔 채 힘겹게 입술을 달싹였다. 이명이 울릴 정도로 시끄럽게 뛰는 심장은 그의 손을 잡을까 말까 고민했을 때처럼 달콤하지 않았다. 빠르게 도는 피가 온몸에서 빠져나가는 듯 싸한 느낌이었다.

"괜찮다면……."

카리나가 달싹이던 입술을 다시 열었다.

미움 받지 않기 위해 해선 안 된다고 생각한 수많은 것들을 원하는 대로 하라고 한 유일한 사람이다.

"다음에도…… 권해 주세요."

꾹꾹 눌러 왔던 욕망 하나를 카리나가 간신히 속에서 끄집어냈다.

밀라이언은 그녀의 말에 대답하지 않고 조용히 고개를 들었다. 대화를 나눌 때면 시선을 마주하려고 애쓰던 카리나의 눈은 바닥에 고정되어 있었다.

대답을 기다리던 카리나가 결국 들려오지 않는 대답에 아랫입술을 잘근 깨물었다.

"가 볼게요, 밀라이언."

대답을 기다리며 카리나가 아주 천천히 몸을 돌렸다. 윈스턴이 먼저 나가고 문을 닫을 때까지도 뒤에선 아무런 말도 들려오지 않았다. 발에 추가 달린 듯 다리가 무거웠다.

문을 닫고 나가 응접실과 제법 멀어졌을 때쯤 카리나는 굳은 허리와 목에서 천천히 힘을 뺄 수 있었다.

"말하지 않았구먼."

"기분 나빠할 테니까 할 수가 없었어요."

"기분?"

"……곧 죽을 사람과 같이 산다는 걸요. 게다가 밀라이언은 타인에게 무심할 수 있는 사람이 아니라서 지금은 더 못하게 됐어요."

말하면 어떤 반응을 보일지 감도 잡히질 않았다. 카리나가 무거운 발걸음을 옮겨 간신히 방으로 향했다.

지나가는 시녀에게 차와 다과를 부탁한 그녀가 탁자에 앉았다. 윈스턴과 마주 앉은 카리나가 허리를 곧게 편 채 입을 열었다.

"속여서 죄송했습니다."

"음? 뭐가 말인가? 신분에 관한 거라면 괜찮네. 무슨 이유가 있었건 아가씨는 환자였으니."

윈스턴의 말에 카리나가 흐릿하게 웃었다. 그가 적어 준 편지가 오는 내내 얼마나 위로가 되었던가. 그녀로선 그것에 대해서도 감사의 말을 전하고 싶었다.

"다시 소개할게요, 레오폴드 백작가의 카리나 레오폴드라고 합니다."

"……레오폴드?"

윈스턴의 눈이 동그랗게 뜨였다.

"네."

영지의 의원이었으니 영주의 가문명 정도는 알고 있겠지. 혹여나 부담스럽게 여기면 어쩌나 싶어서 눈치를 살피고 있는데 윈스턴의 반응이 기묘했다.

"레오폴드 백작가엔 주치의가 따로 있지 않았나?"

"네."

카리나가 쓴웃음을 머금은 채 말했다. 윈스턴의 눈이 동그래지며 묘한 시선이 카리나를 향했다.

"주치의에겐 왜 가지 않았나?"

카리나가 잠시 고민했다. 수많은 이유가 있었고 수많은 고민이 있었지만 이곳에 와서 곰곰이 생각한 결과 나온 답은 하나였다.

"그냥 절 모르는 사람에게 가고 싶기도 했고……."

카리나가 살짝 눈치를 살폈다.

"조금 믿을 수 없기도 했어요."

"어째서?"

윈스턴의 눈이 가늘어졌다.

"주치의에게 무슨 문제가 있었나?"

턱을 매만지며 윈스턴이 넌지시 물었다.

윈스턴의 질문에 카리나가 눈동자를 모로 내리깔았다. 그녀의 머릿속에 부드럽게 웃는 녹턴의 모습이 떠올랐다.

"어쩐지 고자질하는 것 같아서……."

카리나가 서툴게 웃으며 말끝을 흐렸다.

"고자질이랄 게 뭐가 있겠나. 서운한 일이 있었으면 얼마든지 말할 수 있지."

윈스턴이 고개를 저었다.

"마침 잘됐지. 어디 이참에 자네의 이야기를 해 보게. 속앓이는 만병의 근원이야."

거리낄 것 없다는 듯한 호쾌한 대답에 카리나의 눈이 둥글게 접혔다.

"음. 제겐 쌍둥이인 동생들이 있는데, 남동생 쪽은 건강한데 여동생 쪽은 태어날 때부터 건강이 좋지 못했어요."

그녀의 긴 속눈썹이 아래로 드리워졌다.

"그랬나?"

윈스턴이 짐짓 모른 척 그녀의 말에 반문했다.

애초에 주기적으로 녹턴이 백작저에 방문하는 이유가 그 병약한 막내 여식 때문임을 윈스턴도 알고 있었다. 하지만 녹턴에게는 별다른 말을 듣지 못했던 터인 데다 카리나의 입으로 사정을 듣고 싶기도 했다.

카리나가 고개를 끄덕이는 것으로 윈스턴의 물음 아닌 물음에 수긍했다.

'죽은 제 동생과 닮았다고 했었지.'

그래서 그런지 조금 병적인 집착을 보여 염려의 말을 몇 번 던지긴 했지만, 제 감정을 능숙하게 숨기는 녀석이니 속으론 또 어떤 생각을 하고 있을지는 모르는 법이다.

"의원님, 그거 아세요?"

윈스턴은 굳이 대답하지 않았다. 그녀가 대답을 원하는 것이 아니라는 건 굳이 생각하지 않아도 알 수 있는 일이었다.

카리나의 미간에 주름이 졌다. 점점 메이는 목에서 소리를 끄집어내기 위해 힘을 주자 목구멍이 아팠다.

"제 세계의 중심엔 언제나 아벨리아가 있었어요."

아벨리아는 지켜야 하는 존재였다. 모든 언니와 동생의 관계가 그런 줄 알았다. 언니는 동생을 위해 희생하는 것이 당연하다고 생각했다. 그러나 세상에 나가 보니 당연했던 세계에 균열이 생기기 시작했다.

"내 삶인데…… 제 인생이었는데, 의원님께 제 상황을 듣고 이 먼 곳까지 와서 들추지 않기 위해 노력했던 과거를 돌아보니 내 삶엔 내가 없었어요."

카리나가 긴 숨을 뱉었다.

"아가씨."

"네."

"이상할 건 하나도 없다네. 아가씨는 사람이야. 사람의 상처는 언제나 사람이 만들지."

잔잔한 목소리에 카리나가 눈을 크게 떴다. 시리디시린 푸른 눈동자에 잔잔한 파문이 일었다.

"말로써 가슴을 후벼 파는 것도, 무기를 만들어 사람을 죽이는 것도 모두 사람이네."

윈스턴은 찻잔을 매만지던 손을 뻗어 카리나의 두 손을 꽉 붙잡았다. 온통 굳은살로 가득한 손바닥은 무척 거칠었으나 그곳에서 전해지는 온기는 겨울날 벽난로 앞에 있는 것보다도 훨씬 따뜻했다.

"상처를 준 사람들 곁에 있는 건 힘겨운 일이지. 오랜 시간 버텼구 먼. 아주, 힘들었겠어."

연륜이 담긴 윈스턴의 음성에 카리나의 눈이 홀쩍 커졌다. 굳은 살이 박인 손이 카리나의 손등을 서툴게 쓰다듬었다.

그 온기에 여트막한 감정이 스며 있던 눈동자가 곧 풍랑을 맞은 배처럼 잘게 떨리기 시작했다.

툭, 카리나의 고개가 아래로 떨궈졌다.

"예전에 남동생에게 지갑을 빼앗긴 적이 있어요. 그날은 울적해서 어머니께 하루만 함께 자고 싶다고 했거든요."

카리나가 나직하게 말했다.

"어머니가 철없다며 크게 화를 내기에 동생 따윈 없었으면 좋겠다고 했는데 그날 난생처음 어머니께 맞았어요."

카리나의 눈동자가 무겁게 가라앉았다. 깊은 심해로, 그보다 더 깊은 밑바닥으로 가라앉는 것처럼 투명한 눈동자는 탁해졌고 눈동자는 순간 생기를 잃었다.

아직도 눈을 감으면 뚜렷하게 떠올랐다. 이 기억만큼은 아무리 밟고 깊은 곳에 가라앉혀도 늦은 밤 악몽이 되어 등줄기를 선득하게 하곤 했다.

눈꺼풀 아래로 높이 치켜든 새하얀 손이 떠올랐다. 그것은 이윽고 그녀의 시선이 있는 곳으로 포물선을 그리며 떨어져 내렸다.

짜악-!

"철이 없어도 이렇게 없을 수가 있니! 어떻게 동생을 두고 그런 끔찍한 생각을 할 수가 있어! 네가 그러고도 언니니! 대체 다 큰 애가 어리광이 왜 그리 많아! 건강하게 태어난 걸 감사히 여기고 동생에게 더 잘해 줘야지!"

"하지만 저도 몸이 뜨겁고……."

"자꾸 꾀병 부릴 거니? 거짓말은 하지 말라고 했지."

끔찍하다는 듯 비명처럼 내지른 어머니의 목소리에 카리나는 충격을 받았다.

"카리나, 다른 불쌍한 아이들에 비해 넌 아주 행복한 삶을 살고 있단다. 한 번 더 그런 말을 하면 너는 빈민촌에 버려질 거야. 그곳에 가면 맛있는 식사도 예쁜 옷도 깨끗한 방도 없어. 알겠니?"

"⋯⋯네."

"그럼 뭐라고 해야 하니?"

"⋯⋯죄송합니다. 다시는 안 그럴게요."

우는 것조차 혼이 날까 봐 겁에 질린 채 벌벌 떨며 그저 용서를 빌었다. 빈민촌이 어딘지, 무엇을 하는 데인지 잘 알지 못했지만 쫓겨난다는 사실은 그녀를 두렵게 했다.

"그래. 하아, 네가 건강한 반만큼이라도 리아가 건강했으면 좋았을 텐데."

목이 돌아간 것보다, 뺨을 타고 오르는 열기보다, 뺨을 때리고 잔뜩 노한 얼굴로 혼을 내고 돌아서는 어머니의 표정이 훨씬 뇌리에 박혔다.

뭣보다 가장 소름이 돋았던 것은 마지막에 보여 준 눈빛이, 그 목소리가 마치 자신이 건강하게 태어난 것을 탓하는 것만 같았다는 사실이었다.

"아가씨, 내게도 참 서럽던 시절이 있었다네."

조용하고 무거운 공기 사이로 윈스턴의 목소리가 들렸다.

카리나가 대답을 하는 대신 고개를 들어 그의 눈을 마주했다.

색 바란 기억을 떠올리는 듯 살짝 탁하게 가라앉은 눈동자는 깊고 어두운 심해로 가라앉듯 하염없이 무겁게 내려앉았다.

"내가 예술병에 걸렸었다는 건 알고 있지?"

"네."

"나는 자수를 놓는 것을 참 좋아했네. 자수를 놓는 순간은 아무런 생각을 하지 않아도 됐으니까."

카리나가 멍하니 고개를 끄덕이자 윈스턴이 빙긋 웃는다.

"자네도 그랬던 거겠지. 아무것도 생각하고 싶지 않은 때가 있었던 거지?"

꼭꼭 숨겨서 누구에게도 말하지 않았던, 스스로조차 깨닫지 못했던 속내였다. 그것을 타인에게 듣는 기분이 어쩐지 묘했다. 그녀는 반사적으로 고개를 주억였다.

"나는 자수를 좋아했지만…… 하지만 남자가 자수를 하는 건 세간에선 좋게 보지 않지."

"하지만 작품은……!"

"아가씨 말이 맞아. 예술에 성별이 어디 있으며 높고 낮음이 어디 있겠나."

그가 인자하게 웃었다. 푸근한 그 미소를 보면서도 카리나는 웃을 수가 없었다.

"그러나 어른이 되면 머리가 딱딱하게 굳어지는 모양이야."

윈스턴이 쓰게 웃었다.

인자하게만 보였던 그의 또 다른 일면에 카리나가 멍하니 눈을 깜빡였다.

"내 부모님은 내가 기사가 되어 작위를 받길 원했지만 나는 사실 운동이라곤 완전 꽝이었거든."

윈스턴이 비밀스러운 이야기를 하듯 숨죽여 속삭였다.

"게다가 사람을 죽이고 싶지 않았어. 사람들은 나를 유약한 인간이라고 욕했지."

쓴웃음 사이에서 느껴지는 짙은 연륜에 카리나는 잔잔한 시선으로 그를 바라봤다.

"그럴수록 나는 자수에 더 빠져들었고 어느 날 기이한 경험을 하게 됐다네."

윈스턴의 입가에 짙은 미소가 덧씌워졌다.

"소중한 물건을 잃어버렸지. 아무리 찾고 찾고 찾아도 도저히 찾을 수가 없어서 결국 떠나보내려 했지."

윈스턴의 눈빛이 살짝 풀어졌다. 오래된 기억 상자에 쌓인 먼지를 털어 다시 여는 것은 그에게도 오랜만의 일이었다.

"그 물건을 수놓아서 불에 태웠네. 마치 장례를 치르고 난 후 고인의 물건을 태워 함께 보내 줄 때처럼."

그때의 일은 떠올리려고만 하면 지금까지도 뇌리에 박힌 것처럼 선명히 떠올랐다. 그것은 윈스턴이 본 첫 기적이었다. 그는 그 풍경을 줄곧 잊을 수 없었다. 꺼져 버린 불꽃에서부터 다시금 타오르기 시작한 아름다운 빛무리.

"그건 말 그대로 기적이라는 이름이었지."

문득 그의 눈동자에 황금색 아지랑이가 피어올랐다가 사라진 것도 같았다.

"재가 되어 사라진 하늘에서 빛무리 하나가 둥실 떠올랐다네."

윈스턴이 시선을 카리나에게서 살짝 비낀 채 말했다.

"그것은 내게 따라오라는 듯 제자리에서 빙글빙글 돌더니 어딘가로 천천히 움직이기 시작했지.”

그가 손가락을 허공에 두어 번 빙글빙글 돌리며 설명했다.

“정신을 차리니 나는 홀린 듯이 그 빛무리를 따라가고 있었네.”

“…….”

“……그리고 발견했지. 잃어버렸다고 생각했던 소중한 물건을. 기적이 내게 되찾게 해 줬어.”

카리나는 조용히 그의 말을 경청했다. 누군가의 기적에 대한 이야기는 난생처음이었다.

“나는 그때부터 내 능력에 대해 이리저리 시험하기 시작했어.”

윈스턴의 입가에 미소가 떠올랐다.

“내 능력은 뭐든 찾아낼 수 있었다네. 발동 조건은 간단했지. 자수를 놓고 불에 태운다.”

카리나의 눈이 크게 뜨였다.

‘그래서 내가 어딨는지…….’

말하고 가지 않았는데도 불구하고 정확하게 찾아왔던 거구나.

카리나가 놀란 눈을 하자 윈스턴이 정답이라는 듯 씩 웃었다. 그러고는 다시 입을 열었다.

“그것을 대가로 나는 무엇이든 찾을 수 있었어. 그리고 굳이 찾기 위한 대상을 수놓지 않아도 된다는 걸 깨달았지.”

“대단하네요.”

“대단했지. 그걸 위한 준비는 간단했어. 찾고 싶은 것을 머릿속으로 생각하며 수를 놓으면 되는 일이었으니까.”

헛헛한 웃음을 흘린 윈스턴이 유쾌하게 말했다.

“그러고는 작은 상담소를 열었지. 범죄자를 찾고 범인의 단서를 제공하고 집 나간 자식이나 애완동물을 찾아 주고……."

윈스턴의 얼굴은 생각보다 밝았다. 과거의 영광을 떠올리는 듯 무척이나 행복하게 보였다.

"마치 영웅이라도 된 기분이었네."

카리나는 윈스턴의 이야기를 통해 그의 행복한 과거의 파편을 엿보는 듯했다.

"늘 무시당하던 인생에서 내가 세상의 주인공이 되기 시작했다네. 부모님도 내가 자수를 하는 걸 더 이상 뭐라고 하지 않았지."

"……."

이건 자신의 또 다른 이야기였다. 카리나가 모든 것을 밝히는 것을 선택했다면 찾아왔을지 모르는 또 다른 자신의 이야기.

"주변에서 띄워 주니 나도 쉼 없이 자수를 놨어. 돈도 제법 벌었지."

"네……."

"그렇게 20년 가까이 됐을 거네. 눈이 침침해진다고 생각했는데 점점 흐릿해지는 날이 늘어났지."

윈스턴의 목소리가 조금 낮아졌다. 생기 넘치듯 반짝이던 눈동자도 살짝 탁해졌다.

"손끝의 감각으로 어떻게든 자수를 하긴 했지만 만족스럽지 못했어."

윈스턴이 고개를 내저었다.

"그리고 내가 만족스럽지 못하다고 생각하자 기적이 일어나지 않았네."

"그랬군요……."

"그리고 서른다섯, 늦은 나이에 병원에 갔지. 예술병을 진단받았어."

카리나가 숨을 들이마셨다.

"이대로 가면 실명을 할 거고 그러지 않으려면 실과 바늘을 손에서 놓는 수밖에 없었지."

그의 말에 도리어 그녀의 몸이 굳었다. 그림을 손에서 놓는다는 건 꿈에도 생각한 적이 없었다.

"난 이것만 믿고 준비해 놓은 것이라곤 아무것도 없었는데 말이야."

윈스턴이 허허롭게 웃었다. 그러나 카리나는 차마 마주 웃을 수 없었다. 지금은 추억처럼 이야기할 수 있게 된 내용이겠지만 그러기까지 얼마나 힘이 들었을지 감히 짐작할 수도 없다.

"절망했고 죽으려고 했었네."

"……."

충격적인 내용이었다. 자신을 살리기 위해 이 먼 곳까지 온 윈스턴이 그런 아픔을 겪었었는 줄은 몰랐다.

"예술병은 절대 고칠 수 없고 진행을 막기 위해선 인생을 다 바친 것을 손에서 놓는 수밖에 없다고 하니까."

윈스턴의 말이 맞다. 카리나에게 그림은 유일한 기댈 곳이다. 유일하게 아무것도 생각하지 않을 수 있는 시간이었다. 그림을 그릴 때만큼은.

"사람들이 외면하고 부모님은 실망했지. 나는 모든 걸 두고 죽기 위한 여행을 떠났어."

카리나가 멍하니 윈스턴을 바라봤다. 윈스턴이 빙긋 웃었다.

"자네처럼 나도 모든 걸 정리하고 싶었거든. 그러다가 한 난민촌에 흘러 들어가게 됐지."

"……."

"그곳에는 살고자 하는 이들로 가득했지. 누군가가 보기엔 더럽고 처절할지 모르겠지만 치열한 삶이었어."

카리나의 입이 닫혔다. 그녀가 다시금 조용히 그의 이야기를 듣기 시작했다.

"병마와 싸우는 이들도 있었네. 나는…… 그들을 살리고 싶어졌어. 그리고 언젠가 예술병을 불치병이라 부르지 않게 하고 싶어졌지."

그리고 문득 깨달았다. 자신에게는 또 다른 꿈이 생긴 것이라는 걸. 그 꿈이 그가 목숨처럼 아끼던 자수를 놓을 수 있게 해 줬다는 것을.

"바늘 대신 집착할 다른 것을 찾은 거야. 다행히 의학은 내게 잘 맞았네."

웃는 그를 보며 카리나는 조용히 입을 닫았다. 그녀는 놓을 수 없다. 그런 꿈이 없었다.

윈스턴의 부드럽게 휘어진 눈꼬리가 카리나에게 닿았다.

"자네를 보니 내 생각이 났어. 그래서 모른 척할 수 없었네."

"……네."

카리나가 낮게 대답했다.

그는 그 안에서 어떤 생각을 하고 어떤 괴로움을 이겨 냈는지는 자세히 알려 주진 않았다. 그럼에도 그것은 마음에 와 닿았다.

그러나 그것은 자신의 이야기가 아니었다. 윈스턴이 제 손으로 만들어 낸 그의 이야기였다. 결코 카리나 레오폴드의 이야기는 될 수 없었다.

"나도 그랬네. 누구나 힘든 시기도, 세상에서 등 돌리고 싶은 시기도 있는 법이네."

"네……."

"자네는 잘못되지 않았네. 나쁘지 않았어. 아가씨가 이제라도 집과 거리를 둔 것은 잘한 일이야."

"……정말요?"

"그래, 속을 썩게 하던 근원에서 멀어지면 사람은 비로소 출발점에 서는 것이네."

출발점에 선다는 것은 무슨 의미일까? 사람은 언제쯤 출발점에 서는 것일까? 평생 속을 썩지 않고 상처받지 않는 사람은 평생 출발점에 서지 않는 것인가?

카리나는 멍하니 윈스턴을 바라봤다.

"누군가는 상처를 마주하는 것이 상처를 낫게 하는 지름길이라고 하지만 나는 상처에서 멀어지는 것 또한 상처를 낫게 하는 방법이라고 생각해."

"……."

"진부한 말이긴 하네만 상처를 주는 건 사람이지만 그걸 낫게 하는 것도 사람이네."

윈스턴이 그녀의 이야기를 듣는 내내 해 주고 싶었던 말을 차분히 정리해 입에 올렸다.

카리나는 여전히 그에게 손이 붙잡힌 채 윈스턴의 말을 들었다.

"이제 울타리에서 벗어났으니 새로운 인연을 많이 만들게나."

윈스턴이 조용히 말했다.

"그들이 과거의 기억을 옅게 해 주고 아가씨의 새로운 추억이 되어 주고 웃음이 되어 주겠지. 그러면 언젠가 모든 것들을 똑바로 바라볼 수 있게 될 거야."

"저는 비겁하게 말없이 도망쳤는데도요?"

"세상은 도망치는 사람을 비겁자라고 욕하지만 전쟁에서도 전진과 후퇴를 반복하는 법이네. 후퇴해서 다시 전진하기 위한 힘을 얻는 거지."

생각지도 못한 비유에 카리나의 눈동자가 한층 크기를 키웠다.

"재정비를 하고 체력을 채우고 계획을 세워서 또다시 앞으로 나아가는 거네."

윈스턴이 쉬지 않고 그러나 최대한 흥분한 기색을 내리누르며 말했다. 흐릿하게 떠오른 카리나의 미소에 그가 버석한 손을 들어 제 얼굴을 쓸어내렸다.

"아가씨도 지금 그 단계에 와 있다고 생각하면 좋아. 토벌해서 제국을 건국한 초대 황제조차 후퇴가 없진 않았을 거네. 어떤 영웅도 승리만을 쟁취했던 사람은 없지."

"……."

"실패도 도망도 후퇴도 전부 다음에 있을 도약을 위한 준비 과정이지. 그러니 부끄러워하지 말게."

"……네, 그럴게요."

한참 만에 카리나가 옅은 미소를 띠며 대답했다.

"그래서 아가씨 가문의 주치의 얘기는 아직도 안 나왔는데 무슨 문제가 있었는가?"

한참이나 말이 없는 두 사람 사이의 적막을 깨려는 듯 윈스턴이 다시금 입을 열었다.

아, 벌어진 입술 사이로 낮은 탄성이 새어 나왔다.

"아……."

카리나가 눈동자를 굴리더니 닫혔던 입술을 천천히 열었다.

"주치의가 저택에 온 건 제가 열일곱 살 때쯤의 일이었어요. 주치의는 저보다 두 살인가 나이가 많았고요."

"그랬구면."

윈스턴은 식은 찻잔으로 입술을 적시며 대답했다. 카리나는 윈스턴의 반응을 살폈지만 연륜으로 무장한 노인의 표정을 읽어 내기란 영 쉬운 일이 아니었다.

이미 시작한 얘기를 중간에 끊을 수가 없어서 카리나는 잠시 멈췄던 입술을 다시 움직였다.

"사실 조금 부끄럽지만…… 그 주치의를 만난 날 그에게 호감을 느끼게 됐었거든요."

무감정한 얼굴 위로 피어오른 옅은 미소에 윈스턴의 눈이 커졌다. 그가 눈가를 좁혔다가 이윽고 아무렇지 않다는 듯 펴내며 고개를 끄덕였다.

"이런, 죄송합니다. 이곳에 사람이 있는 줄은 모르고……."

저택에 딸린 작은 정원에서의 만남이었다.

녹턴은 처음 만났을 때부터 매력적인 사람이었다. 보기 좋게 반달로 접히는 눈매나 한껏 말려 올라가는 입술이 시선을 사로잡았고 어조는 부드러우면서 음색은 단정하고 꿀이 떨어지는 것처럼 달콤한 느낌이었다.

톡 떨어진 이슬비를 맞고 새싹이 움트듯 카리나에게도 느지막한 첫봄이 찾아왔다.

"이런 큰 저택은 처음이라 허락을 받고 이곳저곳을 구경하고 있었습니다."

"……누구신가요?"

"이번에 백작저의 주치의를 맡게 된 녹턴이라고 합니다. 잘 부탁합니다. 아가씨."

입담이 무척 좋은 사람이었다. 녹턴은 특유의 능글맞고 서글서글한 성격으로 순식간에 백작저 내의 사용인들과 친분을 쌓았을 정도였다.

그리고 그는 유독 아벨리아에게 다정했다. 녹턴은 누구에게나 다정했으나 아벨리아를 향하는 다정함만큼은 무척 특별했다. 아벨리아는 늘 밝은 얼굴로 녹턴과 대화를 나눴고 녹턴은 누구나 그렇듯 자연스럽게 아벨리아의 밝음에 빠져들었다.

녹턴이 아벨리아를 보는 눈은 끈적하고 기분 나쁜 시선이 아니었다. 그는 아벨리아를 여동생과도 같다고 표현했다.

녹턴의 시선은 언제나 아벨리아에게 닿아 있었다. 그녀의 이변을 눈치채는 것은 늘 녹턴이었다.

카리나는 언제나 녹턴의 뒤를 바라봤으나, 녹턴은 언제나 아벨리아를 보고 있었다.

"혼자 하는 짝사랑이었어요. 딱히 보답을 바라고 시작한 마음도 아니었거니와 저도 그 마음을 깨닫고 인정하기까지 시간이 꽤 걸렸고요."

깨닫고 얼마 지나지 않아 깨어진 짝사랑이었다.

그래, 그날도 별다를 것 없는 하루였다. 아벨리아의 몸 상태가 좋지 않아 카리나는 늘 그녀와 서재에서 많은 시간을 보내야 했고 그날도 서재에서 책을 찾던 때였다.

"언니, 나도 밖에 나가서 놀고 싶어……."

아벨리아는 불만스럽게 중얼거리면서도 카리나의 옆을 졸졸 따라다니며 심드렁한 눈으로 책을 한 권씩 뺐다 꽂기를 반복했다. 늘 다니는 동선이 거기서 거기니 아벨리아도 질린 모양이었다.

서재엔 책이 반도 채 채워지지 않은 책장이 하나 있었고 카리나는 그 책장 앞에서 새로 들어온 책을 한 권씩 살피고 있었다.

문제는 그것이었다. 운이 나빴다고도 할 수 있다. 책장은 어디가 뒤틀렸는지 아벨리아가 건드릴 때마다 한 번씩 끼익끼익 소리를 냈다. 기우뚱거리는 책장이 위험해 보였지만 책을 한 권씩 넣었다 빼는 것에는 그다지 문제는 없었다.

책장은 뒤가 막히지 않고 앞뒤가 뚫린 종류였다. 책을 빼면 반대편의 사람과 눈이 마주칠 수 있는, 다량의 책을 수납하기에 편리하게 제작된 책장.

예상 밖이었던 것은 아벨리아가 그녀를 놀라게 하려고 반대편에서 책을 꺼내 그 좁은 틈 사이로 얼굴을 들이밀었다는 것이었다. 불안정하던 책장이 앞으로 무너져 내리는 건 순식간의 일이었다.

"꺄아아아악!"

"아…….."

아벨리아의 비명과 함께 거대한 책장이 카리나를 덮쳤다.

책이 우수수 쏟아져 그녀의 온몸을 때렸다. 다리에 힘이 풀려 무너져 내리자 그 위로 또 무거운 책들이 쏟아졌다. 통증과 함께 덮쳐 오는 책장은 다행히 다른 책장에 걸려 카리나를 깔아뭉개기 바로 직전에 멈췄다.

"아벨리아!"

가장 먼저 들어온 것은 아벨리아의 검진을 위해 그녀를 찾고 있던 녹턴이었다.

아벨리아는 놀랐는지 울음을 터뜨렸다. 하지만 실질적으로 피해를 입은 것은 카리나였다. 모서리에 맞은 머리도 아팠고 무거운 책에 깔린 손은 경련하고 있었다.

그러나 녹턴의 신경은 온통 아벨리아에게 향해 있었다.

"세상에. 아벨리아. 괜찮습니까? 어…… 어디 다친 곳은…….."

"나. 난 괜……찮아…….."

놀란 듯 한껏 경직된 아벨리아의 목소리를 들으며 카리나는 간신히 몸을 덮고 있는 책 더미를 하나씩 치워 낼 수 있었다.

책이 떨어지는 소리에 녹턴이 카리나를 향해 몸을 돌렸다. 그의 시선이 대번에 험악해졌다.

"……도대체 무슨 짓을 하신 겁니까! 당신과 다르게 아벨리아 아가씨는
약하다고요! 언제 어떻게 죽을지 모릅니다!"

"갑자기 책장이……."

"당신 쪽으로 쏟아져서 다행이지, 이 애 쪽으로 쏟아졌으면 어쩔 뻔했습
니까! 대체 왜 이런 위험한 곳에……!"

으득, 날카로운 송곳니가 드러났다가 사라졌다. 그건 여느 때처럼
의 다정한 목소리가 아니었다. 네 쪽으로 쏟아져서 다행이라는 말을
악다구니처럼 내뱉는 그는 제가 아는 사람이 아니었다.

녹턴은 마치 제 새끼를 지키듯 잔뜩 날을 세운 사나운 기세를 뿜
어 댔다. 겁에 질린 듯 아벨리아를 품에 안은 채 털을 잔뜩 세운 짐
승이 이를 드러내고 있었다.

"이 애는 약합니다. 지켜 주지 않으면 죽을 거라고요."

"너…… 아벨리아를 좋아해?"

"이성적인 의미라면 아닙니다. 하지만 그녀에게 해가 되는 일이라면, 나
는 그게 어떤 일이라도 필사적으로 막을 겁니다. ……또 다시 잃을 순 없으
니까요."

그 말을 끝낸 그는 더 이상 미련이 없다는 듯 아벨리아를 안아 든
채 서재를 떠나갔다.

"책이란 게 떨어지니까 제법 아프더라고요."

그랬군, 그랬어. 윈스턴이 어딘가 충격받은 표정으로 중얼거렸다.

카리나는 또다시 생각이라도 하는 듯 잠시 말이 없었다.

"……혹시 그 주치의는 돌아왔나?"

적막을 가르는 목소리가 무척 낮고 서늘했다. 다정했던 목소리는 돌처럼 단단해져 있었다.

딱딱한 윈스턴의 말에도 카리나는 이상함을 느끼지 못했다. 과거를 떠올리느라 흥분한 제 감정을 추스르는 것만으로도 급급했으니까.

"아뇨."

윈스턴의 눈이 한층 더 매섭게 굳었다. 창밖으로 고개를 돌린 카리나가 쓰게 웃었다.

"놀라기도 놀라고 몸도 아프고 도대체 어떻게 해야 할지를 모르겠어서 그냥 그 자리에 주저앉아서 멍하니 기다렸어요."

그녀의 입술 사이로 자조 섞인 목소리가 새어 나왔다.

10분이 지나도, 30분이 지나도, 뒤늦게 명령을 받은 사용인들이 뒷정리를 하려고 와서 희멀건 얼굴로 앉아 있는 자신을 발견할 때까지도 녹턴은 돌아오지 않았다.

"카리나 아가씨……? 여기엔 어쩐 일로……."

"……."

"아! 아벨리아 아가씨가 걱정돼서 찾으러 오신 거라면, 지금 주치의가 방에서 상태를 보고 계시는 중이에요. 2층에 올라가 보세요."

시녀의 말에 상황을 설명할 마음도 생기지 않았다. 그저 정신이 멍했고 몸은 아팠다. 손은 여전히 떨리고 있다는 것이 간신히 눈에 들어왔다. 그나마 다리의 떨림이 멎어 걸을 수 있었다는 것이 위안이라면 위안이었다.

그렇게 간신히 힘을 준 다리로 계단을 올랐다. 2층에 오르자마자 들려오는 것은 가족들의 목소리였다.

"세상에, 도대체 왜 그런 무모한 짓을……."

"이 애에게 큰일이 났으면 나는 정말 고통스러웠을 거네. 도와줘서 고맙네, 녹턴."

"아닙니다, 제가 해야 할 일을 했을 뿐입니다. 그리고 아벨리아 아가씨께선 놀라셨던 것뿐이니, 괜찮습니다. 지금은 잠에 푹 드셨기도 하고요."

아벨리아의 방 앞에 선 채 그 이야기를 듣고 있노라니 이유를 알 수 없는 웃음이 새어 나왔다. 비식비식 터져 나오는 웃음을 참을 수가 없었다. 녹턴을 향한 마음이 꺾인 것은 그날이었다.

"카리나도 애가 위험한 짓을 하면 말리기라도 했어야지. 언니가 돼서 동생도 제대로 돌보질 못하고……."

"확실히 카리나도 아직 철이 없을 때가 있어요."

"그래도 어떻게 동생이 다쳤는데 한 번 오지를 않는지. 정말, 내 딸이지만 이기적이야."

"좀 더 자라면 괜찮을 거예요."

무슨 얘기를 어디까지 어떻게 들었는지 궁금하지도 않았다. 짐작할 수 있었던 것은 녹턴이 자신에 대한 얘기를 부모님에게 제대로 전하지 않았다는 것과 부모님 역시 그 일에 휘말린 자신을 조금도 걱정하지 않는다는 것이었다.

그저 자신의 가치가 '아벨리아의 언니'라는 사실을 깨닫게 됐을 뿐이다. 좋아했던 사람의 진심을 알게 됐을 뿐이다. 그는 아벨리아에게 해가 된다면 진실을 숨길 수 있는 사람이었다.

카리나는 조용히 복도 가장 끝에 있는 제 방까지 절뚝절뚝 걸어갔다. 방에 도착해서야 뒤늦게 발목에서 올라오는 통증에 고개를 숙였다. 떨어지는 책에 찍혔던 것이 뒤늦게 떠올랐다.

그날 카리나는 울었다. 끅끅거리며 속으로 참아 낸 서글픈 울음이었다.

깜빡, 눈꺼풀을 한 차례 감았다 뜨자 눈앞에 잔상처럼 침대 위에 무너진 열여덟의 카리나가 흐려졌다. 그녀가 느릿하게 눈을 깜빡였다. 눈앞엔 딱딱하게 굳은 표정을 한 윈스턴이 흔들리는 동공으로 입술을 깨물고 있었다.

'그 녀석이 결국……'

그렇게 주의를 줬건만. 제 여동생과 환자를 동일시해선 안 된다고, 모든 이들에게 공평해야 한다고 그토록 주의를 주고 줬음에도 불구하고 결국은 이런 식으로 굴었구나.

그의 여동생에 대한 집착을 누구보다 잘 알기에 윈스턴은 한숨을 내쉬며 이마를 짚었다.

"그냥 그때 깨달았어요. 녹…… 아니, 백작저의 주치의는 그 아이에게 해가 되는 일을 하지 않을 거라는 걸. 모든 일의 우선순위에 그 아이가 있을 거라는 걸······."

카리나가 오랜 시간 아무에게도 말하지 않은 것을 차분하게 털어놨다.

이 얘기를 살아생전 누군가에게 할 거라곤 생각하지 못했다. 이 얘기를 하면 가족들이 어떻게 반응할지 알 수가 없었다. 녹턴에게 더 이상 실망하고 싶지 않았다. 아벨리아는 분명 충격을 받을 것이다. 그러다 병세가 악화되기라도 한다면 그들은 모두 자신을 탓할 것이다.

'아니, 애초에 녹턴은 그럴 일을 만들지 않을 거야.'

생각이 가지를 뻗고 또 새로운 가지를 뻗어 갔다. 그러다 보니 두려워졌다. 그래서 그저 속으로 삭였다. 열병처럼 보이지 않는 곳에 자국을 남긴 그 일을 후벼 파인 깊숙한 구덩이 속에 묻었다.

"제가 그에게 검진을 받고 그가 제 병에 관해서 알아도 솔직하게 말해 주지 않을 것 같았어요."

"······허어."

"혹시 위독한 병에 걸린 거라면 아벨리아가 충격을 받을 거라는 이유로 숨기려고 하지 않을까······."

망상일지도 모르겠지만요. 카리나가 말을 덧붙이며 또 웃었다.

뭐가 그렇게 자꾸 좋아서 웃는 것인지. 윈스턴은 아주 잠시 웃지 말라고 혼을 내야 하는 것은 아닌가 고민했다.

그녀의 입가에 걸린 것은 누가 봐도 억지 미소였다. 누가 봐도 오랜 시간 길든 웃음이었다. 자신이 아니라 상대를 위해서 짓는 웃음은 윈스턴의 속을 한층 더 헤집었다.

"주치의를 찾아가지 않은 이유는 그거예요. ······그래서 의원님을 찾아갔어요."

카리나의 이야기를 들은 윈스턴이 고개를 떨궜다.

흠이 있음을 알고서도 살고자 하는 아이의 의지를 보아 그를 제자로 삼았다. 다른 이들을 치료하다 보면 서서히 제 여동생을 지키지 못한 죄책감도 옅어질 것이라고 생각했다.

최근에는 확실히 여동생의 얘기를 꺼내는 일도, 그녀와 비슷한 또래에게 병적으로 집착하거나 신경 쓰는 행동도 줄어들었다. 서서히 나아가고 있는 줄 알았더니 그것이 설마 여동생을 투영할 상대를 찾았기 때문이었을 줄이야.

'……녹턴!'

윈스턴이 속으로 분노했다.

늘 충고할 때마다 괜찮다고 웃으며 말하던 녹턴이 떠올랐다. 윈스턴은 녹턴을 믿었다. 그러나 녹턴은 그 신뢰를 이용하며 거짓말을 하고 있었다.

'대체 언제까지 망령에 사로잡혀 있을 건지.'

깨닫게 된 사실에 윈스턴은 타는 듯한 갈증을 느끼며 다 식은 차를 입으로 털어 넣었다. 파르르 떨리던 윈스턴의 눈이 아프게 감겼다.

"주치의를 찾아가지 않은 이유는 그거예요. ……그래서 의원님을 찾아갔어요."

"……답답한 여자."

문밖에 있는 벽에 기대어 있던 밀라이언이 낮게 중얼거렸다. 일부러 엿들으려고 한 것은 아니었다.

밀라이언이 카리나에게 준 방은 그의 방 근처였고 밀라이언은 끓어오른 속을 삭이고 제 방으로 돌아가려던 것뿐이었다.

"……가 철없다며 크게 화를 내기에 동생 따윈 없으면 좋겠다고……."

그녀의 방을 지나가려는 데 살짝 열린 문틈 사이로 들려온 말이 그녀답지 않게 자극적이어서 저도 모르게 걸음이 멈췄을 뿐이다.

엿듣는 취미는 없었다. 밀라이언은 웬만한 일은 정면으로 해결하고 싶어 하는 올곧은 성격의 사람이었다. 적어도 몬스터와의 전투나 전쟁이 아닌 사람과의 관계에서는 말이다.

"그리고 그날 난생처음 어머니께 맞았죠."

그러나 그다음 순간 들려온 말이 충격적이어서 밀라이언은 떼려던 발걸음을 다시 문 옆의 벽에 기대설 수밖에 없었다.

제겐 곧 죽어도 해 주지 않는 이야기들이 술술 새어 나왔다.

가족들과 애착을 제대로 형성한 것 같지 않다고는 생각했지만 생각보다 상황은 심각했다. 제 이야기도 아닌데, 왜 타인의 이야기를 그저 엿들으면서 심장이 지끈거리는지 알지 못할 일이었다.

서글프게 웃던 표정과 겨우 시장 구경 한 번에 눈을 떼지 못하고 어린애처럼 들떴던 모습의 이상함을 밀라이언은 조금이나마 이해하고 말았다.

그는 아주 천천히 벽에 기댔던 몸을 떼고 제 방으로 걸음을 옮겼다. 반짝반짝한 눈으로 저를 보던 것도, 아무것도 할 줄 모르는 어린아이처럼 굴던 것도, 답답하게 굴던 것도. 전부 그녀의 주변을 커다란 벽이 떡하니 막고 있기 때문이었다.

평생 저도 모르게 만들어진 사방의 벽을 부수지 못하고 있기 때문에, 그곳이 벽으로 둘러싸인 답답한 세계라는 것을 모르기 때문에 그녀는 당연하다는 듯 늘 자신을 틀에 가뒀다.

만약 지금 밀라이언의 주변에 누군가 그러한 벽을 툭툭 던져 그를 좁은 세계에 가둔다면, 그는 단번에 그 이상 기류를 감지하고 그 벽을 부술 수 있다. 그럴 자신도, 그럴 힘도 있다. 전대 페스텔리오 공작은 밀라이언에게 책임과 책무를 주었지만 동시에 자유로움을 경험할 수 있게 했다.

그러나 카리나는 아니다. 그녀는 밀라이언, 자신과는 너무도 달랐다. 그녀에겐 자유를 맛볼 기회가 없었다. 사방이 벽으로 둘러싸인 세계가 그녀의 유일한 세계였다. 이상함을 느낄 것도 없이 그 세계에 그녀는 갇혀 버렸다. 그 좁은 세계에 있는 자신을 뒤늦게 깨달았더라도 어디서부터 어떻게 이상한지 알 수 없기 때문에 벗어날 방법을 모르는 것이다. 그 벽조차 어느새 그녀의 세계가 되었으니까.

'강요로 인한 배려는 배려도 뭣도 아니지.'

그것은 그저 강압적인 폭력에 짓눌린 희생일 뿐이다. 밀라이언이 숨을 골랐다. 예상치 못하게 그녀의 과거에 대해 들어 버렸다.

"……병에 관한 건 직접 들어야겠어."

그것만큼은 이렇게 몰래 엿듣고 싶지 않다.

밀라이언이 어느새 차가워진 제 손으로 얼굴을 거칠게 문질렀다.

밀라이언은 기꺼이 그녀의 일에 개입하기로 마음먹었다. 적어도 카리나가 그 주치의라는 자식의 얼굴에 오물을 던질 때까지, 그는 기꺼이 카리나의 뒷배이자 그녀의 편이 되어 주기로 했다.

밀라이언의 입술이 비뚜름하게 비틀어졌다.

창문으로 달빛이 쏟아져 내렸다. 카리나는 짧은 한숨을 내쉬며 성마르게 얼굴을 두어 번 문질렀다. 속을 누르는 답답함에 창문 앞에 티테이블을 끌어다 놓고 앉아 버릇처럼 종이와 연필을 꺼냈다.

이야기를 들은 윈스턴은 어쩐지 복잡 미묘한 표정으로 고개를 끄덕이곤 몇 가지 질문을 하더니 뭔가를 종이에 메모하고는 내일을 기약했다.

그녀는 품에서 작은 수첩을 꺼냈다. 손바닥만 한 수첩을 휙휙 넘기자 수많은 스케치 사이에 낮에 그려 놨던 몬스터가 모습을 드러냈다.

투박하고 흐릿한 형체의 크로키를 한번 본 카리나가 천천히 새하얀 종이 위에 선을 그었다. 둥근 곡선을 종이에 가득 차도록 쭉 그었다. 얼굴을 그리고 태양빛에 반짝이던 쪽빛의 철갑을 떠올렸다.

새하얀 종이 위에는 순식간에 사람의 몸을 뚫고 튀어나올 것 같은 뿔이 돋아났다. 우둘투둘한 등껍질엔 크고 작은 산등성이들이 수십 개가 모여 있는 듯했으며 흐릿한 선으로 된 형체는 그녀의 손길이 더해지면 더해질수록 점점 더 뚜렷하고 사나워졌다.

마수, 헤르타는 마치 당장에라도 그림 안에서 뛰쳐나올 듯 사납게 보였다. 날카로운 이빨은 당장 무언가를 잘근잘근 씹어 삼킬 것처럼 위협적이었고 샛노란 눈은 번들거렸다.

가만히 그림을 바라보던 카리나가 물감을 꺼내려다 멈칫했다.

'그러고 보니 여긴 아무것도 없구나.'

짐이 될 만한 건 전부 두고 왔다. 가져온 것은 자주 쓰던 물감과 연필 정도다. 이젤과 팔레트도 없고 물감과 붓도 몇 종류 없어서 당장 색을 칠하는 건 무리가 있었다.

카리나가 아쉬운 눈으로 종이를 내려다봤다.

색을 칠하고 그것을 말리고 그림 속의 형체가 자신과 눈을 맞추며 서서히 세상 밖으로 나오는 그 순간이 좋았다. 종이 속에서 나온 것은 언제나 온전히 그녀만을 바라봐 주니까.

'……새로 태어나는 아이를 이용하는 기분이라 조금 이상하긴 하지만.'

그래도 그의 도움이 되고 싶었다. 수많은 사람이 죽고 다치는 것보단, 저도 모르게 시선이 가게 되어 버린 밀라이언이 다칠 위험에 처하는 것보단, 어차피 죽을 목숨에 추 하나를 더 얹어 조금 기우는 게 나았다.

다른 누구도 아닌 스스로가 원해서 내딛는 한 걸음이다. 처음으로 스스로가 바라서 밀라이언을 위해 움직이고 싶다고 생각했다.

그의 안전을 바란다. 불쑥 찾아온 골칫덩이를 진심으로 걱정해 준 그 사람을 위해서.

물끄러미 선을 전부 딴 그림을 내려다보다가 종이를 들고 일어나 책상 서랍에 넣었다.

'내일은 진짜 필요한 걸 사야겠네.'

돈을 그렇게 많이 가져온 것이 아니라서 남은 돈으로 해결하려면 조금 아슬아슬하긴 하다. 그렇다고 밀라이언에게 달라고 하기엔…….

'민망하잖아.'

카리나가 달빛 아래에서 얼굴을 붉힌 채 볼을 매만졌다. 아무리 그래도 백작가의 여식이 저렴한 미술 도구를 살 돈도 없어서 아쉬운 소리를 하다니.

"으음……."

자존심을 세우겠다는 건 아니다. 하라고 한다면 그림을 위한 아쉬운 소리쯤은 세상 모든 사람에게 할 수도 있지만 밀라이언에게는 하고 싶진 않다. 그에게만큼은 아쉬운 소리를 하고 싶지도 동정 어린 시선도 받고 싶지도 않았다. 그것을 괜한 자존심이라고 이름을 붙인다면 어쩔 수 없다. 마음이 이미 기울어 버린 것을 어찌하리.

"아."

카리나가 책상 서랍을 뒤적여 작은 상자를 꺼냈다. 고급스럽게 보이지는 않지만 깔끔한 나무상자였다.

달칵, 카리나가 상자의 뚜껑을 조심스럽게 열자 어둠 속에서 한층 더 반짝이는 작은 보석이 보였다. 밀라이언에게 받은 '하론'이라고 하는 기묘한 돌이 달린 투박한 목걸이였다.

"북부의 풍습이야. 몸이 약한 사람에게 주면 건강하게 된다는 미신이 있거든."

"그대가 건강해지길 바라."

화려한 미사여구가 붙은 것은 아니지만 그것은 지금껏 들어 왔던 어떤 말보다 가슴을 울리는 한마디였다.

달빛을 받아 한층 더 반짝거리는 돌을 카리나가 조심스럽게 손바닥 위에 올렸다. 착각일지는 모르겠지만, 마치 돌에서 서늘한 기운이 새 나와 몸에 스며드는 듯했다. 뜨거운 속이 조금 식는 기분이라 피곤함이 가시는 것 같다.

"마법 같네."

카리나가 돌을 잡아 달빛에 비췄다. 손으로 몇 차례 하론을 매만지던 카리나가 닳기라도 한다는 듯 조심스럽게 다시 상자에 집어넣었다. 색이 칠해지지 않은 헤르타 그림 옆에 상자를 넣은 후 조심스럽게 자리에서 일어났다.

이미 달빛과 적막이 내려앉은 새벽이었다. 그림을 완성하지 못한 아쉬움에 서랍을 내려다보던 카리나가 입맛을 다시며 이불 속에 꼬물꼬물 몸을 밀어 넣었다.

"혼자 가도 됐는데⋯⋯."

"어제는 예상치 못하게 일이 꼬여서 시찰도 못하고 그대의 겨울옷도 맞추지 못했으니까."

어깨를 으쓱인 밀라이언이 자연스럽게 카리나를 들어 마차에 올렸다. 이제는 말도 없이 훅 치고 들어오는 행동에 카리나가 뻣뻣하게 굳었다.

밀라이언이 마부에게 뭔가를 말하더니 자신도 금세 마차에 올라
탔다.

"오늘 새벽엔 일어나지 못했나 보던데."

"네?"

"오늘은 시선이 느껴지지 않았거든."

밀라이언이 낮게 웃으며 덧붙이는 말에 카리나의 얼굴이 새빨개
졌다. 그의 말에 담긴 뜻을 어렵지 않게 눈치챘기 때문이다.

일전에 자신이 그가 새벽에 운동하는 모습을 그린다고 말한 걸
이야기하는 거구나.

"……어제는 조금 늦게 잤어요."

"뭘 하다가 늦게 잤는데?"

"그림을 좀 그렸어요."

아, 낮게 탄성을 흘린 밀라이언이 고개를 끄덕였다. 반쯤 연 창가
를 검지 끝으로 톡톡 두드리던 그가 느리게 고개를 돌렸다.

"그러고 보니 그림 도구라곤 하나도 없지 않던가? 뭘로 그린
거야?"

"……연필이요?"

카리나가 눈동자를 도르르 굴리다가 고개를 기울였다. 도리어 되
묻는 듯한 그 대답에 밀라이언이 헛웃음을 삼켰다. 아무리 장인은
도구를 탓하지 않는다고는 하지만 그렇다고 연필 하나만 가진 장인
이 몇이나 될까.

"미술용품을 파는 곳이…… 있는지 모르겠군."

어디에 있었는지 생각하려던 밀라이언이 미간을 좁혔다.

밀라이언의 영지는 물론이거니와 북부의 영지에 가장 많은 것은 방어구나 무구 상점이었다. 그다음으로는 약초나 외상에 능통한 의원이 많았다. 오죽하면 내상은 수도로 가더라도 뼈나 외상이 심각한 환자는 북부로 온다는 이야기가 있을 정도다.

어쨌든 악기점이나 그림 용품을 파는 곳은 있는지 없는지 밀라이언도 모를 정도다.

"……있다고 해도 그대가 썼던 것과 같은 전문적이거나 고급스러운 용품을 구하긴 힘들 텐데, 괜찮겠나?"

"네, 상관없어요."

애초에 지금은 그럴 만한 돈도 없다. 게다가 백작저에 있을 때도 그런 전문적인 용품을 사용인에게 말해서 구한 기억이 없다. 전문적인 용품 중에서도 고급품은 가격이 비쌌고 경우에 따라 천문학적인 금액이 붙는 경우도 있었다. 특히 보석을 갈아서 만드는 물감의 경우에는 그 값이 상상을 초월했다.

아무래도 그림을 그리다 보니 카리나 역시 그런 물건에 전혀 관심이 없다고 할 순 없었지만 큰 욕심이 없는 건 사실이었다. 뭣보다 그런 걸 사서 큰돈이 나가게 되면 당연히 가족들의 귀에 들어갔을 거다.

'유일한 취미였는데.'

괜한 스트레스를 받고 싶지 않았다. 그래서 늘 혼자 필요한 물건을 사 왔다. 따로 선생이 있었던 것은 아니라 서적이나 화구상에게 물으며 알음알음 배워 간 것도 있다.

"이번에도 마찬가지지만 힘들면 반드시 말하도록 해."

"그거 말하면 어떻게 되는 거예요?"

"당연히 돌아간다."

"……음."

정말 싫은데.

하지만 오래 걷지 못하겠는 것 또한 사실이었다. 어제는 그래도 잠을 자는 동안 숨 쉬는 게 제법 편안했다. 덕분에 숙면을 취한 탓인지 몸이 무겁거나 피로한 느낌은 전혀 없었다.

최근에는 잠을 자는 도중에도 심장이 조이는 느낌이라 깊게 잠에 들지 못하고 때때로 깰 때도 많이 있었다. 일찍 잠에 들지 않는 이유에는 그것도 있었다.

"그러고 보니 그 의원에겐 방을 하나 마련해 줬어. 예술병에 관해 잘 아는 의원이라니 천운이군."

"그러게요, 여기까지 와 주실 줄은 몰랐어요."

좋은 사람이었지만 그와의 인연은 남부에서 끝난 거라고 생각했다. 정말 이 북부의 끝에서 만나게 될 줄은 예상치도 못했다.

"아마 내 친우도 오지 않을까 싶다."

"친우요?"

"칼로스 가문이라고, 예술로 유명한 가문의 가주다. 그는 인재 발굴에 특히나 관심이 많거든. 그대가 저번에 주었던 그림을 넣어서 보냈으니……."

"……네? 그걸 보냈다고요?"

세상에, 이게 무슨 하늘에서 벼락이 떨어지는 소리야?

새파랗게 질린 카리나가 평소 조곤조곤한 목소리와는 다른 목소리를 낸 덕에 밀라이언은 조금 놀란 눈으로 고개를 끄덕였다.

"……그, 칼로스 가문의 가주께요?"

카리나의 기색에 조금 밀린 밀라이언이 이번에도 대답 대신 짧게 고개를 끄덕였다. 확인까지 마친 카리나의 얼굴이 이번에는 순식간에 새하얗게 질렸다.

"……왜 그걸 멋대로!"

"아니, 설명할 것도 있었고 그대를 도와줄 사람이 필요하다고 생각했다. 알다시피 이곳에는 예술병에 관해 아는 사람들이 극히 적으니……."

카리나가 손바닥에 제 얼굴을 묻었다. 누군지도 모를, 그것도 예술 쪽에 조예가 깊은 사람에게 제 그림을 보여 줬다니…….

"미안하다. 혹시 뭔가 문제가 있는 건가?"

"……하잖아요."

"응?"

"창피하잖아요! 대체 그런 수준 낮은 그림을 그런 유명한 가문의 가주분께 보여 드릴 수가 있어요?"

쥐구멍이라도 있으면 당장 들어가고 싶었다.

칼로스 가문이 어디던가. 예술 쪽에 조금이라도 발을 디딘 이라면 누구라도 모르는 사람이 없는 가문이다. 심지어 칼로스 가문의 가주라니. 그는 한 손에 꼽히는 기적의 소유자다. 음악에 조예가 없는 그녀도 그의 음악에는 무아지경으로 빠져든 기억이 있었다.

"그대가 그린 그림의 어디가 창피하지?"

"그, 자기 비하 이런 게 아니라……! 원래 이런 건 부끄러운 거예요."

"그래?"

"네, 혼자 몰래 쓰던 일기장을 들킨 기분이란 말이에요."

그것보다 사실 더 부끄럽다. 엄청 대단한 사람이 혼신을 다한 그림도 아니고 슥슥 스케치나 해 댄 그림을 봤다는 말이 아닌가.

카리나가 마차 벽에 이마를 기대며 다시금 긴 한숨을 내뱉었다.

"미안하게 됐군. 그건 미처 생각하지 못했다."

밀라이언이 여전히 의문이 완전히 풀리지 않은 표정으로 사과를 건네 왔다.

카리나는 고개를 푹 숙였다. 밀라이언은 의외로 둔한 면이 있었다.

"그나저나 도착했는데, 내려도 되겠나?"

"네? 언제요?"

"한 10분쯤 된 듯한데."

"……아."

"겨울옷을 먼저 맞춰도 되겠나?"

"네."

카리나가 차고 온 하론 목걸이를 매만지며 고개를 끄덕였다.

"여기 주인이 발이 넓은 편이니, 화방이 있는지도 물어보지."

"있으면 좋겠네요."

"있을 거다."

……아마도.

덧붙인 목소리가 어쩐지 힘이 없었다.

카리나가 웃음을 터뜨리며, 그의 에스코트를 받아 남부의 부티크와는 제법 다른 분위기를 풍기는 가게를 향해 발을 디뎠다. 남부에 있는 부티크들은 하나같이 눈이 부실 정도로 번쩍거렸는데, 북부의 부티크는 조금 차갑고 세련된 느낌이었다.

"어서 오십시오, 페스텔리오 공작 각하. 기다리고 있었습니다."

"아, 오랜만이군. 이쪽은 카리나 레오폴드 영애다. 카리나, 이쪽은 〈쉬폰 부티크〉의 주인인 아리아."

밀라이언이 풍성하고 붉은 머리카락을 허리까지 기른 여자를 소개했다. 드레스치고는 무척이나 간결해 보이는 옷을 입은 그녀는 드레스의 양 끝을 쥐며 정중하게 고개를 숙였다.

"처음 뵙겠습니다, 레오폴드 영애. 아리아입니다. 마담이라고 불러 주시면 됩니다."

"아, 카리나 레오폴드라고 해요. 레오폴드는 익숙하지 않아서 카리나라고 불러 주세요."

"알겠습니다, 카리나 님. 저는 평민이니 말씀은 편하게 하셔도 괜찮습니다."

"아, 응."

카리나의 격식 어린 인사에 기분이 좋기라도 했던 듯 아리아의 입술이 호선을 그렸다. 힘을 준 눈 화장 때문에 무척 강하게만 보였던 그녀의 인상은 미소 하나에 순식간에 부드럽게 풀어졌다.

"겨울 동안 이곳에서 지낼 예정이야. 겨울옷이 하나도 없으니 겨울옷 몇 벌이랑 평상복이랑 편하게 입을 만한 작업복도."

"작업복은 어떤 종류를 말씀하시는 건가요?"

아리아의 풍성한 속눈썹이 길게 늘어졌다. 그녀는 느릿하게 몸을 돌려 밀라이언이 아닌 카리나를 똑바로 바라봤다.

카리나가 입은 드레스는 수도에서 자주 보는 연회용 드레스처럼 레이스가 풍성하지도 않았고 땅에 끌리는 부분도 많지 않은 데다가 무겁게 보이지도 않았다.

카리나가 눈치를 보다가 밀라이언을 향해 고개를 돌렸다.

"밀라이언, 저 작업복은 필요 없어요. 거창한 작업을 하는 것도 아닌데……."

"그림을 그리는 사람이야. 활동할 때든 오래 입고 있든 불편하지 않은 쪽이 좋겠군."

"알겠습니다."

밀라이언이 카리나의 말은 들은 체도 하지 않으며 도리어 그녀 대신 아리아와 대화를 나눴다.

"밀라이언!"

카리나가 당황한 듯 그의 옷자락을 붙잡으며 이름을 불렀지만 밀라이언은 대기용 소파에 다리를 꼬고 앉아 버렸다.

"원하는 만큼 고르도록 해."

"네……?"

뭘 또 원하는 만큼인가?

자신의 인생에 겨울은 한 번 남았다. 겨울옷이야 평상복을 포함해 두세 벌이면 충분했다.

"일단 디자인을 보시고 사이즈는 맞춤으로 제작해서 드릴까 하는데 괜찮으시겠습니까?"

"……응, 근데 정말 많이는 필요 없으니까."

"네, 그럼 먼저 사이즈부터 재겠습니다."

'네'라는 대답에 전혀 진심이 느껴지지 않는 것은 제 착각일까?

카리나가 줄자와 무언가를 준비하는 아리아를 한번 보곤 밀라이언이 있는 쪽으로 살짝 눈동자를 굴렸다.

동시에 시선이 그와 마주쳤다. 소파 팔걸이에 턱을 괸 밀라이언이 물끄러미 자신을 바라보고 있었다. 한참이나 시선을 마주한 채 두 사람은 말이 없었다.

화악―

얼굴이 뜨겁게 달아올랐다. 카리나가 황급히 반대쪽으로 고개를 돌렸다. 그녀는 숨을 크게 들이마셨다.

쿵, 쿵, 쿵.

귀를 멍하게 만들 정도로 심장 소리가 크게 들렸다. 고개를 든 카리나는 앞에 서 있던 아리아와 눈이 마주쳤다. 아리아의 눈이 살짝 커졌다.

"아……."

카리나가 낮은 탄성을 흘렸다.

아리아는 금세 얼굴에 드러난 표정을 없애곤 그녀를 안쪽 탈의실로 안내했다.

"얼음물을 내드릴까요?"

"……그냥 찬물로 부탁할게."

탈의실 안쪽에 있는 의자에 카리나를 앉힌 아리아가 고개를 끄덕이곤 탈의실 밖으로 향했다.

카리나가 고개를 돌려 탈의실 안의 거울을 가만히 바라봤다.

'……이게 뭐야?'

시뻘겋게 변한 제 목덜미와 얼굴을 본 카리나는 경악했다. 손으로 제 얼굴과 목덜미를 더듬더듬 만졌다. 그러나 힘을 줘 쓱쓱 문질러도 힘이 들어간 잠시 동안만 하얗게 변할 뿐 다시 벌겋게 물든 색으로 돌아왔다.

"여기 있습니다."

"아, 고마워."

카리나가 물 잔을 두 손으로 받아 들곤 그대로 꼴깍꼴깍 넘겼다. 속이 시원해지니 그제야 조금 살 만한 것 같은 느낌이다.

"목에 걸고 계신 건 하론인가요?"

"아…… 응."

카리나가 드레스 안쪽에 차고 온 투박한 목걸이를 손으로 매만졌다. 그녀의 입술이 절로 호선을 그렸다. 차고 올까 말까 한참을 고민하다가 결국 마지막에 차고 와 버렸다.

"영주님께서도 재밌는 선물을 하셨네요."

"재밌는 선물이라니? 그냥 상대의 건강을 기원하는 물건이라고 하던데……."

카리나의 말에 아리아가 고개를 끄덕였다. 말을 덧붙이진 않는데 입가에 떠오른 미소가 어쩐지 의미심장했다. 뭔가를 물어보려는데 그녀가 치수를 재겠다고 옷을 벗기를 종용했다.

카리나는 그날, 무표정한 얼굴의 악마가 사는 지옥에 발을 들였다.

Chapter 5

"……."

"그럼 이 중에 골라 주시면 됩니다, 카리나 님."

"……."

카리나는 멍하니 눈을 깜빡였다. 눈앞에 있는 그녀가 지금 대체 무슨 말을 하고 있는지도 귀에 들어오지 않았다. 분명히 엄청나게 지친 건 아닌데 마라톤이라도 한 것 같이 몸이 노곤하고 피로했다.

"카리나, 괜찮나?"

"아, 네. 네에……."

치수 재기부터 시작된 맞춤복을 위한 여정은 무척 길었다.

물론, 그녀도 부티크 디자이너에게 옷을 맞춘 적이 있다. 하지만 지금까지는 저택에 방문하는 디자이너에게 치수를 재고 그들이 보여 주는 원단이나 디자인 중에 괜찮은 걸 한두 개 고르는 정도였다.

그러나 오늘은 아예 달랐다. 아리아는 카리나가 원하는 디자인을 하나하나 섬세하게 물어봤다. 어떤 자세로 자주 앉는지, 어떤 일을 많이 하는지, 이 옷을 입었을 땐 어디를 외출하는 편인지 등등 끊

임없는 질문 세례에 머리가 터져 나갈 것 같았다.

그뿐이랴, 그 와중에 원단에 디자인도 봐야 했다. 그녀는 좋아하는 천의 느낌은 어떤 건지 물었다. 또 북부의 옷은 디자인 자체가 남부와 제법 달랐기 때문에 이런저런 종류에 대한 의견도 상세하게 대답해 줘야 했다.

속에 담긴 영혼을 누군가 쭉쭉 잡아 뺀 기분이다. 카리나는 소파에 앉은 채 멍하니 눈만 깜빡였다.

대답 없는 카리나를 바라보던 밀라이언이 손을 그녀의 이마에 얹었다. 거칠지만 다정한 손길은 무척 서늘했다.

'……시원해.'

속에서부터 들끓는 열에 숨조차도 뜨거웠던 카리나가 반사적으로 눈을 감고 그의 손길에 저도 모르게 이마를 비볐다. 열을 재 보려던 밀라이언이 그녀의 움직임에 그대로 굳었다.

달아오른 몸의 열기를 식히려던 카리나가 뒤늦게 손길의 주인을 깨닫고 흠칫 몸을 굳히며 후다닥 뒤로 물러났다.

"아, 그……."

카리나의 몸만 뒤로 멀찍이 물러난 터라 밀라이언의 손은 아직 허공에 굳어 있었다. 입술을 뻐끔거리던 카리나가 멍하니 고개를 젖혀 밀라이언을 바라봤다.

"몸이 좋지 않으면 돌아가도록 하지."

"아니……! 괜찮아요. 조금 지친 것뿐이라서."

"마음에 드는 건 있었고?"

"네, 다 예쁜 옷이라서……."

카리나는 아리아가 서 있는 곳으로 고개를 돌리며 옅게 웃었다. 그런 카리나의 옆얼굴을 가만히 본 밀라이언이 자리에서 일어났다.

"밀라이언?"

"그럼 전부 사도록 하지."

"알겠습니다."

응? 무슨 소리야?

카리나가 미처 상황 파악을 하지 못하다가 그의 말을 곱씹어 보더니 이윽고 입을 떡 벌리며 자리에서 일어났다.

"밀……!"

"그리고 근처에 화구를 파는 곳이 있나?"

"아뇨! 저 이렇게 필요 없어요!"

카리나가 밀라이언의 앞을 가로막으며 말했다. 밀라이언이 손을 뻗어 그녀의 허리를 감싸 제 품에 안았다.

"밀……!"

"쉿. 괜찮으니까."

내가 안 괜찮다니까, 이 사람은 대체 무슨 소리야!

그녀가 발버둥을 치려는 순간 그가 카리나를 달래듯 등을 쓸어내렸다.

밀라이언의 시선이 아리아를 향했다. 아리아가 기다렸다는 듯이 냉큼 입을 열었다.

"화방이라면 시장 끄트머리에 마지막으로 나오는 골목길에서 오른쪽으로 꺾어 들어가면 그 끝에 하나 있는 걸로 기억합니다."

"그래, 제작이 완료되는 대로 저택으로 배달하도록 해."

"알겠습니다."

"아니, 밀라이언."

카리나가 간신히 밀라이언의 가슴팍에서 벗어나 고개를 내밀었다.

"진짜로요……. 저건 너무 많아요. 제가 본 것만 해도 스무 벌이 훌쩍 넘는걸요."

"두고두고 입도록 해."

"아니 전 어차피……."

전 어차피 다 입지 못할 텐데.

반사적으로 입술을 뻐끔거리며 목소리를 내던 카리나가 흠칫 놀라 입을 닫았다.

그사이 아리아에게 넉넉하게 값을 치른 밀라이언은 이미 출입문 앞에 서 있었다.

"카리나?"

"네."

제가 내뱉으려던 말을 곱씹고 있던 카리나가 흠칫, 고개를 들었다. 의아한 눈을 한 채 자신을 기다리는 듯 놋쇠 종이 달린 문을 열고 있는 밀라이언을 본 그녀가 서둘러 그의 곁에 다가갔다.

"정말 괜찮겠나?"

밖으로 나온 밀라이언이 걱정스럽게 물었다.

"네, 안이 온도가 높았는지 조금 더운 것뿐이라서……."

"그랬나?"

"네."

"일단, 화방만 들렀다가 저택으로 돌아가도록 하지."

밀라이언과 카리나는 느리게 거리를 걸었다. 제대로 구경하지 못했던 어제와 다르게, 그녀는 천천히 주변을 볼 수 있었다.

흥에 겨운 사람들과 제법 커다란 목소리가 이리저리 오가는 시장. 길거리는 화려하거나 번쩍거리는 느낌이 전혀 없었다. 도리어 돌로 만든 듯 투박한 느낌이 강했는데, 그런 투박한 느낌에도 거리는 단정하고 깔끔했다.

깨끗한 거리를 벗어나니 주변은 점점 조용해졌다. 카리나가 눈동자를 도르르 굴렸다. 밀라이언은 언제나처럼 보폭을 맞춰 곁에서 걷고 있었다.

카리나의 세계는 언제나 조금은 회색빛이 섞여 있었다. 하늘이 아무리 푸르러도, 푸름을 손끝에서 자아내 그림을 그려 낸다고 해도, 그녀에게 있어 세상은 약간의 회색빛이 감도는 세계였다.

아름답지만 정말 모두가 행복한 것인지, 그 이면을 생각하게 되는 세계.

그랬던 세계가 최근엔 너무 반짝거려서 조금은 괴로웠다. 하늘이 저토록 푸를 리가 없을 텐데 푸르다 못해 눈이 부실 정도로 반짝이는 느낌이었다.

지금도 그녀의 손은 어제와 마찬가지로 또 꼼지락거리고 있었다.

[좋아하는 사람의 손 잡아 보기.]

두 번째 버킷 리스트.

거창할 것도 없고 거창할 필요도 없는, 밀라이언이 그냥 하고 싶은 것을 적으라고 했을 때 가장 먼저 떠올랐던 것이었다.

종종 열을 재려 이마에 닿아 오는 그 커다랗고 서늘한 손길이 좋았다. 그것이 이마가 아니라 제 손의 열기를 식혀 주면 어떤 기분일지 궁금했다.

카리나의 손이 몇 번이고 움찔거리기를 반복했다.

움찔. 카리나의 손가락 끝이 밀라이언의 손등에 살짝 닿았다가 떨어졌다. 실수였다는 듯 닿았다가 떨어뜨린 손끝을 바라보던 그녀가 눈동자를 도르르 굴려 슬쩍 밀라이언의 눈치를 살폈다. 다행히 실수라고 생각한 것인지 그에게선 별다른 반응이 없다.

'……언제 또 이런 기회가 오겠어.'

이번이 아니면 다음은 없을 수 있다. 그녀는 그런 인생을 살고 있다. 끝이 정해진.

잠을 자다가도 통증에 깨고 때때로 온몸을 뒤덮는 참기 힘든 열기에 차가운 것을 찾아 헤맨다. 자다 깨서 벽에 몸을 붙이고 있었던 것도 하루 이틀이 아니었다.

눈을 감으면 다음 날 눈을 뜰 수 있을지 없을지도 확언할 수 없는 삶. 이 이상 두려워할 게 무엇이 있을까.

'싫어하면 바로 떼는 걸로.'

그렇게 생각하니 아주 조금 용기가 생겼다.

두어 차례 심호흡을 한 카리나가 눈을 질끈 감았다가 떴다. 꼼지락꼼지락 움직이던 손끝이 조금은 대범하게 밀라이언의 손을 향해 훅 움직였다.

한참이나 망설인 끝에 밀라이언의 손가락 끝을 살짝 붙잡았다.

밀라이언이 밀어내는 기색이 없자 꼬옥, 그의 검지를 나름대로 힘껏 붙잡은 그녀는 긴 한숨을 뱉었다.

"후우……."

카리나는 밀라이언이 있는 방향과는 완전히 반대쪽으로 고개를 돌린 채 숨을 들이마셨다. 긴장감에 귓가에 이명이 울리고 빠르게 뛰는 심장에 주변 소리가 제대로 들리지도 않을 정도였다.

혹시나 밀라이언이 제 손을 내칠까 긴장하고 있던 카리나는 이윽고 제 손을 힘주어 마주 잡는 손길을 느끼며 몸을 뻣뻣하게 굳혔다.

'……밀라이언은 상냥하네.'

그는 정이 많은 사람이 분명하다. 말이나 행동은 다른 귀족들과 다르게 조금 거침이 없을지도 모르겠지만 적어도 행동만큼은 그 누구보다 다정했다. 손가락만 간신히 걸어 잡은 자신과는 다르게 그는 완전히 손을 꽉 맞잡아 주었다. 마치 불안을 덜어 주기라도 하려는 듯.

카리나는 저도 모르게 옅은 미소를 띠었다.

밀라이언은 고개를 푹 숙인 채 무슨 표정을 하고 있는지 모를 카리나를 바라보고 있었다. 그는 저도 모르게 맞잡은 그녀의 손을 물끄러미 내려 봤다.

제 손을 계속 바라보며 움찔움찔 손가락을 움직이기에 무엇을 하려나 했더니, 설마 제 손을 잡을 틈을 살피고 있을 줄이야.

한참 심호흡을 하고 눈치를 살피다가 한 행동이 고작 제 손가락을 붙잡는 행동이라니.

'귀엽군.'

밀라이언의 입가가 저도 모르게 호선을 그렸다. 그녀의 행동에 신경을 기울이고 있었더니 어느 순간 손을 맞잡아 버렸다.

'……'

솔직히 스스로도 조금 놀랐다. 하지만 밀라이언은 굳이 티 내려고 하지 않았다.

그녀의 손은 언제나 뜨겁다. 온기라기보다는 열기라고 하는 편이 조금 더 알맞다고 생각할 정도로. 아마도 몸 자체에 제법 열이 많은 듯했다. 맞잡은 손에서 쿵쿵, 뛰어 대는 그녀의 박동이 느껴졌다.

"이쪽이다."

시장의 중심으로 들어서니 사람이 북적거리기 시작했다. 밀라이언이 인파에서 그녀를 끌어당기며 말했다. 성큼성큼 걸어가는 밀라이언의 뒤를 카리나가 종종걸음으로 뒤쫓았다.

아리아가 알려 준 대로 길을 따라 들어가니 곧 무너지지 않을까 싶은 낡은 건물이 하나 보였다.

북부에서 흔한 벽돌집이었는데, 이곳저곳에 이끼가 끼어 있고 출입용으로 보이는 나무문은 살짝 비뚤어진 듯 어긋나 있었다.

위쪽에는 삐걱거리는 나무로 된 팻말이 쇠사슬에 비뚤게 걸려 있었다. 그나마도 팻말에 각인된 글자는 흐릿해져서 제대로 알아보기도 힘들었다. 이게 정말 화방이 맞는지도 의아했다.

"……여기 영업을 하는 거 맞나?"

밀라이언이 의아한 목소리를 냈다. 어깨를 으쓱이려던 카리나가 안에서부터 풍겨 오는 냄새에 저도 모르게 눈을 크게 뜨곤 고개를 끄덕였다.

"지금 영업을 하는지는 잘 모르겠지만 화방은 맞는 것 같아요."

"그래?"

"네, 안에서 물감 냄새가 나요."

물감 특유의 조금 독하고 머리를 멍하게 하는 그 기름 같은 냄새가 났다. 화방에 가면 자주 맡게 되는 냄새라 카리나도 잘 알고 있는 것이다.

"그래?"

밀라이언이 의심스러운 눈을 하면서도 순순히 화방 문고리를 붙잡았다.

끼이익-

어그러져 뻑뻑한 문을 밀라이언이 조금 더 힘을 주어 열어젖혔다. 문이 열리자 문틈으로 조금씩 새어 나오던 유화 냄새가 한층 더 짙어졌다. 머리를 멍하게 하는 독한 냄새에도 카리나의 얼굴은 도리어 밝아졌다.

"와아……."

안으로 발을 들인 카리나의 입술 사이로 탄성이 새어 나갔다.

좁은 골목, 다닥다닥 붙은 주택들 사이에 자리 잡은 화방 안은 의외로 입구의 반대쪽에서부터 햇빛이 새어 들어오고 있었다. 반짝이는 햇빛 사이로 늘어선 각종 서랍장에선 묵은 나무 냄새가 났다.

그뿐이랴, 조금은 퀴퀴한 먼지 냄새와 종이 특유의 냄새 그리고 가장 제 존재를 뽐내는 독한 유화 냄새가 코끝을 자극했다. 누군가는 역하다고 얼굴을 찌푸리는 냄새지만 카리나에게는 이것만큼 심적으로 안정이 되는 냄새도 없었다.

그녀가 자연스럽게 밀라이언의 손을 놓고 화방 안으로 들어갔다.

밀라이언은 저는 안중에도 없다는 듯 쓱 손을 놓고 멀어지는 카리나를 따라 시선을 옮겼다. 화끈거릴 정도로 따뜻했던 손바닥이 순식간에 온기를 잃고 차게 식어 갔다.

'……조금 더 잡고 있어도 좋았을 텐데.'

아쉽다.

순간 머릿속에 든 생각에 밀라이언의 눈이 한층 크게 뜨였다.

'아쉽다고?'

뭐가? 그녀가 손을 놓은 것이? 대체 왜? 새하얘지는 머릿속에 그가 거칠게 얼굴을 문질렀다.

그러거나 말거나 카리나는 허리를 살짝 굽히곤 가구 사이사이로 고개를 빼꼼 내밀고 있었다.

"아무도 안 계세요?"

가게 안을 슥 살펴보던 카리나가 누군가를 불렀다. 그녀의 부름에 안쪽에서부터 부스럭거리는 소리가 들리더니 이윽고 닫혀 있던 칸막이가 홀쩍 열렸다.

"누구요?"

제법 걸걸하고 거친 남자의 목소리였다.

화방에는 반대쪽으로 또 다른 문이 있었는데, 그 안쪽에서 허름한 튜닉을 입은 남자가 더벅머리를 한쪽 손으로 벅벅 문지르며 설렁설렁 모습을 드러냈다.

카리나의 눈이 크게 뜨였다.

남자가 입고 있는 허름한 튜닉의 한쪽 팔이 깃발처럼 펄럭거리고 있었다. 당연히 있어야 할 곳에 팔이 없었다. 텅 빈 왼쪽 팔의 자리를 대신하는 것은 펄럭이는 천 자락뿐이었다.

밀라이언은 별다른 표정을 하지 않았지만 카리나는 조금 놀라고 말았다.

"여긴 술집이 아니고, 길 안내도 안 해 줄 거고, 기름 파는 곳도 아니니 잘못 온 거라면 돌아 나가슈."

남자가 하품을 하며 안쪽 문에 기댄 채 성의 없이 대답했다. 다크서클이 짙게 내려온 얼굴은 남자를 무척 피로한 듯 보이게 만들었다.

카리나가 서툴게 미소 지었다.

"화구를 사고 싶은데 제대로 찾아온 게 맞나요?"

"······화구? 여기 북부에서 말인가?"

"네."

"무슨 도구가 필요한데, 꼬마 아가씨?"

카리나가 조금 고민스러운 표정으로 제 지갑 사정을 떠올렸다. 당장 필요하면서 그리 비싸지 않은 종류의 재료밖에 살 수 없었다. 카리나가 뒤쪽에 서 있는 밀라이언의 눈치를 살폈다.

'······나가 달라고 하면 상처받으려나?'

카리나가 난감한 표정으로 입을 꾹 다물었다.

"처음 화방을 꾸밀 때 필요한 물건 전부 내놓도록."

그녀의 눈빛을 무슨 의미로 해석한 것인지, 그녀 대신 입을 연 것은 뒤쪽에 서 있던 밀라이언이었다.

"······전부 말이오?"

"그래. 싹싹 긁어모아서라도 전부. 화실 하나를 꾸며 준다고 생각하도록 해."

"아아······."

밀라이언의 말을 들은 남자의 얼굴이 퍽 비뚜름해졌다. 한쪽 얼굴이 기묘하게 일그러진 모습이다. 비어 버려 축 처져 있는, 원래라면 한쪽 팔이 있어야 했을 소매는 남자가 몸을 움직일 때마다 한없이 가볍게 깃발처럼 흔들렸다.

"어디 돈 많은 부잣집 나리라도 되시는 모양인데, 우리 가게엔 보다시피 부잣집 나리께서 쓸 만한 고급스러운 물건은 없으니 다른 데 알아 보슈."

남자가 한쪽 손을 휘휘 내저으며 말했다.

당장에라도 사람을 쫓아낼 생각만 가득한 무성의한 태도에 밀라이언의 얼굴이 구겨졌다. 저건 사람이 아니라 벌레를 쫓아내는 행동이라고 해도 과언이 아니지 않은가. 귀족 모독죄를 씌워도 이상하지 않을 일이었다.

"태도가 왜 그렇지?"

"무슨 태도 말입니까?"

"물건을 팔 의지가 전혀 없어 보이는군."

"아, 없는 걸 없다고 하지 그럼 뭐라고 하겠습니까?"

밀라이언의 날 선 비꼼에 남자도 지지 않고 맞받아쳤다.

두 사람을 가만히 지켜보던 카리나가 고개를 저었다. 밀라이언이 그녀의 행동을 발견한 듯 남자의 말을 맞받아치려다 말고 입을 꾹 다물었다.

"고급품이 필요한 건 아니에요. 종류는 상관없어요."

"종류는 상관없다고?"

"네, 그림만 그릴 수 있으면 되거든요. 지금 당장 필요한 건 물감이랑 납작한 붓 종류인데 혹시 있을까요?"

카리나의 나직한 설명에 남자가 눈을 가늘게 떴다. 한참이나 말 없이 문에 기대어 있던 그가 문득 몸을 바로 세웠다.

"실례."

성큼성큼 카리나에게 다가온 남자가 팔을 뻗어 카리나의 손을 붙잡곤 손바닥이 위로 가도록 휙 뒤집었다.

"지금 뭘……!"

밀라이언이 언성을 높이며 앞으로 한 걸음 내딛자 카리나가 손을 뻗어 그의 행동을 제지했다.

그녀는 그가 뭘 하고 있는지 예상이라도 했다는 듯 물끄러미 손바닥 위를 바라보고 있는 남자의 행위를 방관했다.

밀라이언이 미간을 좁혔다. 제 손은 그렇게 간신히 손가락 끝만 잡아 놓고 고개를 돌리더니, 저 옅게 띤 미소는 또 무엇인지. 깊게 골이 패인 제 미간을 아는지 모르는지 밀라이언의 눈은 남자가 붙잡은 카리나의 손에 고정되어 있었다.

남자가 이윽고 카리나의 손에서 조심스럽게 손을 떼며 고개를 들었다.

"정말 그림을 그리는 손이군."

"네, 정말로 그려요."

남자가 슬쩍 밀라이언을 한번 바라보곤 카리나에게 고개를 숙인다.

"미안했습니다. 부잣집 나리들의 취미라고 생각해서 조금 날이 서게 반응했습니다. 화방 안에 있는 건 뭐든 파니 천천히 둘러보시죠."

"고마워요."

카리나가 부드럽게 웃으며 냉큼 화방 안쪽으로 쓱 사라졌다.

한층 신나 보이는 그녀의 얼굴을 보며 밀라이언의 입가가 저도 모르게 호선을 그렸다.

"연인이십니까?"

"뭐?"

"하도 애틋한 눈으로 쳐다보시기에. 손을 붙잡은 건 죄송하게 됐습니다. 그림을 그리는 사람인지 아닌지는 손을 보면 알 수 있으니까요."

"……그런 거 아니다."

밀라이언이 제 미간을 꾹꾹 누르며 대답했다.

연인이라니. 파혼 서류를 나눠 가진 사이가 받을 만한 평가는 전혀 아니었다.

팔짱을 낀 밀라이언이 입을 꾹 다물었다.

"아니라고요? 그럼 무슨 관계이신지……."

"그걸 내가 자네에게 말해야 할 필요가 있나?"

"그런 건 아니죠."

까칠한 밀라이언의 대답에 남자가 어깨를 으쓱였다. 그녀의 이야기를 꺼낼 때마다 날카롭게 날을 세우는 그의 대답은 신빙성이 그다지 없었지만.

"저 손은 꽤 오랜 시간 그림을 그린 손인데, 전용 화실이 없다는 건 최근 이곳으로 이사 오신 건가요?"

"비슷하다. 화실을 만들려는 건 진심이다. 그녀가 가지고 있는 거라곤 종이와 연필, 붓 몇 가지 정도인 모양이니까."

밀라이언이 그녀가 양손에 힘겹게 들고 왔던, 짐 가방이라곤 상상도 할 수 없을 정도로 낡고 아무것도 안 들은 것처럼 가벼웠던 가방을 떠올리며 말했다.

"돈은 얼마든지 줄 테니 화실에 필요한 물건을 가져와."

"……알겠습니다. 지금 가지고 있는 것만으로 될지는 잘 모르겠지만 기본적인 용품이라면 문제없을 겁니다."

"조만간 사람을 보내도록 하지."

밀라이언이 여전히 화방을 이곳저곳 누비고 다니는 카리나의 뒷모습에서 시선을 떼지 않은 채 말했다.

'눈 오는 날의 강아지 같군.'

조금만 더 있으면 붕붕 뛰어다닐 것 같다. 무엇을 그렇게 고민하는지 붓을 꺼냈다가 집어넣기를 반복하고 물감의 색을 심도 깊게 살피다가도 한숨을 쉬며 다시 올려놓기를 반복했다.

처음 그녀를 만났을 때와는 완전히 다른 모습이었다. 스스로 무언가를 할 수 없는 사람이라고 생각했는데, 자세히 알고 보니 스스로 무언가를 하고 싶어 안달이 난 사람이었다.

"자네도 그림을 그리는 사람이었나?"

옷을 쇼핑할 때보다도, 식사를 할 때보다도 훨씬 더 생기가 넘치는 그녀를 보며 문득 밀라이언이 물었다.

"……예, 뭐. 하지만 보시다시피 이렇게 돼서 접었습니다."

밀라이언의 물음에 남자가 떨떠름한 기색을 내비쳤다가 이내 카리나를 한 번 보더니 바람 빠진 웃음을 흘리며 대답했다.

"어쩌다 잘렸지?"

"움직이지 않게 돼서요."

"움직이지 않아?"

"북부에는 아는 사람이 별로 없긴 하지만 예술병이라는 조금 특수한 병이 있습니다."

남자의 말에 밀라이언의 눈이 크게 뜨였다. 그의 시선이 카리나를 떠나서 남자에게 닿았다.

"······예술병?"

"네, 혹시 아십니까?"

"조금은."

"흔히 말하는 불치병입니다."

남자가 오른팔을 움직여 없어진 왼팔의 끝을 꾹꾹 눌렀다. 왼쪽 어깨 밑으로는 완전히 잘려 나가 단면이 매끄러웠다.

"어느 날부터 손끝에 감각이 점점 없어지기 시작했고 정신 차리고 보니 아예 굳은 것처럼 움직이지 않더군요."

"이런 북부에서 화방을 할 정도로 미련이 있었다면 왜 수도에 가지 않았지? 오른팔로 그려 보지 그랬나."

팔짱을 낀 밀라이언이 담담히 말했다.

북부에서 화방 따위가 잘될 리가 없다. 여기서 이런 일을 한다는 것은 그림을 그리는 일에 미련을 버리지 못한 거다. 그런 거라면 대체 왜 북부에 있는 것인지.

밀라이언의 의문을 해소해 주기라도 하려는 듯 바람 빠진 웃음을 흘린 중년의 남자가 제 오른쪽 팔을 흔들어 보였다.

"이쪽도 감각이 거의 없습니다. 그림이라는 녀석은 무척 섬세한 놈이지요. 특히, 나는 그림을 붓이 아니라 다양한 도구로 그렸습니다. 손끝에서 느껴지는 미세한 감각이 무엇보다 중요했고요."

남자의 눈꺼풀이 느릿하게 닫혔다가 다시 열렸다. 아무것도 느낄 수 없게 된 그때를 아직도 생생하게 기억한다. 남자에게 그것은 지옥의 시작이었다.

"난 애초에 왼손잡이였는데 그 손을 잃은 것도 모자라 오른손도 이 지경이 되었으니……."

남자가 말끝을 흐렸다.

"화방이라면 수도에서 열면 되지 않나?"

"속이 좁아서 남 잘되는 꼴을 볼 수가 없더이다. 그들을 보고 있으면 왜 나는, 왜 나만 이런 꼴이 된 건지 고민할 게 아닙니까."

남자의 말을 들으며 밀라이언이 입을 다물었다.

"쉽게 말해 도망을 온 겁니다. 그래도 북부에 온 뒤론 지독하게 느껴졌던 팔의 통증이나 팔에 들끓던 열기도 많이 가셨습니다."

"통증이나 열기?"

"예, 예술병에 걸리면 시도 때도 없이 통증이 찾아와서 미칠 것 같거든요. 그래서 북부에 온 것도 있습니다."

밀라이언의 눈이 가늘어졌다.

'……카리나도 예술병이라고 했지.'

그녀에게도 통증과 열기는 분명히 있을 것이다.

'……그럼, 그녀는 뭘 잃게 되는 거지?'

"다 골랐어요."

들려오는 목소리에 밀라이언이 조금 멍한 정신으로 고개를 돌렸다. 그녀의 웃는 표정을 보며 밀라이언의 입술이 부드럽게 호선을 그렸다.

화방의 끝에서 끝까지 전부 구경을 마친 카리나가 유화 물감 세 개와 붓 한 개를 들고 카운터로 다가왔다. 오랜 시간 쇼핑한 것치고는 무척이나 단출한 목록이었다.

"그것만 사는 건가?"

"아, 음……. 네."

카리나가 밀라이언의 눈치를 슥 보고는 낡은 카운터 위에 물감과 붓을 내려 뒀다. 가격을 생각하면 이것도 아슬아슬할 확률이 높다.

"얼마……."

툭, 소맷자락에서 지갑을 꺼내려던 그녀가 카운터 위에 놓인 묵직한 천 주머니에 절로 눈이 돌아갔다.

"그것 값을 포함해서 아까 말했던 대로 준비해 놓도록 해. 이건 선금이고 부족하면 더 주도록 하지."

"뭘 준비해요?"

"그대의 화실. 공작저엔 그대가 그림을 그릴 만한 곳이 없으니까."

"아니, 그냥 책상만 있으면 돼요!"

애초에 남들이 다 가지고 있다는 미술 도구를 가져 본 적이 없다. 그저 조용히, 누군가에게 들키지 않고 취미를 영위할 수 있다면 더 바랄 것이 없었다.

"그래도 불편할 거야."

"어차피 여기에 오래 있지도 않을 건데 아깝잖아요."

"……."

밀라이언의 손끝이 멈칫했다. 그가 답답하다는 표정을 한 채 자신을 보는 카리나를 마주 보다가 말없이 어깨를 으쓱였다. 그녀는 당연한 사실을 말한 것뿐인데 왜 기묘한 느낌이 드는 건지. 울컥하는 이유 모를 감정을 억누른 밀라이언이 입을 열었다.

"그대는 도대체 나를 뭘로 보는 건가? 이래 봬도 돈은 썩어 날 정도로 많으니 걱정하지 마."

"아니, 그걸 걱정하는 게 아니라……."

그냥 돈이 아깝다는 거지. 미술 관련 용품은 아무리 저렴한 것이라고 해도 평민은 손을 대기 힘들 정도로 값이 비쌌다. 그걸 1년도 쓰지 못할 시간을 위해 모아 두고 싶진 않았다.

"괜……."

순간, 숨이 턱 막히는 느낌에 카리나가 움직임을 멈췄다. 심장이 터져 나갈 것처럼 뜨겁게 달아올랐다. 박동이 빨라지고 심장이 조여 오며 숨쉬기가 버겁게 느껴졌다. 카리나가 반사적으로 심장을 부여잡았다.

"아……?"

"……영애?"

"흡……."

"카리나!"

시야가 좁아졌다가 흐릿해진다. 호흡이 가빠지는 것과 동시에 다리에 힘이 풀린 듯 몸이 앞으로 기울었다. 카리나가 다리에 힘을 주려다 삐끗했다.

밀라이언이 무너지는 카리나의 몸을 재빠르게 품으로 끌어당겼다.

"어어? 이 아가씨는 왜 이럽니까?"

남자가 당황한 듯 밀라이언의 품에 안긴 카리나를 바라봤다. 밀라이언이 사나운 시선으로 고개를 들어 남자를 향했다.

"……말은 있나?"

"예, 한 마리 있습니다."

"가져와."

밀라이언이 그녀를 품에 끌어안으며 말했다.

남자가 눈치를 살피다가 재빠르게 일어나 뒤쪽으로 달려갔다.

밀라이언이 그녀를 양손으로 품에 안은 채 고개를 숙여 카리나의 이마에 제 이마를 가져다 댔다.

"뜨겁군."

평소의 체온도 제법 높은 편이라고 생각했는데, 지금은 꽝꽝 언 얼음도 순식간에 녹여 버릴 수 있을 정도로 뜨거웠다.

댔던 이마를 떼어 내려는 순간 카리나가 이마를 비볐다.

"시원해……."

카리나가 작게 중얼거렸다. 그녀는 꿈과 현실 그 사이 어딘가에 있는 듯했다. 얕은 잠에 든 듯 그녀는 비교적 차가운 밀라이언의 체온을 찾아 손가락을 꼼지락거렸다.

꼬물거리는 그녀의 손가락을 본 그의 입가가 슬쩍 풀어졌다.

"그런 거였나."

오늘 왜 갑작스럽게 제 손을 잡았는지, 조금 의아했는데……. 아마도 그녀는 반사적으로 제 체온보다 시원한 쪽을 찾으러 다닌 듯했다.

'……왜 기분이 나쁜 거지?'

그녀에게 별다른 감정이 있을 거라고 생각했기 때문인가? 그게 아니라는 걸 깨달아서?

생각하는 밀라이언의 표정이 살짝 굳었다.

"여기 있습니다."

"그래. 말은 사람을 시켜서 다시 가져다주지."

"⋯⋯혹시 이 아가씨, 위험한 겁니까?"

"그녀도 너와 같은 병을 앓고 있다."

그가 자연스럽게 말 위에 올라타며 말했다.

빠르게 올라탄 밀라이언이 그대로 카리나를 품에 안은 채 고삐를 붙잡았다. 말의 배를 살짝 차며 밀라이언이 고개를 돌렸다.

"같은 병이라니⋯⋯."

"내일 중에 사람을 보낼 테니 말한 것들 준비해 놓도록 해."

제 할 말을 끝낸 밀라이언이 땅을 박차는 말과 함께 순식간에 멀어져 갔다.

화방 주인이 멍청하게 그 자리에 서 있었다.

"⋯⋯예술병을 앓고 있다고?"

남자의 얼굴이 완전히 일그러졌다. 그는 하나 남은 손을 꽉 쥐었다.

'더워⋯⋯.'

뜨겁다. 누군가 심장에 불을 붙인 것만 같았다. 화르르 타오르는 거센 열화에 속이 타는 것처럼 느껴진다. 펄펄 끓는 용암에 던져져 내장부터 서서히 녹아 내려가는 듯했다.

'답답해⋯⋯.'

답답해, 답답하다고!

심장이 아프고 숨이 막혔다. 괴로움에 깊이 잠들 수도 없다. 뜨거운 바늘로 온몸을 쿡쿡 찔러 대는 느낌에 카리나는 머릿속으로 쉼 없이 발버둥 쳤다.

툭, 무언가가 머리에 얹어졌다. 묵직하고 거칠지만 시원하다. 답답함과 시원함 사이에서 결국 무거운 눈꺼풀을 들어 올렸다. 시야가 흐릿했다. 카리나가 두어 번 눈을 더 깜빡였다.

"……카리나?"

"……밀라이언."

흐릿한 시야 사이로 이마에 손을 얹고 있는 밀라이언이 들어왔다. 카리나가 물먹은 솜처럼 무거운 몸에 한숨을 푹 내쉬었다. 요즘은 먹는 음식을 게워 내지 않는다고 좋아했더니 이렇게 풀썩 쓰러질 줄이야.

'……제발 한 가지만 했으면 좋겠네.'

예술병이라고 해도, 불치병이어서 알려진 게 없다고 해도 증상까지 이렇게 돌발적일 필요는 없지 않은가.

"갑자기 왜 쓰러진 거지?"

"모르겠어요. 그냥 숨이 잘 안 쉬어졌어요."

"윈스턴이라는 그 의원이 약을 만들러 갔다. 그의 말로는 단순히 피로가 쌓여서 그렇다고 하는데……."

밀라이언이 미간을 좁혔다. 아무리 그래도 석연치 않은 것들이 많이 있다. 아무리 피로 누적이라고 할지라도 그렇게 갑작스럽게 심장을 부여잡으며 쓰러졌다는 것이 찝찝했다.

"혹시 저택에 불편한 것이라도 있나?"

"아뇨, 전혀 없어요. 솔직히 이렇게까지 잘해 주실 줄도 몰라서…… 예상 밖이기도 하고요."

카리나가 꼼지락꼼지락 손을 올려 이마에 얹어진 밀라이언의 손등 위에 제 손을 겹쳐 올렸다. 시원하기도 하지만 안심도 된다. 그의 곁에 있으면 뭐든지 할 수 있는 용기가 생기는 듯했다.

"살면서 이렇게 마음 편하게 지낸 적도 없는걸요. 피로가 쌓였다면, 단순히 밤에 잠을 못 잤기 때문일 거예요."

"밤에 잠을 못 자다니? 설마 그림을 그리는 건가?"

"……으음."

카리나가 부스스 웃음을 흘렸다.

그렇다고 말하자니 거짓말을 하는 기분이라 조금 찔리고, 그렇다고 사실대로 통증 때문에 깊은 잠을 못 잔다고 말을 하자니 그건 또 그거대로 내키지 않았다.

"그대…… 정말, 이렇게 굴 건가?"

"일찍 잘게요."

"거짓말을 하는군."

눈을 가늘게 뜬 밀라이언이 새하얀 낯에 핏기 없는 입술을 한 카리나를 바라보며 말했다. 제 손등 위에 올라와 있는 그녀의 가느다란 손에서 느껴지는 열기가 여전히 신경 쓰였다.

"거짓말이라뇨?"

"그대는 거짓말을 할 때면 꼭 눈을 피하면서 웃잖아."

"……."

가느다랗게 뜬 눈으로 밀라이언을 흘겨본 카리나는 이윽고 도르르 눈동자를 굴렸다.

카리나가 밀라이언의 손등에 올린 손을 스르륵 내리더니 꼼지락 꼼지락 이불 속에 몸을 욱여넣었다.

"졸리네요."

"아예 얼굴을 안 보여 주겠다는 건가?"

"……그냥 좀 넘어가 주면 안 돼요?"

"안 돼."

밀라이언이 단호하게 말했다. 카리나가 뚱한 얼굴로 눈만 살짝 내밀었다. 정말, 뭐 하나 융통성 있게 넘어가 주는 법이 없는 남자다.

"그대에 한해서는 안 된다."

"……."

"잠깐만 한눈을 팔면 이렇게 쓰러지지 않나."

"이건 조금 특수한 경우로……."

웅얼웅얼 변명을 내뱉던 카리나가 밀라이언의 표정을 보더니 조용히 입을 닫았다. 진심으로 걱정해 주는 사람에게 거짓말을 하고 싶진 않았다.

"……내게 조금만 잘해 줘요."

"무슨 소리지?"

"너무 많이 잘해 주면 서로 헤어질 때 힘들잖아요. 그러니까 서로에게 조금만 잘해 주자고요."

언젠가 헤어지더라도 서로가 아프지 않을 수 있게. 아프더라도 아주 짧은 순간의 통증으로 잊을 수 있도록. 좋은 추억이 되었으면 했다, 서로에게 서로가.

"조금 솔직하게 말하자면……."

들려온 작은 목소리에 팔짱을 끼고 있던 밀라이언이 시선을 내려 카리나를 바라봤다.

"밤이 조금 괴로워서요. 잠을 자도 깰 때가 많아요. 통증 주기가 조금 짧아졌는지."

"그 병 때문인가?"

"아마도요."

카리나가 고개를 끄덕였다.

"그래도 어제는 밀라이언이 준 그 돌 때문인지 한 번도 깨지 않고 잠을 잘 잤다고 생각했는데⋯⋯. 아니었던 모양이에요."

덧붙이며 어쩔 수 없다는 듯 웃어 버리는 카리나를 보며 밀라이언이 입을 닫았다. 제 아픈 몸을 이야기하면서 도대체 뭐가 좋다고 저렇게 실실 웃어 대는지.

"뭐가 그렇게 좋아서 웃어?"

"밀라이언이 걱정해 주는 게 좋아서요."

타박하듯 던진 말에 실없는 대답이 돌아왔다. 밀라이언이 황당한 낯으로 그녀를 바라봤다.

"⋯⋯뭐?"

"누군가한테 걱정받는다는 게 이런 기분이구나 싶어요. 맨날 침대 옆에 앉아 있던 입장에서 이렇게 올려다보는 입장이 되니까 좋아요."

"아픈 주제에 좋긴 대체 뭐가 좋아?"

밀라이언이 헛웃음을 삼키자 카리나가 다시 웃음을 흘렸다. 그녀가 이런 평범한 일상들을 긴 시간 바랐다는 것을, 아마도 그는 평생 이해하지 못하겠지만 그래도 좋았다.

"밀라이언."

"그래."

"겨울이 지나고 여름이 찾아올 때까지⋯⋯ 이대로 여기에 있어도 될까요?"

카리나가 나직하게 물었다. 밀라이언은 조용히 카리나를 바라봤다. 그녀가 느릿하게 시선을 창문 쪽으로 돌리며 조심스럽게 입을 열었다.

"여기서 끝까지 있을 수 있다면 죽어도 여한이 없을 것 같아요."

"있어도 돼. 그러니 괜히 그런 소리는 하지 말도록 해라."

밀라이언의 한마디에 카리나의 눈이 크게 뜨였다. 놀란 듯 그녀의 눈동자가 잘게 떨리더니 이윽고 천천히 감겼다가 뜨였다.

카리나의 입가에 쓴웃음이 맺혔다.

"……있어도 돼요?"

"그래."

그녀가 그의 말을 앵무새처럼 따라 했다. 곧바로 들려온 밀라이언의 확답에 그녀의 입가에 옅은 미소가 떠올랐다. 단 한 번도, 누군가에게도 들은 적 없는 말이 귓가를 울렸다. 귀로 들어온 말이 장기를 타고 내려와 심장에 살포시 내려앉는다.

"그렇구나, 여기에는 있어도 되는군요."

카리나가 낮은 목소리로 중얼거렸다.

이곳에는 있어도 된다.

20년 동안 단 한 번도 들어 본 적 없는 말을 생판 와 본 적 없는 타지에서 몇 년 전 딱 한 번 봤던 사람에게 듣게 될 줄은 몰랐다.

"다행이다."

그녀가 웃으며 말했다.

"쓸데없는 소리. 윈스턴이 약을 가져오면 얼른 먹고 잠이나 자."

"네."

"그리고 친우가 오면 뭔가 답이 나올 거다. 며칠 전에 검문소를 통과했다고 들었으니 곧 만날 수 있을 거다."

"이 시기에요?"

"그래, 보통은 안 되지만 녀석은 예외다. 놈은 평생 이런 종류의 병만 연구해 온 녀석이니 뭐라도 답을 주겠지."

밀라이언이 손을 뻗어 카리나의 머리카락을 슥슥 쓰다듬었다.

카리나가 포르르 웃으며 그를 힐끗 본 뒤 천천히 눈을 감았다. 잠에 들려면 오랜 시간 뒤척이던 평소와는 다르게 천천히 수마의 늪으로 빠져들었다.

"으, 정말 지루하네요."

"제대로 일해."

"하고 있어요, 개미 한 마리도 보이지 않는 걸 어쩝니까. 아아, 올해는 저도 마수 토벌에 나가고 싶었는데!"

기지개를 쭉 켜며 검문소 위에 앉아 있던 병사가 불만스럽게 말했다. 그 옆에 한 치의 흐트러짐도 없는 자세로 정면을 바라보고 있던 기사가 그런 병사를 슬쩍 흘겨봤다.

병사는 진심으로 마수 토벌에 나가고 싶었다. 내기에서 지지만 않았더라면 그랬을 터였다. 심지어 무려 3년 연속으로 내기에 졌다. 끔찍할 정도의 악운이라면 악운이다.

북부의 병사들이라면 대부분 호전적인 성격이어서 마수 토벌을 즐기는 편이었다. 물론 그건 이 병사도 다르지 않았다. 문제는 그중에서도 검문소를 지켜야 하는 사람은 필요해서 매번 공평하게 다양한 내기로 선발을 하는데, 3년 전부터는 어쩐 일인지 영 운이 따라 주지 않아서 계속 검문소행이었다.

"매번 내기에서 지는 네 악운을 탓해."

"알지만……."

병사의 입이 툭 튀어나왔다.

"제발 누군가 마수를 놓쳐서 여기까지 도망 왔으면 좋겠네요."

문을 닫는 3개월간, 검문소를 맡은 이들은 문이 다시 열릴 때까지 이곳에서 숙식을 해야 했다. 즉, 오락 거리도, 술도, 심지어 재밌는 일도 전혀 없는, 말 그대로 감옥과 다름이 없었다.

"이게 유배랑 뭐가 다른지……."

병사는 검문소 위의 성벽에 턱을 괸 채 하품을 하며 중얼거렸다. 그럼에도 이미 결정 난 일이라 어떻게 뒤집을 수도 없다는 것이 가장 답답했다.

언제나처럼 먼 곳을 바라보던 병사의 눈이 크게 뜨였다. 병사가 옆에 두었던 외알 망원경을 눈에 댔다. 망원경의 렌즈를 이리저리 돌려 가며 초점을 맞추던 병사가 가늘게 떴던 눈을 비비곤 입술을 열었다.

"대장님?"

"실없는 소리는 그만하도록 해."

기사의 목소리에 짜증이 묻어났다. 그 역시도 기사들 사이에서 한 내기에서 패배해 차출된 사람이었다. 계속된 불평불만이 달갑게 느껴질 리가 없었다.

"아니, 그게 아니라 검문소에 접근하는 사람이 있습니다."

"지금 이 시기에?"

"네! 뭔가 깃발이 있는데…….."

상체를 쭉 내밀어 눈을 한껏 가늘게 뜬 병사가 입술을 우물거렸다.

"근데 저건 어느 귀족의 문양일까요……?"

병사가 의문스럽게 말하자 곁에 서 있던 기사가 한숨을 내쉬며 망원경을 홱 뺏어 왔다.

기사가 긴 망원경을 눈에 가져다 대고 렌즈를 돌려 초점을 맞췄다. 그의 말대로 확실히 멀리서 흙먼지를 뿌리며 달려오는 무리가 있었다. 그가 조금 더 위쪽에 초점을 맞췄다. 확실히 병사의 말대로 문양이 그려진 깃발이 있었다.

기사는 망원경을 내리고 병사를 돌아봤다.

"성문을 열어라."

"네?"

"저분께서 바로 통과할 수 있게 성문을 열어."

기사의 싸늘한 말에 누구냐고 물어보려고 했던 병사가 황급히 경례를 했다. 종종걸음으로 후다닥 달려 나가는 뒷모습을 본 기사가 다시 흙먼지를 휘날리는 무리를 향해 고개를 돌렸다.

"빠르게 도착하셨군."

기사가 열리는 문을 가만히 내려다보며 말했다. 오색 빛깔의 하프를 뱀이 온몸으로 둘러싸고 있는 문양. 저 독특한 도료를 사용하는 가문은 제국에 오로지 단 한 가문밖에 없었다.

"열었습니다!"

"지나가시면 바로 닫도록 해."

"알겠습니다!"

검문소의 문이 열리는 것을 보았는지 말을 탄 무리가 속도를 높였다. 기사의 명령으로 적절한 때에 열린 검문소의 문 덕분에 달려오던 무리는 지체 없이 검문소를 통과했다. 동시에 상황을 지켜보던 병사가 빠르게 검문소의 문을 다시 걸어 잠갔다.

멀어지는 이들을 보던 병사가 다시 계단을 뛰어올랐다.

"대장님, 신분증도 확인하지 않고 보내도 되는 겁니까?"

아무리 귀족의 깃발을 들고 있었다고 해도 보통은 확인하고 보내는 것이 규칙이다. 만에 하나의 경우이지만 귀족이 습격을 당해 깃발을 빼앗겼을 수도 있지 않은가.

"물론, 북부에 뭐 훔쳐 갈 게 있는 건 아니지만요."

웬만한 사람들이 검을 다룰 줄 알아서, 어중이떠중이 따위는 근처 농사꾼도 이기기 힘들 것이다.

"저 깃발 제대로 봤나?"

"네, 반짝거리는 문양이 독특하더라고요."

"햇빛을 받으면 은빛으로 찬란하게 빛나는 독특한 물감을 사용했더군. 멀리서도 보일 정도로."

"허어……."

"그리고 그걸 쓰는 가문은 제국에도 단 한 가문밖에 없다."

기사가 병사에게 조용히 설명했다.

저 물감은 그 가문에서 직접 개발한 물감이다. 특허권도 가져가 버려서 어디서 감히 유통할 수도 없고 제조법도 오로지 그 가문에서만 알고 있다고 들었다. 즉, 그 가문의 신분 증명용으로 사용하기 위한 특수 물감이었다.

"그래서 어느 가문이랍니까?"

"칼로스 가문."

"……그, 미친 가주가 있는 가문이요?"

병사가 무척 떨떠름한 얼굴로 조심스럽게 입을 열었다. 적나라한 그 단어 선택에 기사가 슬쩍 그를 흘겨봤다. 병사가 뒤늦게 제 입술을 매만졌다.

"우리 각하 못지않은 성격이라고 하던데, 아닌가요?"

"……."

기사는 입을 다물었다. 아니라고 대답하기에는 양심이 찔렸다. 밀라이언이 몬스터와의 토벌에서 한번 눈이 돌아가면 어떻게 변하는지 모르지 않기 때문이다.

기사는 여러 차례 밀라이언과 함께 토벌에 참여했고 그의 다양한 모습을 봤다. 그들의 주인은 분명 강했지만 아쉽게도 전투에 있어서만큼은 불친절했다.

"그러니 두 분께서 친구신 거겠지."

그는 백 마디 말보다 한마디 말로 모든 것을 축약했다. 이미 흙먼지를 휘날리던 무리는 꽁무니도 보이지 않았다.

온몸을 괴롭히던 열은 하루 꼬박 그녀를 힘겹게 하곤 이틀째에 정상 체온으로 돌아왔다. 그리고 카리나는 3일째가 되어서야 침대에서 나오는 것을 허락받았다. 밀라이언이 절대 안정을 취하라며 그녀를 감시했기 때문이었다.

'그럼 그리고 싶어 죽는 줄 알았네.'

간신히 일어난 그녀는 주변을 휙휙 살피다 조심스럽게 책상으로 다가갔다. 필요한 물건을 책상 위에 늘어놓고 붓을 꺼냈다. 마지막으로 전에 그려 뒀던 스케치를 꺼냈다.

시녀가 한 시간마다 들어오고 밀라이언이 간헐적으로 또 감시하러 오다 보니 정말 이틀 내내 누워만 있어야 했다.

"걱정해 주는 건 좋았지만……."

아주 조금이지만 아벨리아의 기분을 느낀 것만 같았다. 들어와서 자연스럽게 이마에 손을 얹는 밀라이언은 이제 버릇처럼 자신을 보면 열을 재려고 들었다. 또 그 굳은살이 박인 커다란 손의 냉기가 싫지 않아서 자신도 조금 즐기는 건 있었지만.

'최근 더워졌지.'

겨울이 다가오고 있는데 몸은 도리어 뜨겁게만 느낀다니, 아이러니한 일이다. 그뿐이 아니라 몸에 통증도 잦아졌다. 관절 사이사이가 아프다거나 불현듯 심장이 조이는 느낌이 들었다. 점점 숨 쉬는 것이 버거워지기도 했다. 혹시나 밀라이언의 앞에서 그런 통증이 찾아오지 않을까 두려울 정도다.

그나마 다행인 것은 윈스턴의 존재였다. 그가 매일매일 몸을 살펴 주고 꾸준히 통증을 줄이는 약을 달여 주기 때문인지, 적어도 혼자일 때보단 안심이 됐다.

카리나가 제 심장 부근을 손바닥으로 매만지곤 옆에 올려 둔 하론을 꽉 쥐었다가 내려놓았다. 그리고 마지막으로 붓을 잡았다.

순식간에 미소 띤 얼굴에서 웃음기가 사라졌다. 오로지 시선에는 흑백의 선만이 담겼다.

그녀가 천천히 붓에 물감을 찍어 색을 칠하기 시작했다.

카리나의 붓 터치는 때로는 가볍고 때로는 무거웠다. 웃음기라곤 조금도 남지 않은 그녀의 시선 끝에는 오로지 그림뿐이었다.

그녀의 붓 터치 몇 번에 흑백으로 죽어 있던 헤르타의 눈동자에 생기가 생겼다. 분명히 그림 속에만 존재하는 헤르타일진데, 살벌했던 살기가 고스란히 새어 나오는 듯했다. 투박한 남색의 철갑이 반짝이고 굴곡진 곳의 음영이 한층 더 짙어졌다.

그림이 완성되어 갈수록 카리나의 손길이 조급해졌다. 빨리, 조금 더 빠르게. 완성된 작품을 어서 확인하고 싶다는 듯 빠른 손길이었다.

틈 하나 없이 꼼꼼하게 빈 공간을 메운 색채를 내려다보며 카리나는 천천히 붓을 내려놨다.

이윽고 그녀의 눈동자가 황금빛 태양을 머금은 듯 반짝이며 서서히 본래의 색을 잃어 가기 시작했다. 아쿠아마린을 닮은 푸른 눈동자 속에 황금빛 물감이 풀어진 듯 아지랑이가 피어올랐다.

서서히 아지랑이가 눈동자를 잠식하더니 이윽고 오래지 않아 그녀의 눈동자가 완전히 황금빛으로 물들었다. 카리나의 입꼬리가 느릿하게 올라갔다.

쿵-!

방이 크게 울렸다.

커다란 진동을 느끼며 카리나가 천천히 자리에서 일어났다. 종이를 찢어발길 듯 거대한 발 하나가 종이에서 천천히 빠져나와 바닥에 닿았다.

쿵-!

반대쪽 앞발이 튀어나와 또 거대한 소리로 방을 울렸다. 발 두 개가 차지한 공간이 무려 방의 2분의 1이었다.

"……어?"

그제야 카리나의 얼굴에 당황스러움이 비쳐졌다. 헤르타의 모습을 무척 먼 거리에서 본 덕에 실제로 이렇게 덩치가 클 줄은 생각지도 못했다. 카리나가 뒷걸음질을 쳤다.

쿵-!

뒷다리가 튀어나와 또다시 방을 크게 울렸다.

콰득-!

우지끈-

무언가 부서졌다. 방에 있는 가구가 몇 개 되지 않기 때문에 무엇이 부서졌는지 짐작은 금방 할 수 있었다. 차마 그쪽으로 고개를 돌릴 자신이 없을 뿐이다.

거대한 몸체가 반쯤 드러나자 카리나의 표정이 점점 새하얗게 질렸다. 여기저기서 우지끈거리는 소리와 우당탕탕 무언가가 떨어지는 소리가 들렸다.

이 세상의 것 같지 않은 기이한 황금빛 눈동자에 당황스러움이 담겼다.

불쑥-

살기와 악의로 점철된 헤르타가 거친 숨을 몰아쉬며 날카로운 뿔을 카리나의 코앞까지 들이밀었다.

크르릉-!

헤르타의 코에 돋아난 날카로운 뿔이 카리나의 코앞에서 아슬아슬하게 멈췄다. 이윽고 마지막 뒷발이 종이에서 스윽 나왔다.

쿵-!

네 번째로 방이 흔들렸다.

거친 숨소리와 순수한 살기로 점철된, 생기가 빠져나간 듯한 죽은 눈이었지만 카리나는 눈앞의 헤르타가 무섭지 않았다.

정확히 말하자면 무서워할 수가 없었다.

그녀가 그려낸 생명은 그녀의 자식과 다름이 없었다. 그녀의 친구이자 상담사가 되어 줄, 말하지 않아도 자신의 생각을 읽어 주는 유일한 이해자.

카리나가 힘없이 늘어진 팔을 천천히 들어 올렸다. 새하얀 손끝이 조심스럽게 헤르타의 날카로운 코 뿔을 건드렸다.

크릉-!

잔인하게 사람을 도륙하기로 유명한 헤르타는 온몸에서 흘러넘치는 살기와는 다르게 카리나에게 한없이 관대했다. 그것은 눈을 가늘게 뜬 채 카리나를 바라봤다.

작고 연약한 생물.

헤르타는 본능적으로 깨달았다. 이것은 지켜 줘야 할 생물이다. 자신의 힘이 필요해 인간의 것이 아닌 힘을 뽑아내 자신을 창조했다.

작은 온기가 헤르타의 볼을 쓰다듬었다. 단단하고 날카로운 철갑 때문인지 손길이 제대로 느껴지지 않았다.

벌컥-!

노크도 없이 다급하게 문이 열렸다.

"카리나, 저택이 몇 차례 흔들……."

저택이 크게 흔들리는 느낌에 밀라이언은 집사인 팽에게 몇 가지 명령을 하고 다급히 그녀의 안부를 살피러 달려온 참이었다. 그리고 눈앞에 펼쳐진 풍경에 밀라이언의 눈이 크게 뜨였다.

밀라이언의 동공이 바짝 조여드는 것과 동시에 그가 빠르게 검을 뽑았다. 쐐애액- 검이 바람을 가르는 날카로운 소리가 들렸다.

헤르타는 눈을 가늘게 뜨며 천천히 고개를 돌려 코 뿔로 날카롭게 쇄도하는 검을 막아 냈다.

상대는 전력이 아니었고 헤르타도 전력이 아닌 상대를 충분히 막아 낼 단단한 뿔을 가지고 있었다.

채앵-!

눈으로 확인하지도 못할 정도로 빠르게 움직인 밀라이언의 움직임에 카리나는 뿔과 검이 부딪쳐 내는 커다란 소리를 들었을 때야 비로소 상황을 파악할 수 있었다.

"미, 밀라이언!"

카리나가 다급하게 헤르타의 앞을 가로막았다.

다음 검격을 날리려던 밀라이언의 움직임이 뚝 멈췄다. 카리나가 황급히 밀라이언의 팔에 매달리듯 그의 팔을 끌어안았다.

밀라이언의 몸이 뻣뻣하게 굳었다. 그가 그제야 천천히 시선을 돌려 카리나를 바라봤다.

"그대, 눈동자가……."

그것은 그가 태어나서 본 세상의 어떤 색과도 닮지 않았다. 세상에 진정한 황금빛이 존재한다면 저런 모양이 아닐까? 불현듯 그런 생각이 들었을 뿐이다.

황금빛으로 물들어 있는 눈동자는 마치 금가루라도 뿌려 놓은 듯 쉴 새 없이 반짝이고 있었다. 눈이 부셔서 그 안으로 빨려 들어갈 것만 같았다.

'……페리얼 칼로스.'

문득 떠오른 이름에 밀라이언이 천천히 눈을 깜빡였다.

그는 딱 한 번 저런 느낌의 눈을 본 적이 있었다. 페리얼 칼로스가 플루트를 불면 그의 옅은 회색빛 눈동자는 반짝이는 금색으로 바뀌었다. 최상급의 상아로 된, 그를 위해 맞춤 제작된 새하얀 플루트와 함께 '기적' 발현 시 변하는 눈의 색으로도 그는 유명했다.

어쨌든, 밀라이언은 단언컨대 페리얼 칼로스의 그 눈을 보고 아름답다고 생각한 적은 없다. 그것은 분명히 신비롭고 독특하긴 했지만 아름다울 정도는 아니었다. 애초에 밀라이언은 그런 종류의 감각을 느낀 적이 전혀 없었다.

하지만 카리나는…….

"아……."

밀라이언의 말을 곱씹던 카리나가 다급히 제 눈을 손바닥으로 가리며 한걸음 뒤로 물러났다.

"죄송해요, 기분 나쁘신가요?"

"아니, 굉장히……."

밀라이언이 말끝을 흐렸다.

'아름답다.'라고 말하려고 했으나 불현듯 제가 할 말의 뜻을 깨달았다. 그는 성마른 손길로 얼굴을 문지르며 입을 닫았다.

"……황금색도 잘 어울리네."

차마 솔직한 대답을 내놓지 못한 밀라이언이 냉큼 다른 말로 바꿨다.

카리나는 그제야 슬금슬금 제 눈을 가린 손바닥을 천천히 내렸다.

"그나저나, 대체 이건 뭐지?"

카리나를 바라볼 때는 다정하던 밀라이언의 눈이 헤르타에게 닿는 순간 순식간에 살기등등해졌다.

카리나는 곧바로 대답하지 못했다. 밀라이언의 시선이 다시 카리나에게 향했다.

"……아니, 난 페리얼 칼로스의 눈이 어떤 때 그렇게 변하는지 알아."

그는 카리나의 대답을 기다리지 않았다. 그녀의 눈동자에 놀라긴 했지만 그는 저 황금빛 눈동자를 본 적이 있었다.

밀라이언의 미간에 깊은 골이 패이자 카리나가 슬쩍 그의 눈을 피하며 고개를 숙였다. 그녀의 어깨가 살짝 떨렸다.

"……그대는 예술병을 앓고 있는 게 아닌가?"

"맞아요."

"그건 '기적'이라고 일컫는 힘을 사용할 때마다 더 악화된다고 알고 있는데, 내가 틀렸나?"

밀라이언은 크게 화를 내지 않았다. 언성을 먼저 높이는 일도 없었다. 그녀가 무슨 잘못을 하면 일단 윽박을 지르며 언성을 높이던 레오폴드 백작과는 천지 차이였다.

그렇다고 밀라이언이 무섭지 않았다는 것은 아니다. 그렇게 소리를 높이며 식탁을 거세게 내려치는 것이 아님에도 밀라이언의 조곤조곤한 낮은 목소리는 충분히 두려웠다.

"……."

카리나가 침묵을 고수하자 밀라이언이 눈을 가늘게 떴다.

"카리나."

"당신 말이 맞아요."

그는 화를 내고 있다. 카리나는 그 사실을 의심하지 않았다. 그러나 동시에 그는 자신을 걱정하고 있었다.

그녀는 이 걱정을 당하는 기분이 무척 생소했다.

물건이 날아다니지 않고, 언제 커다란 손바닥이 날아올까를 고민하지 않고, 머리를 울리는 우레와 같은 노성이 떨어질 것을 두려워하지 않아도 된다니. 도리어 혼내는 목소리에서 걱정이 느껴지다니.

헤르타는 이 상황이 이해되지 않았다. 그는 남자를 죽일 생각이었다. 그는 위협적이었고 헤르타는 자신을 창조한 그녀를 지켜야 했으니까.

그러나 위협적이라고 생각했던 인간의 살기는 순식간에 사라졌다. 방금까지는 자신과 같은 괴물이라고 생각했는데 지금은 상대할 가치도 없을 정도다.

크르릉―

뒤에서 들리는 낮은 울음소리에 카리나가 몸을 돌렸다. 투정처럼 들리는 그 목소리에 그녀가 조심스럽게 손을 뻗어 헤르타의 코 뿔을 매만졌다.

위험 요소에 다가가는 카리나를 막으려던 밀라이언이 그 광경에 숨을 멎은 채 굳었다.

카리나는 헤르타의 코 뿔을 매만지며 천천히 그 헤르타의 얼굴에 제 얼굴을 느릿하게 비볐다. 곧 깨어져 버릴 소중한 것을 매만지듯 아주 조심스럽고 다정하게. 방금 전까지 곁에 있던 카리나가 순식간에 멀어진 듯한 느낌이었다.

밀라이언이 말없이 그 광경을 눈에 담았다. 헤르타와 카리나는 아무도 범접할 수 없는 둘만의 영역이 있는 듯했다. 지끈, 무언가가 심장을 찔렀다.

'뭐지?'

밀라이언이 제 가슴 위에 손바닥을 올렸다가 조심스럽게 손을 내렸다. 이건 무슨 기분일까? 마치 잘 따르던 부하가 다른 주인을 찾아 떠난 것 같은 기묘한 기분이었다.

물끄러미 헤르타와 카리나를 바라보던 그가 그녀에게 성큼 다가갔다.

"카리나."

헤르타와 카리나 사이에 끼어든 밀라이언이 그녀를 내려다봤다.

"네?"

"일단 이거 밖으로 쫓아내지. 위험하진 않나? 그대가 그린 그림에서 나온 건가?"

밀라이언이 카리나에게 물었다.

정확히 헤르타의 시야를 차단한 밀라이언 덕분에 카리나는 헤르타의 짜증스러운 얼굴을 눈치채지 못한 채 고개를 끄덕였다.

"위험하진 않아요."

크르르릉―

"……아마도요."

말이 끝나기가 무섭게 이를 드러내고 으르렁거리는 헤르타를 본 카리나의 입가에 어색한 웃음이 떠올랐다. 호언장담을 하기엔, 사실 생명을 준 아이들을 누군가에게 보여 준 적이 없었다.

"근데 제가 원하지 않으면 아무것도 하지 않을 거예요!"

"어째서?"

"지금 이 세상에서 이 애만이 제 마음을 제일 잘 알 테니까요."

카리나가 미소 지으며 헤르타의 코 뿔 위쪽의 콧잔등을 살살 쓸어내렸다. 그 호언장담에 밀라이언은 아무런 말을 할 수가 없었다.

"그게 네 마음을 이해해 준다고?"

마수 헤르타가?

밀라이언이 심각한 눈으로 카리나와 헤르타를 번갈아 봤다. 생기라곤 없는 죽은 눈동자에서 느껴지는 것은 끝도 없는 어둠과 살의뿐이다. 기운만 보면 이미 사람 여럿 죽이고도 남았을 정도다.

그러나 온몸의 기세와는 다르게 헤르타는 카리나의 앞에선 무척온순했다. 자신과 눈이 마주칠 때마다 으르렁거리는 점을 생각한다면, 확실히 헤르타는 카리나에게 호의적으로 보였다.

밀라이언은 그 점만큼은 인정할 수 있었다.

하지만 헤르타는 어디에서 탄생했던 간에 마수다. 마수의 목적은 오로지 사냥뿐이다. 그들은 인간을 사냥하고 생명체를 사냥한다. 생태계를 전부 망가뜨려서 내년을 기약할 수 없게 만든다.

북부에서 매 겨울 토벌을 나가는 것은 그런 이유에서였다. 그들을 토벌하지 않으면 겨울이 지나 마수가 어딘가로 숨어 버려 생계가위험해지는 이가 많았다.

"……일단, 그걸 밖으로 끄집어내지."

밀라이언이 카리나의 방 안을 한 차례 훑으며 말했다.

카리나가 그제야 밀라이언의 시선을 쫓아 방을 훑곤 다급하게 입을 열었다.

"미안해요. 고의가 아니었어요. 멀리서 봤을 때는 이 정도로 클 거라곤 생각지도 못해서……."

방 안을 꽉 채운 헤르타가 한 번 움직일 때마다 사방에서 우지끈거리는 소리가 들려왔다. 그럴 때마다 카리나의 어깨가 움찔거리며 함께 새하얗게 질린다.

"정말 미안해요, 밀라이언. 망가진 가구들 금액을 알려 주시면 나중에라도 꼭 갚을게요."

"……."

밀라이언에게서 답이 없자 카리나가 눈동자를 도르르 굴렸다.

"혹시 백작가랑 안 좋게 끝나더라도 그림이 있으니까요. 돈은 어떻게든 마련해서 드릴게요."

'그러니 그런 무서운 얼굴을 하지 않았으면 좋겠다.'

카리나가 거기까지는 차마 말하지 못하고 침을 꿀꺽 삼켰다. 그가 자신을 한심하게 보는 것만큼은 싫었다. 저 다정한 시선에서 걱정이 사라지고 싸늘함과 귀찮음만 남는 것도 싫었다.

"왜 돈을 갚으려고 해?"

"네?"

기다리던 대답이 들려오자 카리나가 번쩍 고개를 젖혔다.

밀라이언의 대답을 몇 번인가 곱씹던 카리나가 이윽고 눈을 내리깔았다.

"제 물건이 아니잖아요. 밀라이언의 물건이니까요. 남의 물건을 부쉈으면 당연히 갚아야죠."

하지만 밀라이언은 카리나가 이해되지 않았다. 그냥 미안하다고 한마디 하면 충분한 것 아니던가. 아직 약혼자 아니냐며 뻔뻔하게 나와도 좋다. 어느 쪽이든 별생각 없이 넘어갔을 거다. 이 방을 호화스럽게 새로 꾸민다고 해도 솔직히 밀라이언의 재정에는 아무 지장이 없다. 개미가 무는 것보다 덜 간지러울 것이다.

"그대가 갚을 필요는 없어. 일부러 한 일도 아니잖아."

"그렇지만……."

그래도 카리나는 조금도 밀라이언에게 빚을 진 기분이고 싶지 않았다. 그와는 언제나 동등한 자리에서 동등하게 있고 싶었다.

그래야 이 감정을 가지고 있는 것에 대해 죄책감을 느끼지 않을 것 같았으니까.

"몸이 아픈 곳은 없나? 어디 어지럽거나 열이 난다거나. 오늘 겨우 일어난 것 아닌가. 도대체……."

카리나의 말을 끊은 밀라이언이 그녀를 이곳저곳 살피며 말했다. 자연스럽게 손을 뻗어 열을 재고 그녀의 몸을 샅샅이 살폈다. 다행히 겉보기에는 괜찮아 보였다.

"대체 이런 일은 왜 한 거지? 능력은 쓰지 않는 편이 좋다고 했었던 걸로 기억하는데."

"……밀라이언이."

카리나가 천천히 입술을 달싹였다. 얇고 조금은 창백한 입술이 행복하다는 듯 호선을 그리고 천천히 벌어졌다.

그 안쪽의 새빨간 혀를 무심코 흘끗 본 밀라이언이 숨을 삼켰다. 그는 황급히 고개를 젓곤 카리나의 황금빛 눈동자에 시선을 고정했다.

저것은 언제까지 빛나는 걸까?

입술도 눈도 부담스럽기 짝이 없다.

"밀라이언에게 도움이 되고 싶었어요."

카리나가 도르르 눈동자를 굴렸다. 움찔거리던 입술이 천천히 벌어졌다.

"……라고 하면 화낼 건가요?"

그제야 밀라이언은 그녀가 이 헤르타라는 마수를 그려 소환한 이유를 알게 됐다. 헤르타와의 전투에서 고전하는 것을 보고 그녀가 무슨 생각을 했을지도 말이다.

"당연한 소리를. 그대가 참견할 필요가 없는 일이다."

험악하게 인상을 구긴 밀라이언이 말했다.

이번에 처음 나온 마수다 보니 약점을 알아내는 데는 시간이 조금 걸리겠지만 그렇다고 고양이 손까지 필요할 수준은 아니다. 밀라이언 혼자서도 충분히 알아서 할 수 있었다. 굳이 그녀가 제 몸을 제물로 삼으며 능력 따위를 쓰지 않아도!

"애초에 난 그대에게 도와 달라고 한 적 없다."

"알아요, 그래도 밀라이언이 다치지 않았으면 했어요."

언뜻 매정한 말에도 카리나는 부스스 웃음을 흘릴 뿐이다. 매사에 무엇이 그렇게 좋아서 저렇게 웃는지 어딜 가든지 딱 뒤통수를 맞기 좋은 성격이다.

"다치지 않고 빨리 토벌했으면 했어요."

"심심하면 이렇게 픽픽 쓰러지면서, 대체 왜 그러는 거지? 타인을 위해서 자신을 희생하는 건 좋은 일이 아니야."

밀라이언의 말에 카리나가 입을 다물었다. 그건 그녀도 알고 있다. 그리고 그녀는 이미 이곳에 오는 것으로 타인을 위해 사는 삶을 포기했다.

"믿기지 않겠지만 이건 이제 밀라이언 한정이에요."

"……뭐?"

"그런 게 있어요."

카리나의 눈이 반달로 접혔다.

미소를 띤 채 고개를 홱 돌려 버린 카리나를 보며 밀라이언이 기묘한 표정을 했다.

"만약, 토벌이 끝나고 제가 도움이 됐다고 생각한다면……."

카리나가 숨을 크게 들이마셨다.

"헤어질 때 저를 한번 꽉 끌어안아 주지 않을래요?"

그녀가 보이지 않게 옷자락을 꽉 쥔 채 밀라이언의 눈을 마주하며 말했다. 마지막으로 그의 온기를 가지고 갈 수 있다면 더 바랄 것이 없으리라.

끝을 준비하는 자신이 싫으면서도 그럼에도 손끝부터 찌르르 올라오는 작은 전기 충격과도 같은 기묘한 떨림이 설렜다.

"그러니까…… 제가 이 저택을 떠나는 날에요."

"……."

밀라이언은 아무런 대답도 내놓을 수가 없었다. 곧 가루처럼 바스러져 어디로 흩어져 사라지기라도 할 것 같은 아련한 음색에선 옅은 떨림이 느껴졌다.

"안…… 될까요?"

너무 욕심이 많았나? 아니면 너무 뜬금없었나?

어느 쪽이든 무슨 말이든 단번에 받아들일 준비는 되어 있다. 그러나 정작 상대에게서 대답이 들려오지 않으니 곤란할 따름이다.

"······좋아."

밀라이언의 짧은 대답에 걱정으로 물들어 있던 카리나의 얼굴이 화악 펴졌다. 그녀가 고개를 끄덕였다.

"다만, 두 번 다시 이런 일은 하지 마. 난 그대의 도움이 없어도 괜찮아."

단호한 말에 카리나가 쓴웃음이 맺힌 얼굴로 고개를 끄덕였다. 너는 타인이라고, 그렇게 선을 긋는 것 같아 속이 상했지만 그것이 사실이었으니 어쩔 수 없는 노릇이긴 했다.

"그대의 얼마나 남았을지도 모를 예술가의 생명을 날 위해 깎아 낼 필요는 없어."

밀라이언이 덧붙여 말했다.

'밀라이언이니까 그러는 건데.'

한순간 불타오르고 사라져 버릴 그 다정함에 잠시 홀렸을 뿐인 순간의 콩깍지라고 해도 망설일 시간이 없다. 최선을 다해서 느끼지 못했던 감정을 느껴 보지 않으면 다시는 이런 기회가 오지 않을 것이다.

"밀라이언이 싫다면 하지 않을게요."

카리나가 순순히 대답했다. 당연하지만 다른 사람에겐 결코 쓰지 않았을 힘이다. 앞으로 힘은 오로지 자신을 위해서만 쓰기로 결정했으니까.

누군가를 위해 쓰고 싶지 않았다. 자신의 생명을 깎아 가며 타인의 생명을 살리고 싶지 않았다.

"그 전에 일단 이걸 끌어내도록 하지."

지루한 듯 어느새 주변에 있는 물건을 코 뿔로 쿡쿡 찔러 보고 있는 헤르타를 보며 밀라이언이 말했다.

"제가 할게요. 길만 비워 주세요."

카리나가 헤르타의 등을 한 차례 쓰다듬자 헤르타는 그녀가 원하는 것을 파악한 듯 냉큼 몸을 굽혀 배를 바닥에 붙였다.

쿵-!

그 와중에 커다란 소리가 또 몇 차례 난 것은 당연한 일이었다.

몸을 낮춘 헤르타의 위로 카리나가 올라가기 위해 끙끙거렸다. 뿔을 밟고 어떻게든 올라가 보려고 했지만 체력이 떨어진 그녀로선 뿔하나를 붙잡고 있는 것도 문제가 많았다.

그러자 당황한 헤르타가 사지를 쫙 펴며 좀 더 몸을 낮추는 웃지도 울지도 못하는 사태가 벌어졌다.

"카리나."

"네, 금방 올라갈게요."

밀라이언의 말이 재촉이라고 생각한 카리나가 성마른 손길로 재촉하며 철갑 위에 난 뿔 두 개를 양손으로 붙잡았다.

한 번쯤은 도움을 청할 법도 한데 뒤에 사람이 있는 줄 모르는 것인지, 도움을 청할 줄 모르는 것인지 카리나는 뒤도 돌아봐 주지 않았다.

밀라이언이 결국 먼저 손을 뻗었다. 그가 미끄러지는 그녀의 허리를 재빠르게 붙잡았다.

'……저번보다 좀 더 가벼워진 것 같은데.'

밀라이언이 미간을 좁혔다.

"아, 놀랐어요."

"도와 달라고 하면 될 것을."

밀라이언이 불만을 입에 올리며 헤르타 위에 카리나를 올려 줬다.

그러자 헤르타가 긴 울음소리를 내며 천천히 자리에서 일어났다.

"할 수 있는 건 스스로 하려고 노력하고 있어요."

카리나가 헤르타의 뿔을 끌어안으며 단단히 몸을 지탱했다.

밀라이언이 어쩐지 어정쩡하게 보이는 카리나를 불안한 눈으로 올려다봤다.

"가자, 헤르."

카리나가 어딘가 상기된 목소리로 말했다. 헤르타가 거대하고 육중한 몸을 천천히 움직이기 시작했다.

쿠웅―

쿠웅―

쿠웅―

묵직한 몸이 한 걸음 걸을 때마다 방 전체를 울리고 저택을 울렸다. 카리나의 방문은 아무리 활짝 열어도 헤르타가 나가기엔 비좁았고 당연하게도 문은 거의 뜯겨 나가는 지경에 이르렀다.

"……윽. 정말 죄송해요, 밀라이언."

잔뜩 몸을 움츠리고 헤르타의 뿔 사이에 납작 엎드린 카리나가 우지끈거리는 소음 사이로 소리쳤다.

그러거나 말거나 밀라이언의 시선은 카리나의 뒤에서 떨어지질 않았다. 위태롭게 버티고 있는 그녀가 혹여나 추락하지 않을까 그의 신경은 온통 그녀의 뒷모습에 꽂혀 있었다.

"사용인들이 전부 밖으로 나와 있어서 뭔가 했더니 이건 또 재밌는 일이군."

달콤한 꿀을 발라 놓은 듯, 귀가 녹아내릴 것 같은 달콤한 목소리가 들려왔다. 밀라이언의 표정이 거의 반사적으로 왈칵 찡그려졌고 헤르타는 이를 드러내며 다시 살기를 흩뿌렸다.

갑작스럽게 거칠어진 분위기에 카리나가 미간을 좁혔다. 그녀가 일단 잔뜩 흥분해 당장에라도 달려들 기세인 헤르타를 달래려 손을 뻗어 그의 미간을 느릿하게 문질렀다.

카리나로선 헤르타의 덩치에 가려져 앞이 제대로 보이지도 않았으니 당연하지만 목소리의 주인도 확인할 수가 없었다.

"카리나."

"네."

"이리 와, 일단 내려오도록 해."

밀라이언이 카리나가 있는 곳으로 양팔을 쭉 뻗었다. 명백한 어린아이 취급처럼 느껴졌지만 그의 표정도 그다지 좋은 편은 아니었기 때문에 그녀는 순순히 고개를 끄덕였다.

카리나가 헤르타의 등을 툭툭 두드리자 헤르타가 순순히 몸을 낮추었다. 그녀는 밀라이언의 품에 안겨 아래로 내려왔다. 그리고 거의 비슷한 때에 그림자가 졌다.

고개를 들자 햇빛을 가린 사람이 눈에 들어왔다. 카리나는 상대와 눈을 마주치는 순간 그대로 굳었다. 거의 반사적인 행동이었다고 해도 과언은 아니었다.

그녀의 앞을 가린 사내의 외모는 아름다웠다. 아름답다는 수식으로도 부족할 정도로 난생 처음 보는 눈부신 외모였다.

찰랑거리는 긴 은발이며 색소 옅은 눈동자. 유려한 눈매는 물론이거니와 새하얀 피부까지 말 그대로 어디 소설 속에나 나올 법한 완벽한 사내였다.

태어나서 처음 보는 완벽한 외모의 소유자에 카리나는 저도 모르게 손등으로 눈을 비볐다.

카리나가 멀뚱하게 바라보자 페리얼 칼로스가 조금 곤란하다는 표정으로 웃었다.

"제 얼굴에 혹시 뭔가 묻었나요, 영애?"

살짝 고개를 기울이며 묻는 목소리엔 난감함이 묻어났다. 그리고 동시에 귀에 쏙쏙 박힐 정도로 달콤한 목소리였다. 사람을 목소리만으로 홀릴 수 있는 사람을 이렇게까지 가까운 곳에서 보게 될 거라고는 생각지도 못했다.

"아, 아뇨! 죄송해요. 너무 아름다우셔서 저도 모르게⋯⋯."

카리나가 뒤늦게 얼굴을 붉히며 황급히 양손을 내저었다. 확 오른 열에 그녀가 다급히 제 얼굴에 손부채질을 했다. 타인의 외모에 그다지 관심이 있는 성격이 아니라고 생각했는데, 눈앞의 남자는 그 모든 취향을 날려 버릴 정도로 인간답지 않은 외모였다.

카리나의 칭찬에 페리얼 칼로스가 눈꼬리를 살포시 접어 웃었다.

"아! 혹시 뭔가 묻은 줄 알았네요. 칭찬 감사합니다."

"네네⋯⋯. 저기 그런데⋯⋯."

'누구신지?'

차마 입 밖에 내지 못한 한마디를 대신해 카리나가 붉게 물든 얼굴을 밀라이언이 있는 쪽으로 황급히 돌렸다. 고개를 돌리자 어쩐지 기분이 무척 나빠 보이는 밀라이언과 눈이 마주쳤다.

밀라이언이 입을 꾹 다문 채 자신을 바라보더니 이내 작게 한숨을 내쉬었다.

"아, 소개가 늦었습니다. 페리얼 칼로스라고 합니다. 오랜만에 친우의 부름을 받고 빠르게 달려왔습니다.”

“아······.”

카리나가 눈을 크게 뜬 채 페리얼 칼로스를 바라봤다. 뒤집어 쓴 로브 위로 이런저런 흙이 가득 묻은 것을 봐선 정말 닫혔다는 북부의 검문소를 막 통과해서 온 것 같았다.

“그, 카리나 레오폴드라고 해요.”

“네, 알고 있습니다.”

예쁘게 웃은 페리얼 칼로스가 손을 쭉 내밀었다. 악수를 하자는 것이 분명하다.

카리나가 황급히 손을 들려는 순간 무언가가 옆에서 툭 튀어나와 페리얼의 손을 대신 꽉 쥐었다.

“······거친 사내의 손을 만지고 싶진 않았는데?”

“오랜만의 재회가 반가워서 말이지.”

꽈아아악─

맞잡은 손에 힘이 들어갔다.

밀라이언의 도발에 페리얼 칼로스의 눈썹이 쓱 올라간다. 잘 쓰고 있던 가면에 살짝 금이 가는 소리가 들렸다. 페리얼 칼로스가 카리나를 힐끗 쳐다보곤 다시 입술을 끌어올려 자연스럽게 호선을 그려 냈다.

“날 이렇게 반가워할 줄은 몰랐어, 친구.”

“아, 두 분이 굉장히 친하신가 보네요.”

5분이 지나도록 악수한 손을 뗄 생각이 없어 보이는 두 사람을 보던 카리나가 말했다.

페리얼 칼로스가 카리나를 가만히 바라보다가 밀라이언을 슬쩍 노려보곤 손에서 힘을 풀었다.

"레오폴드 영애를 뵙게 되어 영광입니다."

페리얼 칼로스가 한쪽 팔을 과장되게 쭉 폈다가 아래로 내리며 허리를 굽혔다. 그 부담스러운 인사에 카리나가 눈을 동그랗게 떴다가 웃음을 터뜨렸다.

"칼로스 각하께선 무척 장난스러운 분이시군요."

"……이런, 저로선 진심이었는데 말입니다."

"저는 카리나라고 불러 주세요. 그 성으로 불리고 싶지 않아서요."

차분하게 웃는 카리나의 목소리는 제법 단단하고 단호했다.

확실하게 선을 그어 내는 그녀를 본 밀라이언이 조금 눈을 크게 떴다. 주변 눈치 때문에, 아니면 조금이라도 미련이 남아서 불편한 기색도 제대로 내지 못하는 건 아닌가 생각했는데 저렇게 단칼에 자를 줄은 생각지도 못했다.

페리얼 칼로스는 눈치 빠르게 무언가를 더 캐묻지 않고 순순히 고개를 끄덕였다.

"좋아요, 카리나."

"감사합니다."

"저도 각하라는 말을 좋아하지 않으니 괜찮다면 페리얼이라고 불러 주시겠습니까?"

페리얼 칼로스가 허리를 살짝 굽혀 눈높이를 맞춘 채 성격 좋게 물었다. 한쪽 눈을 찡긋거리는, 다른 사람이 했으면 끔찍했을 그 행동에도 카리나는 그저 멍하니 생각했다.

'외모가 되는 사람은 뭘 해도 잘 어울리네.'

가끔 어떤 책에서 천사의 외모는 바라보는 것만으로도 눈이 부시고 아름다워서 차마 세상에 존재하는 단어로는 묘사할 수 없다고 나온다. 페리얼 칼로스가 딱 그랬다.

"알겠어요."

"감사합니다."

페리얼이 순진하게 웃어 보이자 밀라이언의 얼굴이 딱딱해졌다. 살짝 볼을 붉힌 카리나와 제 본성은 싹 감춘 채 다디단 말만 골라 하는 페리얼을 보는 것이 불편했다. 마치 어울리지 않는 자리에 억지로 끼어 있는 느낌이었다.

"아, 그리고…… 드리고 싶은 말씀이 있는데, 시간을 잠시 내주지 않으시겠습니까?"

페리얼이 고민하듯 미간을 좁힌 채 어울리지 않게 눈동자를 도르르 굴리더니 조심스럽게 입술을 열었다.

"시간은 괜찮은데…… 어떤 얘기인가요?"

"주제넘지만 카리나의 예술병에 대해 조금 알아볼 필요가 있을 것 같아서 멋대로 레오폴드 백작가에 방문했었습니다."

"……."

'레오폴드 백작가'라는 단어가 그의 입에서 나오는 순간 카리나는 마치 시간이 정지한 듯 움직임을 멈췄다.

밀라이언이 페리얼을 노려봤지만 그는 여전히 곤란한 표정으로 카리나를 바라보고 있었다.

"제가 곤란한 이야기를 꺼낸 걸까요? 전해 드릴 것이 있어서 불가피하게 말씀드리게 됐습니다."

귀를 녹여 버릴 것 같은 달콤한 목소리는 여전했지만 카리나는 더 이상 그것이 제대로 느껴지지 않았다. 또다시 빨라질 것 같은 호흡에 그녀가 심장 부근의 옷자락을 움켜쥐었다.

"카리나, 괜찮나?"

"……네."

밀라이언이 그녀의 이마에 손을 대더니 호흡을 확인했다. 다행히 크게 흐트러지진 않았다.

"진정해. 내가 그대의 뒤에 있겠다. 원하면 저걸 쫓아 주지."

"……저거라니."

"쓸데없는 소리를 왜 이런 곳에 서서 꺼내고 난리지?"

페리얼이 밀라이언을 바라봤던 시선을 내려 그의 품에 안기듯 기대어 있는 카리나를 쳐다봤다.

"백작저에 갔다가 도리어 제가 화가 났었거든요. 하지만 제가 너무 성급했던 것 같습니다. 미안해요, 카리나."

페리얼의 정중한 사과에 카리나가 고개를 좌우로 내저었다. 들어야 할 이야기다. 그것만큼은 확실했다. 완전히 정보가 차단되어서 백작가가 어떻게 돌아가는지 전혀 모른다.

그러니 자신은 들어야 했다. 그들로 인해 삶이 넝마가 되었다. 엉망이 된 삶은 더 이상 돌아오지 않을 것이다. 남은 시간은 이제 겨우 반년 남짓이다. 지금 제대로 정리하지 않으면 평생 그것은 자신의 발을 잡으리라.

그들은 평생 제 마음을 모른 채 스스로를 옳다고 생각하며 살아가겠지.

이제는 확실히 말할 수 있다. 다정한 이들의 사이에서 평범하게 지내다 보니 드디어 깨닫게 됐다.

카리나 레오폴드는, 자신은 부당한 처사를 받고 있었다.

자신은 아프면 아프다고 말할 수 있는 사람이었다. 아프면 누군가의 간호를 받아도 괜찮은 사람이었다. 원한다면 언제든 하고 싶은 일을 할 수 있어야 하는 사람이었다. 마음껏 누군가를 사랑해도 되는 사람이었다.

싫으면…… 싫다고 말해도…… 그래도 괜찮은 사람이었다.

그것들은 모두 죄가 아니었다. 자신의 의견을 밝혔을 때 혼나는 것은 당연한 일이 아니었다. 말을 듣지 않아 집에서 쫓겨날까 봐 걱정하는 것은 당연한 일이 아니었다.

……힘들면 울어도 괜찮은 사람이었다.

자신은 그런 사람이어야 했다. 그래야 했었다.

그것들의 부당함을 깨닫기까지 오래 걸리지 않았다. 겨우 3개월이 조금 넘었다. 사방이 턱 막힌 답답한 저택에서 벗어나 새로운 곳에 나와 보니 자연스럽게 알게 됐다. 그 3개월이 자신에게는 없어서, 카리나는 줄곧 작은 창문으로 보이는 풍경을 도화지에 그려야 했다.

"……전해 주실 게 뭔지 여쭤도 괜찮을까요?"

"편지입니다."

"편지? 누구의……?"

"제게 편지를 전달한 건 레오폴드 백작입니다."

카리나가 숨을 크게 들이켰다.

긴 숨을 뱉은 카리나가 고개를 들었다. 그녀가 조금은 비장한 눈으로 고개를 끄덕였다.

"헤르, 밖에 나가 있어 줘."

카리나의 말에 고개를 돌린 페리얼 칼로스가 눈을 가늘게 떴다. 그가 다시 그녀의 황금빛 눈동자를 바라봤다. 그녀가 황금색 눈이라는 얘기는 들은 적이 없으니…….

"능력을 쓰셨군요, 카리나."

"네, 새로운 마수의 약점을 알고 싶어서요."

"밀라이언을 위해 쓰셨군요."

페리얼 칼로스의 눈매가 살포시 가늘어졌다. 그가 손을 뻗어 헤르타의 등에 손을 얹으려는 순간 크르르, 위협적인 목울음 소리가 들렸다.

"역시 창조의 기적을 가지고 계시네요."

"……창조의 기적이요?"

"세상에 존재하든 존재하지 않든 그저 보고 이해하면 그것을 만들어 낼 수 있는 드문 기적의 종류입니다."

페리얼 칼로스가 정말 살아 있는 것과 다름없는 헤르타를 바라보며 말했다. 페리얼의 말에 카리나가 고개를 끄덕였다.

"……맞아요. 그런 느낌의 능력이에요."

"창조의 기적은 기적 중에서도 가장 강력합니다. 그리고 특이하게도 창조의 기적을 가졌던 예술가들은 한 가지 공통점을 가지고 있습니다."

페리얼의 말에 카리나가 의아한 눈을 했다.

그가 마저 설명을 이어하려는 순간 헤르타가 움직였다.

"흐억!"

"……팽?"

"가, 각하? 세상에, 이, 이게 무슨……."

놀란 팽의 목소리가 이어지자 밀라이언이 짧게 한숨을 내쉬었다. 그제야 딱딱하게 얼었던 분위기가 조금 풀어졌다.

카리나가 헤르타에게 얼른 나가라고 얘기하고 밀라이언이 팽에게 가볍게 자초지종을 설명했다. 이야기를 들은 팽이 여전히 헤르타의 꽁무니에서 눈을 떼지 못한 채 고개를 끄덕였다. 뒷정리를 그에게 맡긴 밀라이언이 페리얼과 카리나를 돌아봤다.

"일단 응접실로 가서 대화하도록 하지."

그의 제안에 반대하는 사람은 없었다. 세 사람이 함께 응접실로 향했다. 응접실로 향하는 내내 대화는 오가지 않았다. 카리나는 조금 가라앉은 표정으로 조용했고 곁에 있는 밀라이언과 페리얼도 굳이 그녀의 사색을 깨진 않았다. 어차피 밀라이언과 페리얼 칼로스, 두 사람은 둘이서 나눌 이야기가 따로 있었다.

"차와 커피 중에 어느 게 좋지?"

"전 차로요."

"난 물이면 돼."

밀라이언이 오로지 카리나를 향해 물은 질문에 쓸데없는 대답도 함께 돌아왔다.

"그래서 말씀을 계속 들을 수 있을까요?"

카리나가 묻자 페리얼이 순순히 고개를 끄덕였다. 그의 긴 눈썹이 살짝 내리깔렸다가 이윽고 제자리로 돌아왔다.

"창조의 기적을 가진 예술가들은 제 목숨보다 예술을 더 중히 여겼습니다."

"……예술을요?"

"네, 기록에 따르면 그들은 그 힘이 자신을 갉아먹는다는 것을 알면서도 누구 하나 놓지 않았다고 하더군요."

카리나는 말이 없었다. 그의 말이 틀리지 않았음을 인정했기 때문이다. 도리어 어차피 얼마 남지 않았으니 최선을 다해서 더 그리고 싶다는 생각만이 가득했다.

'곤란해.'

그녀의 눈동자는 아직도 원래대로 돌아오지 않았다. 그리고 누구나 아름답다고 표현할 만한 기이한 황금색 눈동자는 텅 비어 있었다.

'……그녀는 죽어 가고 있어.'

페리얼은 카리나가 만들어 낸 생명체의 완성도와 그녀의 눈동자를 보곤 확신했다. 창조의 기적을 가진 이들은 생명을 담보로 한다. 지금껏 그것에 예외는 없었고…….

'앞으로도 없을 예정인 모양이지.'

페리얼에겐 어렴풋이 느껴졌다, 그녀의 코앞까지 다가와 있는 죽음의 냄새가.

그는 음률을 통해 생(生)과 사(死)에 관여할 수 있다. 그리고 그녀에게는 생기보다는 사기가 더 짙었다.

"창조의 기적……."

그렇게 말하니 거창하게 들렸다.

"예술병에 관해서는 천천히 듣는 걸로 하죠, 카리나."

페리얼이 부드럽게 웃으며 말했다.

"편지를 볼 수 있을까요?"

"네, 물론입니다."

그가 순순히 품에서 편지를 꺼내 탁자 위에 올렸다. 그가 카리나

의 앞으로 편지를 천천히 밀어 주었다. 붉은 밀랍을 녹여 봉한 편지
는 흠이 난 곳도 없이 무척 깨끗했다.

"먼 곳까지 가져다주셔서 감사해요."

"천만에요. 오는 길이었으니 상관없습니다."

카리나의 인사에 페리얼이 서글서글하게 웃으며 어깨를 으쓱였다.

밀라이언이 말없이 편지 칼을 내밀었다. 그녀가 가볍게 고개를 숙
여 인사를 건네곤 편지 칼을 손에 쥐었다.

그녀가 편지 봉투를 뜯어 편지를 열었다. 편지를 펼치자 눈에 익
은 필체가 보였다. 쿵쾅거리며 빠르게 뛰기 시작하는 심장을 애써
억누르며 카리나가 천천히 글자를 눈으로 읽어 내렸다.

무엇이 쓰여 있을까, 어떤 내용이 있을까. 칼을 들고 편지 봉투
를 뜯고 편지를 꺼내 펼치는 그 짧은 순간에 오만가지 생각이 다
들었다.

그리고 막상 첫 글자를 보는 순간 떨림은 순식간에 사라졌다. 머
릿속은 차분하게 가라앉았으며 긴장은 없어졌다. 그저 글자만이 보
였다.

"……."

주변은 적막했다. 세 사람의 숨소리만이 울려 퍼졌다. 간간히
페리얼과 밀라이언의 찻잔이 기울어지는 소리가 들렸지만 그뿐이
었다.

페리얼과 밀라이언은 가만히 카리나를 바라봤다. 그녀가 뜯은 편
지 봉투에서 나온 편지는 겨우 한 장이었다. 먼 길을 떠난 딸에게
보냈다고 하기에는 무척 짧은 편지였다.

귀족의 관습이라는 것이 있다. 친하지 않은 상대에게 편지를 보낼

때도 귀족들은 격식을 차려 안부를 물으며 최소 두세 장을 기본으로 보냈다.

페리얼도 밀라이언도 그 사실을 뻔히 알고 있었다. 그런데 집을 나간 딸에게 한 장의 편지라니. 편지의 장수가 애정의 지표가 되는 것은 아니지만 야박하다고 생각하지 않을 수가 없었다.

바스락―

편지를 움켜쥐고 있던 카리나의 손에 힘이 들어갔다. 새하얀 손등 위에 핏줄이 돋아났다가 금세 사라졌다. 이윽고 내용을 전부 읽은 카리나가 편지를 쥔 손을 떨어뜨렸다.

그것은 단순히 내렸다고 표현하기엔 문제가 많았다. 마치 그녀를 연결하고 있던 실이 툭 끊어진 것처럼 보였으니까.

"……."

편지가 바닥에 떨어졌지만 카리나는 그것을 주울 생각도 하지 않은 채 물끄러미 내려다봤다. 괜한 기대가 실망을 낳았다. 어렴풋이 알고 있던 사실을 판결봉으로 딱딱 내려친 기분이었다.

"……페리얼."

"네."

"내게 백작저에 갔던 이야기를 말해 줘요."

카리나가 느리게 고개를 들며 말했다. 생기 넘치게 반짝이던 황금빛 눈동자가 어느새 탁하게 어두워졌다.

페리얼이 그 모습을 가만히 바라보다가 고개를 끄덕였다.

"백작저에는 당신의 소식을 전해 줄 겸, 당신이 그렸던 그림을 보러 갔었습니다."

카리나는 찻잔에 손을 대지도 않고 페리얼을 가만히 직시했다.

"밀라이언이 전해 준 그림을 보니 완성본이 보고 싶어졌거든요."

"네."

카리나가 건조한 목소리로 대답했다. 무슨 생각을 하는 것인지, 편지에 관한 언급은 일언반구도 없었다.

페리얼은 그리 오래되지 않은 기억을 떠올렸다. 어떤 말도 귀 기울여 듣지 않던, 자못 오만하게 보이던 남자의 이야기였다. 그는 분명 집 나간 자식을 걱정하고 있었으나 그 안에는 결코 굽히지 않는 잘못된 믿음이 있었다.

페리얼의 이야기를 들으면서 적나라하게 얼굴이 굳은 것은 밀라이언 쪽이었다. 도리어 카리나는 처음과 크게 다름없는 눈빛으로 묵묵히 그의 이야기를 경청했다.

이윽고 이야기가 다 끝나자 그녀는 천천히 고개를 숙였다.

"늘 그런 분이셨어요."

한참이나 말이 없던 카리나가 뜬금없이 입을 열었다.

"자신의 생각이 틀렸다는 걸 눈으로 직접 확인하기 전까지, 증거까지 함께 들이밀지 않는 이상 믿지 않으시거든요."

물론 뜬금없이 딸이 아프다는 얘기를 듣고 반발하지 않을 사람이 어디에 있겠느냐마는, 자식이 아프지 않을 거라는 믿음에서 우러나는 이야기와는 조금 달랐다.

[네가 북부에 있다는 소식을 들었다. 도대체 겁도 없이 무슨 짓을 한 건지……. 아무리 약혼을 한 사이라도 괜한 소문이 날 것은 생각하지 못했느냐?]

따뜻한 안부로 시작할 거라고 생각했던 건 아니다. 그렇지만 설마 수많은 말 중에서 가문 걱정이 먼저 튀어나오리라곤 생각지 못했다.

그저 정신이 멍했다. 한 장짜리의 짧은 편지는 채 꽉 채워져 있지도 않았으니까.

[불만이 있으면 말로 했으면 될 것이 아니냐? 말도 없이 이렇게 집을 나가서 집안을 풍비박산으로 만들어야 했던 것이야? 아벨리아가 널 걱정하느라 잠도 제대로 자지 못해 상태가 나빠지고 있다.]

한 번도 별다른 것을 바란 적은 없다. 과한 것을 원했다고 생각하지도 않는다.

머릿속에 누군가 얼음물을 부은 듯 차분하게 식어 갔다. 마지막 남은 것을 누군가 단칼에 잘라 내는 듯했다.

[언제까지 어린애처럼 굴 것이냐? ⋯⋯어쨌든, 잠시 약혼자를 보러 갔다가 검문소가 닫혀 버렸다고 이야기해 둘 테니 말을 맞추고 이 이상 가문에 먹칠하지 말거라.]

카리나가 허리를 굽혀 바닥에 굴러다니는 편지를 다시 주웠다. 그것을 다시 똑같이 접어 편지 봉투 안에 집어넣은 그녀가 천천히 자리에서 일어났다.

그녀가 타닥타닥 소리를 내며 타오르는 벽난로를 가만히 바라봤다. 물끄러미 타오르는 불꽃을 바라보던 카리나는 소맷자락 안에서 작고 낡은 곰 얼굴 모양의 지갑을 꺼냈다.

페리얼과 밀라이언이 말없이 벽난로를 바라보는 그녀의 뒷모습을 바라봤다.

고급스럽거나 아름다운 문양이 들어간 것도 아닌 투박한 지갑이 뭐가 그렇게 소중하다고 들고 있었을까.

[그리고 정말 가문에서 쫓겨나고 싶은 것이 아니라면 검문소가 열리는 즉시 돌아오도록 해! 자세한 이야기는 만나서 하자꾸나.]

그것이 전부였다. 괜찮으냐는 한마디도 없었다. 페리얼에게 뜬금없이 병이 있다는 이상한 이야기를 들었는데 그게 사실이냐며 되묻는 말도 없었다. 글자에서 보이는 것은 아벨리아와 가문에 대한 걱정뿐이었다.

그저 그런 존재였다는 것을 깨달았다. 머릿속이 텅 빈 듯했다. 페리얼의 말을 듣고 편지의 신뢰도는 더욱 높아졌다.

그는 믿지 않는 거다. 레오폴드 백작은, 그녀의 아버지는 그녀가 아프다는 사실을 믿지 않았다.

직접 보지 않아서?

아니. 그 사실이 정말이라면…….

귀찮아질 테니까.

그녀는 손에 쥔 편지와 이곳저곳이 기워진 지갑을 바라보다가 그것을 그대로 벽난로 안으로 던져 넣었다.

"……아, 여기다 버리면 안 됐을까요?"

순간 시커먼 연기가 피어오르자 카리나가 조금 당황한 눈으로 밀라이언을 돌아보며 물었다.

밀라이언이 말없이 그녀를 바라보다가 고개를 저었다.

"상관없어."

"아, 그럼 다행이네요."

카리나가 다시 소파로 다가와 맞은편에 앉았다.

카리나가 앉자 다시 적막이 내려앉았다. 그녀는 여상한 표정으로 찻잔을 기울였으나 입을 열지는 않았다.

"……헤르타를 보러 가야겠어요."

속이 꽉 막힌 것처럼 답답한 가운데 떠오른 것은 제가 품에 안을 수 있는 생물이었다. 녀석에게 모든 것을 털어놓고 싶었다. 대답도 해 주지 않고 조언도 해 주지 않지만 그래도 자신을 이해해 준다.

"카리나, 당신이 창조한 건 언제쯤 없어지는지 알고 있나요?"

"……때에 따라 다르긴 한데, 평균적으로 하루였어요."

"하루라는 건 24시간을 말하는 건가요?"

페리얼이 매끈한 제 턱을 쓸어내리며 되물었다.

짧게 고민한 카리나가 고개를 끄덕인다. 확실히 그것들이 없어진 건 하룻밤을 자고 일어나면이 아니라 24시간 정도 지났을 때였다.

"근데 꼭 그런 건 아니에요. 어떤 건 몇 시간이 안 돼서 사라지기도 했거든요."

그림에 들어간 정성에 따라 다른 것이라고 어렴풋이 짐작하고 있지만 확실하지는 않았다. 정확한 지표가 없으니 카리나도 혼자서 추측한 것뿐이었다.

"……그렇군요."

"일단 가 볼……!"

꺄아아악—!

들려오는 비명에 카리나가 황급히 자리에서 일어났다.

크와아아악—!

지끈, 심장에 통증이 일었다. 비명과도 같은 외침에는 고통이 섞여 있었다. 카리나가 새하얗게 질린 얼굴로 자리에서 일어났다. 그녀가 반사적으로 응접실 밖으로 뛰쳐나갔다.

쿵—!

쿠웅—!

콰앙—!

저택이 크게 흔들리기 시작했다. 사방이 소란스럽고 여기저기서 검을 뽑는 소리가 들렸다. 철과 철이 마찰하는 그 특유의 쇳소리가 예민한 귓가에 들렸다.

"마수가 날뛰잖아!"

"당장 죽여!"

카리나가 기사들 틈으로 다급하게 파고들었다. 그녀를 뒤따라 나온 밀라이언이 그녀의 허리를 붙잡고 끌어당기며 검을 뽑았다. 그 날카로운 살기에 카리나가 당황한 듯 고개를 젖혔다.

"밀라이언, 잠시만요."

"저건 위험하다. 뒤로 물러나 있어, 카리나."

"위험하지 않아요. 단지……."

카리나의 말에도 밀라이언은 살기를 흩뿌려 대는 헤르타를 노려보며 꼼짝도 하지 않았다. 그의 단련된 근력을 그녀가 이길 수 있는 것도 아니었다.

"밀라이언."

"도와주지 않을 거라면 물러나."

밀라이언이 뒤쪽으로 다가온 페리얼을 돌아보지도 않은 채 경고했다. 페리얼이 어깨를 으쓱였다.

"그녀를 놔주고 기사를 물려."

"……."

페리얼의 낮은 목소리에 밀라이언이 그제야 카리나를 품에 끌어안은 채 몸을 돌렸다. 검은 여전히 날카로운 예기를 뿜고 있었지만 밀라이언의 기세만큼은 한층 사그라든 후였다.

"어째서?"

"그녀가 생명을 줬으니, 굳이 피를 보지 않아도 그녀가 거둬들일 수 있을 거야."

밀라이언이 그제야 안절부절못하는 눈으로 저와 헤르타를 번갈아 보고 있는 카리나를 바라봤다. 그가 한숨을 푹 내쉬며 그녀의 허리를 끌어안았던 팔을 풀었다.

"무슨 일 있으면 지킬 테니 하고 싶은 일이 있다면 가서 하도록 해."

밀라이언이 카리나의 귓가에 낮게 속삭이곤 마수를 감싸고 있는 기사들을 뒤로 물렸다. 기사들은 의아한 눈을 하긴 했으나 밀라이언의 말에 복종하며 물러났다. 그 사이를 카리나가 천천히 걸어 들어가고 그 뒤를 밀라이언과 페리얼이 뒤따랐다.

"갑자기 왜 이런 거지?"

"병사들이 이참에 약점이나 알아보자며 헤르타의 이곳저곳을 검으로 찔렀습니다."

"……내가 분명히 가만히 두라고 했을 텐데."

기사의 보고를 들은 밀라이언이 사나운 목소리로 말했다.

헤르타는 지금도 미쳐 날뛰고 있었다. 발을 쿵쿵거리고 거대한 꼬리로 사정없이 이곳저곳을 내리쳤다.

카리나는 그 흉포한 살기가 무섭지도 않은지, 묵묵히 헤르타에게 다가가 그 작고 가는 손으로 헤르타의 코 뿔을 천천히 쓸어내렸다.

"괜찮아."

카리나가 헤르타를 달래듯 낮게 읊조렸다. 그녀가 눈을 감고 헤르타의 코 뿔 바로 아래에 이마를 가져다 댔다. 그녀는 마치 신관에게 성스러운 가호를 받듯이 정중하게 움직였다. 마치 신성한 것처럼 보이는 모습으로 그녀는 팔을 힘껏 뻗어 헤르타의 목덜미를 쓰다듬었다.

"알려 줘서 고마워."

카리나가 낮게 읊조렸다.

"수고했어. 이제 돌아가도 돼."

크르릉, 헤르타가 낮은 울음을 흘렸다. 아까와는 다르게 한껏 진정된 헤르타가 느릿하게 고개를 숙여 카리나를 바라봤다. 정확히는 그녀의 황금빛 눈동자를.

헤르타의 거대한 덩치가 천천히 황금빛으로 빛났다. 헤르타의 거대한 몸체가 조금씩 빛무리로 흩어지며 사라지기 시작했다. 카리나가 점점 사라지는 헤르타를 가만히 바라봤다.

"……미안해."

읊조리는 목소리에 눈을 가늘게 뜬 헤르타가 그녀를 한번 훑고는 낮게 울었다. 그러자 헤르타의 모습이 완전히 빛무리로 바뀌어 하늘 높이 날아올랐다.

카리나는 고개를 젖힌 채 한참이나 사라지는 헤르타를 바라봤다.

〈시한부 엑스트라의 시간〉 2권에서 계속